Catherine Ryan Hyde
Die Gegenwart des Glücks

TINTE & FEDER

Das Buch

Pearl hatte es in ihrem Leben nie leicht. Zum Zeitpunkt, als sie Mutter wird, ist sie selbst noch ein Teenager. Dennoch ist Pearl entschlossen, ihrem kleinen Sohn Leonard bedingungslose Liebe zu schenken und dafür zu sorgen, dass es ihm einmal besser geht. Als die Vergangenheit sie eines Tages einholt, landet ihr fünfjähriger Sohn unvermittelt bei ihrem Nachbarn Mitch, einem jungen Mann ohne eigene Familie.

Die Verantwortung für den liebenswerten und aufgeweckten Jungen mit den dicken Brillengläsern fordert den unbekümmerten Mitch auf ganz neue Weise. Doch trotz des Altersunterschieds erblüht eine ungewöhnliche und tiefe Freundschaft zwischen ihnen, die das Leben der beiden für immer verändert …

Die Autorin

Die mehrfach ausgezeichnete amerikanische Autorin Catherine Ryan Hyde hat bislang knapp dreißig Bücher veröffentlicht. Auf Deutsch von ihr erschienen sind neben weiteren Titeln »Wir kommen mit«, »Als ich dich fand« und »Ich bleibe hier«. Ihr bekanntester Roman »Das Wunder der Unschuld« wurde in mehr als 23 Sprachen übersetzt und unter dem Titel »Das Glücksprinzip« mit Kevin Spacey und Helen Hunt verfilmt. Neben dem Schreiben ist Catherine Ryan Hyde auch als Referentin tätig und stand bereits dreimal zusammen mit Bill Clinton als Rednerin auf dem Podium. Catherine Ryan Hyde unternimmt gerne Wanderungen und Reisen und ist eine große Hobbyfotografin.

CATHERINE
RYAN HYDE

Die Gegenwart des Glücks

ROMAN

Aus dem Amerikanischen
von Lotta Fabian

TINTE
&
FEDER

Die amerikanische Ausgabe erschien 2006 unter dem Titel »Love in the Present Tense« bei Flying Dolphin Press, New York. Die deutsche Erstausgabe erschien 2006 unter dem Titel »Nur wer die Liebe kennt« im Wilhelm Goldmann Verlag, München.

Veröffentlicht bei
Tinte & Feder, Amazon Media E.U. Sàrl
5 Rue Plaetis, L-2338, Luxembourg
November 2017

Die Übersetzung dieses Buches wurde durch AmazonCrossing ermöglicht.

Umschlaggestaltung: zero-media.net, München
Umschlagmotiv: © Ronan Donovan / Getty; © Gary John Norman / Getty; © Oksana_Shmatok / Shutterstock; © Jeka / Shutterstock; © Ana Blazic Pavlovic / Shutterstock
Lektorat: Birte Lilienthal, Ute-Christine Geiler, Agentur Libelli GmbH
Printed in Germany
By Amazon Distribution GmbH
Amazonstraße 1
04347 Leipzig, Germany

ISBN: 978-1-477-82272-2

www.tinte-feder.de

In Erinnerung an meinen Freund Jody – einen sanftmütigen Mann, dessen Liebe ewig währt

Pearl, 13 Jahre alt: Lektion im Sterben

Eines Nachts, als ich sieben war, habe ich einen Mann sterben sehen. Er war auf der Straße unter meinem Schlafzimmerfenster. Ich kniete davor und schaute hinaus. Das Geräusch, das hatte mich geweckt. Das Fenster stand offen, um Luft hereinzulassen, von der es allerdings nicht viel gab, und das, was da war, bewegte sich kaum. Der Vorhang wehte nicht zur Seite, und es war dunkel in meinem Zimmer, und ich wusste, sie konnten mich nicht sehen.

Der Mann, der sterben würde, war auf den Knien. So wie ich. Nur mit ausgestreckten Armen. Nicht nach oben, wie bei einem Raubüberfall. Einfach ausgestreckt, wie Christus an seinem Kreuz, nur eben auf den Knien. Ich bezeichne ihn als Mann, weil ich damals erst sieben war. Für mich sah er groß aus. Jetzt kann ich mich an sein Gesicht erinnern, sowohl vorher als auch nachher, und ich weiß, dass er vielleicht sechzehn war. Aber ich habe ihn für einen Mann gehalten.

Die Typen, die ihn umbrachten, waren zu dritt, standen um ihn herum. Lachten. Das war es, was mich aufgeweckt hatte, denke ich. Einer von ihnen hielt eine abgesägte Schrotflinte direkt vor das Gesicht des Mannes. Irgendwie war er ja ein Mann. Ich denke, wenn man gleich auf diese Weise sterben wird, ist man mehr als ein Junge.

Jetzt begann der Irgendwie-ein-Mann zu weinen. Große Krokodilstränen. Oder wie man die sonst nennt. Warum sie Krokodilstränen heißen, weiß ich nicht. Ich habe nie ein Krokodil weinen sehen. Ich habe überhaupt nie ein Krokodil gesehen. Aber ich habe einen Mann sterben sehen. Daher weiß ich ein paar Sachen. Nur sind es vielleicht nicht die besten Sachen, die man wissen kann.

Dann begann der so-gut-wie-tote Mann zu betteln. Bitte, sagte er. Bitte denkt an meine Mama. Denkt an die Kinder, die ich jetzt nicht haben werde. Bitte tut das nicht, ich werde alles tun – was wollt ihr, dass ich tue? Seine Schultern zitterten, als gäbe es ein kleines Erdbeben direkt unter der Straße, das niemand außer ihm fühlen konnte. Sein eigenes kleines Sieben-Komma-eins, direkt unter seinen Knien.

Bitte, sagte er, und der mit der abgesägten Schrotflinte schoss ihm ins Gesicht. Dann gingen die drei weg und lachten. Gingen um die Ecke und lachten. Ich musste weiter hinschauen, weil ich Angst hatte, nicht hinzuschauen. Ich hatte Angst, zurück ins Bett zu gehen, weil der tote Irgendwie-ein-Mann immer noch da draußen sein würde. Er musste sein, wo ich ihn sehen konnte. Ich kann mich wirklich gut daran erinnern, wie er danach aussah, aber es ist etwas, worüber ich nicht vorhabe, viel zu sagen. Weil manche Dinge einfach hässlich sind. Diese Sache, finde ich, ist schlimm genug, wenn ich sie weiß.

Nach einer Weile kam die Polizei, und ich wurde müde, und sie waren da, um hinzusehen und zu wissen, wo er war, daher ging ich zurück ins Bett.

Es gibt kein Erbarmen. Vergiss es. Frag gar nicht erst danach.

Ich entschied, wenn ich eines Tages an der Reihe wäre, würde ich nicht betteln. Ich würde meine Würde mitnehmen. Man sagt zwar, man kann nichts mitnehmen, aber meistens geht es dabei um Geld und Autos und so was. Würde, denke ich, das geht schon. Und ich denke, sie wird einem bitter fehlen, wenn man sie zurücklässt. Wie auch immer, wir alle glauben, was wir wollen, und das ist es, was ich glaube.

* * *

Wo wir von Würde sprechen, es ist ein Zeichen von Würde, wenn man zugibt, was man getan hat. Sich nicht rauszureden versucht. Also, ich habe den Mann erschossen. So, wie sie denken, dass ich's getan hab. Das werde ich jetzt sagen. Ich habe den Mann zwischen die Augen geschossen, in Rosalitas Küche, wo er ohne Hose stand. Ich habe ihn mit seiner eigenen Waffe erschossen. Es war an meinem Geburtstag. Ich war dreizehn geworden.

Ich wusste, er war ein Polizist, aber was für einen Unterschied soll das schon machen? Selbst wenn ich irgendwie hätte wissen können, dass ich später dafür würde sterben müssen. Es ist immer besser, später zu sterben. In einem solchen Moment muss man sich schnell entscheiden, und die Entscheidung ist nie »Stirb, oder stirb nicht«. Es ist immer »Stirb jetzt, oder stirb später«. Das hat mir Rosalita beigebracht. Sie hat gesagt: »Mädchen, wenn jemand abkratzen muss, und du merkst das, dann schau, dass es nicht du bist. Lass ihn jetzt sterben, dann stirbst du ein andermal. Wenn du schließlich an der Reihe bist, bist du bereit. Dann hast du jede Menge Übung darin.« Das machte für mich Sinn. Aber ich denke nicht, dass ich ihn deswegen erschossen habe.

Ich habe nicht gelacht oder Spaß gehabt.

Ich denke, hinterher habe ich mich deswegen schlecht gefühlt, aber ich weiß nicht, was ich zu der Zeit gefühlt hab. Nicht die Hälfte von dem, was ich hätte fühlen sollen, das kann ich mit Sicherheit sagen. Ich war nicht kaltblütig. Nur am Leben, wie alle anderen, und ich hab versucht, das noch eine Weile länger zu bleiben.

Ich denke, ich habe mich später schlecht gefühlt, weil ich die Waffe hätte loslassen können und nicht den Abzug hätte drücken müssen. Ich denke, wenn ich erlaubt hätte, dass er sie sich einfach zurücknimmt, hätte er mir nicht wehgetan oder so. Aber andererseits weiß man das nicht mit Sicherheit, und man tut einfach etwas und merkt dann, dass es das Falsche war. Manchmal frage ich mich, habe ich ihn erschossen, weil er mich nicht geliebt hat und das auch nie tun würde? Aber eigentlich glaube ich, es war nicht mit Absicht. Nur sehe ich manchmal, dass Leute sich selbst belügen, daher frage ich es mich trotzdem. Aber ich denke nicht, dass ich wollte, dass es passiert. Außerdem, wenn ich jeden umbringen wollte, der mich nicht liebt und nie lieben wird, würde niemand auf dem Planeten übrig bleiben außer vielleicht Rosalita und Leonard, mein kleiner Junge. Der natürlich zu der Zeit noch gar nicht geboren war.

So ist es gewesen:

Weil es mein Geburtstag war, hatte ich den ganzen Tag lang nach Mama gesucht. Was das eine mit dem anderen zu tun hat, weiß ich auch nicht. Was ich dachte, was sie deswegen tun würde, dass mein Geburtstag war – nun, nichts. Das ist mir jetzt klar. Aber ich habe sie trotzdem gesucht.

Zu allem Überfluss war Rosalita verhaftet worden, nur kam sie dieses Mal nicht zurück. Und ich musste mich fragen, warum. Gewöhnlich brauchte sie nicht mehr als zwei oder drei Stunden, um wieder heimzukommen. Gewöhnlich las ein Polizist sie auf, fuhr mit ihr im Auto weg, angeblich zur Wache. Nur dass er mit ihr woanders hinfuhr, wo sie es ihm umsonst machte, genau das, weswegen sie sie angeblich verhaftet haben. Dann würde er sie nachher an der Straßenecke aussteigen lassen.

Dieses Mal kam sie den ganzen Tag lang nicht nach Hause. Vielleicht hatte ein Polizist sie wirklich ins Gefängnis gesteckt. Vielleicht wollte er nichts von ihr oder hatte Kinder und eine Frau und wollte wirklich treu bleiben. Oder ein Sack voll anderer Vielleicht, die ich nicht verstand. Was war passiert? Ich wusste es nicht.

Ich ging dorthin, wo Little Julius auf seiner Schwelle saß, und fragte ihn, ob er meine Mama gesehen hätte.

»Vielleicht«, antwortete er. »Vielleicht auch nicht. Warum kommst du nicht ein bisschen näher, und wir reden darüber?«

Das würde ich bestimmt nicht tun. Little Julius war ein großer, fetter Mann mit kurz geschorenen Haaren und einrasierten kleinen Mustern auf dem Schädel, und wenn er lächelte, waren seine ganzen Vorderzähne aus Gold. Man würde denken, dass es nett aussehen müsste – all das ganze Gold. Aber nein. Es war hässlich auf eine Weise, die ich nicht erklären kann. Er mochte die Farbe meiner Haut, weil ich zum Teil schwarz bin und zum Teil koreanisch. Er sagte, dass ich hübsch sei. Nicht an dem Tag, aber er hatte es mal gesagt. Früher. Und selbst an dem Tag, selbst ohne dass er es sagte, konnte man es irgendwie in der Luft spüren.

Ich sagte: »Vielleicht hast du ihr was verkauft?«

Little Julius antwortete: »Ich hab nichts zu verkaufen. Hab keine Ware. Wenn du vernünftig wärst, hätte ich vielleicht welche. Du und ich, wir könnten es miteinander zu was bringen. Ein kleines Mädchen wie du, das hat einfach keine Ahnung, was alles geht. Du und deine Mama, ihr könntet in einem richtigen Haus leben. Es würde euch gut gehen.«

Ich wusste, wir sprachen von zwei völlig unterschiedlichen Dingen, und er auch. Mir machte es was aus, aber Little Julius nicht.

»Von wem kauft sie was, wenn nicht bei dir?«

Little Julius runzelte die Stirn. Ein Stirnrunzeln wie das hieß, dass es vielleicht Zeit war, abzuhauen. Vielleicht Zeit, zu schauen, dass ich mich aus dem Staub machte.

Ich sag den Typen die ganze Zeit Nein. Jeden Tag. Die meisten mögen das nicht so sehr. Manchmal sage ich Ja. Die Guten sind sich nicht sicher, was sie fühlen. Sie fühlen zu viele Dinge auf einmal. Das sind die Einzigen, zu denen ich Ja sage. Denen, die sich zu sicher sind, zu denen sage ich Nein. Die haben kein Gewissen, das dafür sorgt, dass sie etwas anderes auch fühlen. Darauf muss man achten.

* * *

Ich wartete in der Unterführung an der Schnellstraße auf einen Typen, den sie Slacker nannten. Ich lauschte auf die fahrenden Autos über meinem Kopf – wum-wum, wum-wum –, und ich fragte mich, wo das Geräusch wohl herkam. Ob dort irgendwelche Schlaglöcher in der Straße waren oder so was. Aber ich war nie auf dieser Straße gewesen, oder den meisten anderen. Ich und Mama hatten kein Auto. Ich überlegte, ob ich noch mal reingehen und nach diesem Slacker fragen sollte. Aber ich war in dieser Bar schon mal gewesen, und der Barkeeper hatte mich rausgeworfen. Hatte gesagt, ich würde ihn seine Lizenz kosten. Und dass er diesen Slacker zu mir rausschicken würde.

Wum-wum, wum-wum. Wie lange es dauern würde, bis er rauskam und mit mir sprach, wusste ich nicht. Ich dachte gerade, dass ich vielleicht einfach zurück zu Rosalita gehen sollte. Für heute einfach aufgeben. Aber es ist ein ganzes Stück zu Fuß dorthin zurück. Wenn ich das Geld für den Bus gehabt hätte, wäre ich vermutlich bereits da weg gewesen. Der Tag war schon fast vorüber.

Da kam dieser Mann vorbei. Er sah zu gut aus, um hier unten zu sein. Sie wissen schon, mit einem Anzug und so. Ein weißer Mann mit einem glänzenden goldenen Ehering. Ich saß auf dem Bürgersteig, und er schaute zu mir runter, und ich schaute zu ihm hoch, und mir war klar, er hatte diese Neigung. Das konnte ich in seinen Augen lesen. Und mir war auch klar, er würde mir Geld geben, wenn ich darum bat, weil er es nicht wusste. Wenigstens wusste er es nicht direkt. Also würde er denken, dass er mich aus viel netteren Gründen anschaute. Als ob ich einfach dieses junge Mädchen wäre, dem er aus der Patsche helfen wollte, und als ob nichts Schlimmes dabei wäre. Ich blickte hoch in seine Augen, als wäre ich wo reingeraten und wüsste nicht, wie ich wieder rauskommen sollte. Was in gewisser Weise ja die Wahrheit war.

»Alles okay?«, erkundigte er sich.

»Ich kann nicht nach Hause«, sagte ich. »Kein Geld für die Busfahrkarte.«

Er holte sein Portemonnaie heraus und zog drei Ein-Dollar-Scheine heraus. Ich konnte erkennen, dass er nie mit dem Bus fuhr und versuchte, zu schätzen, wie teuer die Fahrt sein würde. Ich sagte es nicht, weil er mir so nämlich die Summe geben würde, die es seiner Meinung nach höchstens kosten konnte. Er bückte sich, um mir die Scheine zu geben, und ich fragte mich, was er wohl tun würde, wenn ich mit meiner Hand seine berührte, während ich sie nahm. Ich wusste, er war ein Mann, der viele Sachen zugleich fühlte. Zu so einem Mann könnte ich Ja sagen, und vielleicht würde auch noch ein Steak-Dinner zum Geburtstag für mich rausspringen. Aber dann ließ er die Scheine rasch los und ging weiter. Ich schaute ihm nach. Das ist ein Mann, der Schwierigkeiten erkennt, wenn er an ihnen gerade so vorbeischrammt. Das war es, was ich mir sagte, während ich ihm hinterhersah.

Das Nächste, was ich weiß, war, dass dieser weiße Typ mit dem zurückgegelten Haar aus der Kneipe kam und mir erklärte, vielleicht sei er Slacker, vielleicht nicht. Das hinge alles davon ab, wer das wissen will. Ich sagte, ich wollte das wissen, und dann antwortete er, vielleicht, ja, sei er das.

Ich fragte ihn, ob er meine Mama gesehen hätte. Und ich erzählte ihm von der Narbe auf ihrem Gesicht, sodass er wusste, welche Mama ich meinte.

Er antwortete, ja, vielleicht hatte er so jemandem was verkauft, und vielleicht wäre sie inzwischen wieder zu Hause, um das zu nehmen, was sie bekommen hatte. Als ob das alles erklärte, sagte er das zu mir und starrte mich an. Und ich erwiderte, Mann, Mr Slacker, wir haben kein Zuhause. Was dachte er sich eigentlich? Wir hatten mal eine richtige kleine Wohnung gehabt, aber das war schon lange her.

Er schüttelte nur den Kopf und ging wieder in die Kneipe.

Ich stand eine Minute länger in der Schnellstraßenunterführung. Wum-wum, wum-wum. Dann ging ich zur Bushaltestelle und dachte, es war gut, dass ich drei Dollar hatte.

Aber bevor ich auch nur dort ankam, schleuderte mich dieser Junge gegen eine Ziegelsteinmauer. Es war niemand da, der das sehen konnte. Der Junge war nicht älter als ich. Vielleicht sogar jünger. Aber größer. Hielt mich mit seinem schmutzigen, stinkenden Körper fest.

»Was hast du für mich?«, fragte er. »Irgendwelches Geld?«

Ich dachte kurz an die drei Dollar und ob ich für sie kämpfen würde. Ich kann einiges einstecken. Das hab ich schon oft getan. Aber es war mein Geburtstag, und ich wollte mir nicht vorstellen, für drei Dollar Prügel einzustecken. Der weiße Mann mit dem glänzenden Goldring, wo war er jetzt, wo ich ihn brauchte?

»Ich habe drei Dollar«, antwortete ich.

»Scheiße, das ist kein Geld«, rief er.

Daher sagte ich: »Schön. Dann nimm es nicht.«

Aber er nahm es. Steckte seine Hand tief in die Taschen meiner Shorts und nahm es sich, und dann presste er sich, so schmutzig, wie er war, noch fester gegen mich und sagte, er könnte sich nehmen, was er wollte. Ich stand kurz davor, ihm ins Gesicht zu spucken.

Doch dann sagte er: »Aber ich will gar nichts von dir.«

Und er ließ mich los. Ich habe ihn trotzdem angespuckt, und er hat mich gegen das Bein getreten und ist weggerannt.

Ich setzte mich trotzdem an die Bushaltestelle, weil da manchmal dieser eine Fahrer auf dieser Strecke ist, der mich mitfahren lässt, selbst wenn ich nicht zahle. Er legt einen Finger auf seine Lippen und sagt ganz leise, ich muss da sowieso hin, oder? Mit dir und ohne dich. Er ist nett. Aber es kam ein Bus vorbei, und er saß nicht am Steuer. Sondern eine Frau. Sie hielt an und machte die Tür auf mit diesem komischen Geräusch, das sich anhört wie ein alter Mann, der beim Hinsetzen stöhnt. Sie blickte mich an, und ich schaute zurück.

»Steigst du ein oder nicht?«, fragte sie. »Ich hab nicht den ganzen Tag.«

»Kein Geld«, erklärte ich. Und sie schloss die Tür und fuhr weiter.

Es begann, dunkel zu werden. Ich hatte wirklich lange auf dieser Bank gesessen.

Ich wusste, es gab noch einen Ort, an dem ich nach Mama suchen konnte, aber das war weit weg, und eigentlich wollte ich dort auch gar nicht hin. Ich dachte, vielleicht muss ich sie gar nicht so dringend finden.

Da hielt ein Polizeiauto bei mir an.

So viel von dem, was geschehen ist, begann, als dieser Polizist ausstieg und zu mir kam. Aber ich wusste das alles nicht, als es zuerst passierte. Wahrscheinlich tut man das nie. Ich wusste damals nicht, dass es je einen Leonard geben würde oder dass dieser Mann sein Vater sein würde oder dass irgendjemand sterben müsste. Zu der Zeit wusste ich nicht, wohin das alles führen würde.

Dieser Polizist, er ging vor der Bank an der Bushaltestelle in die Hocke. »Du sitzt hier schon furchtbar lange«, erklärte er. »Und hast mehrere Busse vorbeifahren lassen. Hast du eine Möglichkeit, nach Hause zu kommen?«

Ich schaute sein Abzeichen an und dieses kleine Namensschild. Darauf stand Officer Leonard DiMitri. Ich sah an ihm vorbei zu seinem Partner, der im Auto wartete. Sein Partner hatte einen Schnurrbart, und seine Lippe darunter sah komisch aus. Wie wenn die Lippe am Anfang in zwei Teilen war und der Typ sich später einen Schnurrbart wachsen lässt, um das zu verdecken, man kann aber trotzdem sehen, wo der Spalt war. Er hatte diesen Blick, als ob er nicht mochte, was hier gerade anfing. Vielleicht war es nur die Lippe, aber das glaube ich eigentlich nicht. Dann schaute ich wieder zu Officer Leonard, direkt in sein Gesicht, und ich lächelte ihn an und sah, dass er diese Neigung hatte. Und ich dachte, perfekt. Jetzt komme ich zu Rosalitas Haus zurück, und dieser Tag kann endlich vorbei sein.

Ich stieg zu ihnen ins Auto, und er fragte mich nach meinem Namen, und ich sagte ihn ihm. Beides, Vor- und Nachnamen. Direkt vor dem Lippen-Mann. Ich weiß nicht, warum. Ich war froh und erleichtert und hab einfach vergessen, vorsichtig zu sein. Es war dumm. Das wusste ich gleich. Wie dumm, na ja. Das würde ich erst später erfahren.

* * *

Das Erste, was er sagte – dieser Officer Leonard, als er Rosalitas Haus sah – er sagte: »Meine Güte. Deine Mutter legt aber wirklich viel Wert auf Sauberkeit.«

Ich hab ihm nicht erzählt, dass Rosalita nicht meine Mutter war. Ich hab ihm nicht gesagt, dass ich es war, die das Haus so sauber hielt. Sauberkeit ist eine große Sache für mich. Wenn ich wo wohne, kann man dort vom Boden essen. Von der Sitzfläche des Stuhles. Direkt aus der Spüle. Da wird kein einziger Keim sein. Nicht, wenn es nach mir geht. Jede Wohnung, in die ich ziehe, mache ich sauber. Was sich als sehr praktisch erwiesen hat, weil, wenn man überall, wo man wohnt, für Sauberkeit sorgt, dann ist man anscheinend überall willkommen. Ich versuchte zu entscheiden, was ich Officer Leonard sagen sollte und was nicht.

Er hatte seinen Partner mit der Lippe auf der Wache abgesetzt, weil ihre Schicht zu Ende war, und den Streifenwagen abgegeben, und dann hatte er mich in seinem eigenen Auto, übrigens eine Corvette mit T-Dach und allem, nach Hause gefahren. Was hat das Spaß gemacht, in dem Auto zu fahren! Das allein war wie ein ganzer Geburtstag. Kurz bevor wir abfuhren, war da sein Partner, der Typ mit der komischen Lippe, und er warf Officer Leonard einen komischen Blick zu und sagte etwas zu ihm, was ich nicht verstehen konnte. Aber mein Freund Leonard, mein Geburtstagsmann, winkte ab, als wüsste er genau, was er tat.

»Komm mit rein«, sagte ich, als er vor dem Gebäude anhielt, das mehr oder weniger mein Zuhause war.

Er stellte keine Fragen oder so. Genau genommen schwiegen wir beide, bis wir oben angekommen waren und er das mit der Sauberkeit sagte.

Ich fasste ihn an der Hand und zog ihn zu Rosalitas Schlafzimmer. Er sagte noch eine Sache. Er sagte: »Bist du sicher? Bist du sicher, dass es das ist, was du willst?« Das ist etwas, was ein Mann sagt, wenn er eine Menge Sachen auf einmal fühlt. Wenn er nicht zu denen gehört, die das tun würden, auch wenn sie glauben, dass du dir am Ende doch nicht sicher bist. Aber ich war überrascht, weil wir beide es schon an der Bank an der Bushaltestelle gewusst hatten und es irgendwie komisch war, jetzt auf einmal darüber zu reden. Aber ich war froh, dass er es tat. Trotzdem.

Er war ein großer, kräftiger Mann, und ich denke, er war Italiener. Wie auch immer, er sah gut aus und hatte dunkles, welliges Haar. Er hatte keinen goldenen Ehering, aber manchmal ist ein Mann auch ohne verheiratet. Ich fragte mich, ob er verheiratet war, ob er ein Kind in meinem Alter hatte. Trotzdem dachte ich, er könnte mich lieben. Dann würde sich alles ändern, genau von dem Tag an. Selbst wenn er verheiratet war. Rosalita hatte mal einen Mann gehabt, der sie liebte. Er war verheiratet, aber er zahlte ihr die Miete und kam dreimal die Woche zu ihr, brachte Blumen und Wein. Ich dachte, vielleicht war dies mein Geburtstagsgeschenk. Jemand, der mich lieben würde und die Miete zahlen. Ich habe diese Frage, die er gestellt hat, nie beantwortet. Lange Zeit sagten wir nichts mehr.

* * *

Eine ganze Weile später sagte er wieder was, und darüber musste ich lachen. Er sagte: »Ich habe nie zuvor so etwas wie das hier getan.« Das sagte er mit dieser Stimme tief in seiner Brust. Er hatte eine behaarte Brust. Und er sprach von so tief drinnen, dass ich noch mehr glaubte, dass er mich vielleicht lieben würde.

»Was?«, wunderte ich mich. »Du hattest nie zuvor Sex? Das kann ich nicht glauben.« Ich sagte: »Fang nicht an, mich anzulügen, gerade, wo alles so gut läuft.«

»Nein, das nicht«, antwortete er. »Das ist nicht, was ich meinte. Sex, ja. Nur nicht mit jemandem, du weißt schon. In deinem Alter.«

Vielleicht log er. Ich habe mich das oft gefragt. Ich denke viel darüber nach, war das eine Lüge oder war es die Wahrheit? Wollte er wirklich die ganzen Jahre eigentlich ein jüngeres Mädchen und hat es nur nicht getan? Oder war das nur etwas, was man sagt? Eine Menge von dem, was ich in meinem Leben gehört habe, waren Lügen. Daher habe ich wirklich darüber nachgedacht. Wenn ich zurückblicke, scheint es mir wie eine Schande, dass ich ihn getötet habe, wie ich das tat, denn jetzt gibt es keinen Weg mehr, wie ich diese Sache je herausfinden kann.

Danach wurde er irgendwie lustig und jung, als wollte er spielen. Er hat mich sogar gekitzelt, als wäre ich ein Kind, nur dass wir nackt in Rosalitas Bett lagen. Da hatte kein Kind was verloren. Dann wurde er ganz ernst und strich mir das Haar aus dem Gesicht und blickte mir tief in die Augen. »Ich bin so froh, dass ich dich getroffen habe.« Das war es, was er sagte. Direkt in mein Gesicht hat er das gesagt. Und ich dachte, so fühlt sich Liebe an. Ich weiß das jetzt. Alles Gute zum Geburtstag für mich.

Schließlich blickte er über meine Schulter, und da war ein Wecker. »Mist«, sagte er. »Ich muss los. Ich muss nach Hause. Mist.«

Das Gefühl, die Sache, die ich für Liebe hielt … ich konnte zusehen, wie es fortwehte. Ich dachte, man verbringt so viel Zeit damit, danach zu suchen, aber dann weht es einfach so weg. Ich wünschte, ich hätte das vorher gewusst.

Ich stand auf und ging in die Küche. In Rosalitas blitzsaubere Küche. Ich fühlte mich schlecht, weil ich wusste, ich hatte mich geirrt mit der Liebe. Er zog sich an, um wegzugehen, und er würde nie zurückkehren mit Blumen oder Wein. Er hatte nur nach was gesucht, womit er sich eine Nacht amüsieren konnte. Wenn das Liebe ist, brauche ich sie nicht.

Ich wurde wütend.

Seine Uniformjacke hing über dem Küchenstuhl. Darunter war dieser große Gürtel mit seiner Waffe. Ich hielt seine Hose in der Hand, weil ich sie vom Schlafzimmerboden aufgehoben hatte. Ich faltete sie ordentlich zusammen, um sie aufzuhängen. Alles, was ich tun wollte, war, sie zusammen mit seiner Jacke aufzuhängen. Mir kam überhaupt nicht in den Sinn, etwas zu stehlen oder gar jemanden zu töten. Das sollte gar nicht passieren. Vielleicht hatte ich die Hose auch nur genommen, weil ich es hasse, wenn Sachen auf dem Boden rumliegen. Oder vielleicht, weil ich nicht wollte, dass er so schnell wie möglich weggeht. Aber da war sein Portemonnaie. Ich konnte das Gewicht in seiner Hosentasche spüren.

Normalerweise würde ich niemals etwas nehmen. Ich bin weder Mörderin noch Diebin. Aber ich war sauer auf ihn, und ich dachte, ich sollte mir genug nehmen, um mir ein Geburtstagsgeschenk zu kaufen. Schließlich war er keins, wie ich eigentlich gedacht hatte.

Er kam ohne Hosen in die Küche und schaute mich komisch an. »Brauchst du Geld?«, fragte er. »Dann sag's einfach. Ich gebe dir ein paar Scheine.«

Ich nehme an, er meinte es echt nett. Wenn ich zurückblicke, denke ich, vielleicht hat er es nett gemeint, aber zu der Zeit dachte ich, er hat geglaubt, mich beim Diebstahl ertappt zu haben, und würde mich dazu auch noch für eine Hure halten. Ich bin keine Hure. Was ich tue, tue ich für die Liebe oder für das, wovon ich denke, dass es Liebe sein könnte. Wenn ich mich irre, dann irre ich mich, aber ich bin keine Hure.

Er trat auf mich zu, daher hob ich seine Waffe.

Ich vermute, ich dachte, er hätte mich beim Stehlen erwischt und ich steckte jetzt in Schwierigkeiten. Ich richtete die Waffe auf ihn. Sie war schwer und groß. Alles geschah ziemlich schnell. Er hatte immer noch diesen lieben Ausdruck auf dem Gesicht, nur dass er jetzt lieb aussah und dazu auch beunruhigt. Ängstlich. Als ob ich ihn wirklich erschießen könnte. Aber ich hätte nie gedacht, dass ich das tun würde. Doch dann zog ich an dem Abzug, der die Pistole schießen lässt, damit er dachte, ich würde es tun. Ich wollte nur sagen, bleib weg.

Aber er griff blitzschnell nach mir und packte mich an der Hand. Die, in der ich die Waffe hielt. Und es tat weh, weil er das Metall fest gegen die Knochen in meiner Hand presste. Also zerrte ich mit aller Kraft, um meine Hand und die Waffe freizubekommen. Nur um sicherzustellen, dass er, wenn er sie bekam, nicht böse würde und sie auf mich richtete. Ich hatte Angst, sie ihm zu überlassen. Und dann war da ein lauter Knall. Ich hab mich zu Tode erschreckt, aber anfangs wusste ich nicht mal, dass es die Waffe war, die losgegangen war. Ich weiß immer noch nicht, warum sie losgegangen ist. Ich vermute, als ich meine Hand zurückzog, hab ich zu fest zugedrückt, aber sicher weiß ich das nicht. Es geschah ganz schnell, wie ich schon gesagt hab.

Dann war ich ganz überrascht, dass ich ihn erschossen hatte. Ich wusste nicht, dass das passieren würde. Und ich war auch überrascht, als der kleine Punkt zwischen seinen Augen erschien. Ich dachte, die Waffe sei geradeaus auf seinen Bauch gerichtet gewesen. Ich denke, als ich die Hand zurückzog, hab ich sie nach oben gerichtet. Oder vielleicht hat er auch versucht, meine Hand so zu drehen, dass ich ihn nicht erschieße. Was ich nie vorgehabt hatte. Aber ich weiß nicht wirklich, was geschehen ist. Nur dass alles ganz schnell passierte.

Ich dachte all diese verschiedenen Dinge auf einmal. Ich dachte, dass es überhaupt keine Sauerei war. Und ich dachte, es würde eine geben. Dann brach er mit dem gleichen Ausdruck auf seinem Gesicht zusammen, und ich sah die Vorhänge hinter ihm und was auf ihnen drauf war. Ich dachte, ach du

Scheiße. Das hier werd ich nie wieder sauber kriegen, nie mehr. Ich dachte, das ist echt übel, was hier passiert ist. Ich dachte, Rosalita würde mich rauswerfen. Ich blickte auf sein Gesicht runter, und er hatte immer noch diesen lieben Ausdruck auf seinem Gesicht. Ich dachte, was, wenn er mich wirklich geliebt hat?

Ich nahm seine Kreditkarten und sein Geld und seine Waffe.

Und ich ging Mama an dem letzten, schrecklichen Ort suchen.

* * *

Dort fand ich sie auch. Es war dieses Haus, dieses verrammelte Haus. Aber ich wusste, wie ich von hinten reinkomme. Die Leute dort sind schrecklich, aber sie tun einem nichts. Sie sind zu zugedröhnt, um sich darum zu kümmern. Mama war in der Küche, lehnte sich an den Herd, der vollgekleckert war. Es sah aus wie Spaghettisoße, die niemand sich die Mühe gemacht hatte, wegzuwischen. Wie können Leute so leben?

»Hi, Baby«, sagte sie, aber die Worte klangen verschwommen, und ihr Kinn wackelte unablässig.

Es gab keinen sauberen Ort, an den ich gehen konnte. Bei Rosalita würde es nie wieder sauber sein und hier auch nicht. Aber ich wollte bei Mama bleiben, jetzt, da ich sie gefunden hatte. Ich fühlte mich merkwürdig.

Ich ging zu dem Laden an der Ecke und kaufte eine Rolle Küchenpapier und diese Sorte Reiniger, die man aus einer Plastikflasche versprüht. Mit dem Geld aus Officer Leonards Portemonnaie. Einem Teil davon. Ich nahm es mit zurück in dieses schreckliche Haus und machte eine Stelle auf dem Küchenfußboden bei ihr damit sauber.

Dann fühlte ich mich besser, weil ich sauber machte. Ich wollte nicht zu viel denken, aber ich dachte wirklich einfache Dinge. Ich dachte, morgen früh würde ich zu Little Julius gehen und die Kreditkarten und die Waffe verkaufen. Indem ich solche Sachen dachte, dachte ich nicht zu viel anderes.

Mama war weggetreten, ehe es sauber war. Daher fasste ich sie an ihrem Mantel und zog sie zu mir rüber auf meine sauber gemachte Stelle und legte mich neben sie. Legte mich auf den sauberen Boden und versuchte, etwas Schlaf zu finden. Ich kann nicht schlafen, wenn es nicht sauber ist. Ich versuchte, nicht daran zu denken, was direkt außerhalb dieses kleinen Kreises der Sauberkeit war.

Ich hatte ein Baby in mir. Genau in der Nacht. Genau in dieser Nacht war es passiert, und ich wusste es.

In der Zeit zwischen damals und jetzt habe ich das ein paar Leuten erzählt. Sie sagten, dass ich verrückt bin und mich irre. Sie sagten, so früh kannst du das nicht wissen. Sie sagten, niemand kann das so früh wissen. Sie sagten, wenn eine Frau das so früh wissen könnte, dann würde man nicht diese kleinen Tests zum Draufpinkeln kaufen können. Alle würden es einfach wissen. Es ist mir egal, was die anderen sagen. Ich wusste, da war ein Baby in mir, und ich wusste, ein Baby war jemand, der mich immer lieben würde. Für-immer-Liebe, das ist es, was man von einem Baby bekommt. Es schaut nicht auf seine Uhr und sagt, Mist. Ich sollte besser heimfahren.

Ich entschloss mich, ich würde ihn einfach für immer zurücklieben. Das wäre mein einziger Job auf der Welt.

Also hatte ich schließlich doch mein Geschenk bekommen.

Ich schlief mit meinem Kopf auf Mamas Jacke ein.

Mitch, 25 Jahre alt: Telefonanrufe von oben

An dem Morgen war ich ausgesprochen schlechter Stimmung. Ich stand in der Mitte der verdammten Straße und versuchte, einen Lieferwagen von FedEx zurückzuwinken, weil meine treuen Angestellten vergessen hatten, eine Abholung zu buchen. Ich stand also dort, in der Mitte der verdammten Straße, und wedelte wie ein Idiot mit den Armen. Keine Ahnung, ob der FedEx-Mann mich wirklich nicht sah oder nur so tat, als ob. Jedenfalls bog er um die Ecke und war verschwunden. Wie auch immer, ich war sauer.

Ich dachte, feuere jemanden. Ich muss jemanden feuern. So kann man doch kein verdammtes Geschäft führen. Ich dachte, das ist genau der Grund, warum man keine Freunde einstellt. Weil du dich nicht dazu bringen kannst, sie zu entlassen, wenn es hart auf hart kommt. Ich dachte, wenn man eine Firma von zu Hause führt, vergessen sie, dass das hier real ist. Sie denken, es ist ein Spiel. Aber für mich ist es das nicht.

Da hörte ich diese Stimme, diese lustige kleine Stimme. »Hallo, da unten.« Ich sah mich um. Es war merkwürdig. Wenn es einer von meinen Angestellten war, der sich einen Scherz erlauben wollte, war das verdammt noch mal nicht lustig. Ich war dazu absolut nicht in der Stimmung. »Hier oben«, sagte die Stimme.

»Wer ist da?«, fragte ich.

»Ich bin es. Leonard.«

»Leonard wer?«

»Leonard hier oben.«

Ich sah hoch zum Fenster im ersten Stock des Hauses nebenan, und da war dieser kleine Junge, der mir zuwinkte. Als wenn er glaubte, dass ich ihm mit meinen Armen zuwinkte, und mir deshalb zurückwinkte. Ich brachte es nicht über mich, ihm zu sagen, wie sehr er sich irrte, und die ganze Wut strömte einfach aus mir raus, auch wenn ich sie eigentlich noch brauchte.

Ich ging hinüber, bis ich auf dem Gras unter seinem Fenster stand. »Hallo, da oben«, sagte ich.

»Hallo, da unten«, wiederholte er.

Er sah leicht asiatisch aus. Irgendwie multikulti, denke ich. Er lächelte, und seine beiden Vorderzähne waren noch nicht ganz rausgewachsen. Er hatte dieses dunkle, wirklich pechschwarze Haar, das auffällig zerzaust war. Es stand von seinem Kopf hoch wie ein stacheliges kleines Unkrautbeet. Es glänzte, als wenn jemand erfolglos versucht hätte, es mit Gel glatt zu bekommen. Ich versuchte mich daran zu erinnern, warum ich gerade so sauer gewesen war, denn genau in diesem Moment dachte ich immer noch, dass ich das Gefühl zurückhaben wollte.

»Leonard was?«, fragte ich.

»Leonard Leonard. Nur Leonard. Mehr Namen hab ich nicht.«

Ich vermutete, dass er ein Spiel mit mir spielte, aber es war okay, wirklich, viel besser als das, was mich drinnen erwartete. »Das ist der ganze Name, was? Nur Leonard?«

»Ja«, sagte er. Er trug diese Brille mit wirklich dicken Gläsern und einem breiten schwarzen Gestell, und so, wie er sich aus dem Fenster lehnte, war ich mir ziemlich sicher, dass sie mir jeden Moment vor die Füße fallen würde.

»Du wirst gleich deine Brille verlieren«, stellte ich fest.

»Nein, nein. Schau her.« Er drehte den Kopf, sodass er fast in den Himmel blickte, und ich konnte ein breites schwarzes Gummiband erkennen, das sie festhielt.

»Ziemlich cool«, bemerkte ich.

»Jap«, antwortete Leonard. »Ich weiß.«

* * *

Als ich wieder reinkam, hielt Cahill den Telefonhörer meiner Privatleitung in der Hand. »Für dich, Doc«, sagte er. Mit einem seltsamen Ausdruck auf seinem Gesicht.

»Nein, sag's mir nicht, lass mich raten. Es ist ein kleiner Junge.«

»Genau richtig, Doc.« Er schien sich besser zu fühlen, nun, da er wusste, dass das alles wenigstens für mich Sinn ergab.

Ich nahm das Telefon. »Leonard«, sagte ich und klemmte mir den Hörer zwischen Schulter und Kinn.

»Hallo, Mitch. Es hat funktioniert.«

»Hast du gut gemacht, Leonard.« Ich setzte mich an meinen Computer und widmete mich wieder der Aufgabe vor mir, wühlte mich durch ein Haufen HTML-Code von der Website eines Immobilienmaklers, um festzustellen, warum wir Beschwerden über nicht funktionierende Links bekamen. Für Graff sahen sie okay aus, aber das wollte nicht viel heißen.

»Worüber sollen wir uns unterhalten?«, fragte er.

»Ich weiß nicht. Über was redet man, wenn man vollkommen Fremde anruft?«

»Weiß nicht«, erwiderte er. »Über Sachen.«

Ich fühlte mich deutlich weniger so, als wollte ich jemanden entlassen. »Okay. Dann rede über Sachen.«

O Mann, und das tat er. Fast eine Stunde lang. Über alle möglichen Sachen. Er redete über Wettrennen mit dem Mond auf dem Weg von L. A. hier hoch und geborgte Autos, bei denen die Zündschlüssel stecken. Das Rennen ging unentschieden aus, und übrigens, er war fünf Jahre alt. Und über eine Lady, die Rosalita hieß und von der er gedacht hatte, dass sie seine Großmutter war, aber dann stellte sich heraus, er hatte gar keine, und wie sie Rosalita im Gefängnis besucht hatten. Er erzählte mir, dass er zu früh »gebiert« worden war und dass seine Mutter Pearl hieß und dass sie L. A. verlassen hatte, weil sie dachte, dass er hier sicherer wäre, und dass er keinen Nachnamen hatte. Und dass er jede Menge Zeit im Krankenhaus hatte verbringen müssen. Er erzählte mir, dass es bei ihnen wirklich sauber war, weil seine Mama das so mochte, und dass es Mrs Morales, der das Haus gehörte, gefiel, dass Pearl alles so sauber hielt, nur dass Pearl jetzt bei jemand anderem zu Hause war und dort sauber machte und dass Mrs Morales eigentlich alle paar Minuten nach ihm sehen sollte, ob auch alles in Ordnung war, aber dann war sie vor dem Fernseher eingeschlafen und tat es nicht. Er sagte, wenn er groß wäre, würde er einen riesigen Hund haben wie den, der jeden Tag um sechs Uhr morgens auf dieser Straße spazieren geführt wurde. Hatte ich den Hund je gesehen?

»Sechs Uhr morgens«, sagte ich. »Um sechs Uhr morgens schlafe ich eigentlich immer.« Und er lachte.

Dann erzählte er mir noch sehr viel mehr.

Nachdem ich aufgelegt hatte, blickte ich hoch und bemerkte, dass Cahill mich anstarrte. »Was war das denn?«

»Oh, das war nur der Junge von nebenan.«

»Es gibt nebenan einen Jungen?«

»Ich wusste es bis eben auch nicht.«

»Wie hat er deine private Nummer bekommen?«

»Ich habe sie ihm gegeben, während wir uns gerade unterhalten haben. Wir haben uns durchs Fenster unterhalten. Ich hab ihn wählen lassen, während ich sie ihm gesagt habe. Dann habe ich ihm beigebracht, wie man die Wahlwiederholung drückt.«

Cahill starrte mich für eine Minute an. Er war sogar noch jünger als ich, und ich war damals erst fünfundzwanzig. Er hatte einen dieser Haarschnitte, bei denen die Seiten rasiert waren, aber alles weiter oben lang war. An diesem Morgen hatte er diese fiese Locke, die hinten hochstand. Definitiv ein Bad Hair Day. *»Warum?«*, sagte er.

»Scheiße, ich weiß nicht, Cahill. Warum nicht? Er ist ganz allein da drüben. Ruft vollkommen Fremde an. Wenn er schon mit einem vollkommen Fremden reden muss, denke ich, dass ich es sein sollte.«

Cahill hatte einen großen mentalen Aktenschrank, in dem er meine Exzentrizität und meine Unvernunft katalogisierte. Ich sah still zu, wie er diese neuen Beweise ablegte.

* * *

An dem Abend um zehn Uhr weckte mich das Klingeln des Telefons. Normalerweise gehe ich nicht so früh ins Bett, aber ich hatte in der Nacht vorher nur zwei Stunden geschlafen. Lange Geschichte.

Mein erster Gedanke und mein größter Wunsch war Barb, aber ich erwartete schon halb, dass es Leonard war. Wenn er es gewesen wäre, wäre es der fünfte Anruf an diesem ersten Tag gewesen. Aber es war ein Mädchen. Ein junges Mädchen. Nicht so jung wie Leonard, aber jung. Ein Teenager.

»Wer spricht da bitte?«, fragte sie.

»Nein«, sagte ich. »Nein, so funktioniert das nicht. Du hast *mich* angerufen. Sag mir, wer *du* bist.« Ich hasse es, wenn Leute das tun. Kennt sich niemand mehr mit Telefonetikette aus?

»Warum hat mein Sohn diese Nummer angerufen? Ich habe die Wahlwiederholung gedrückt, um zu sehen, wen er angerufen hat. Wer zur Hölle sind Sie?«

»Ich wohne direkt nebenan«, erwiderte ich. Meine Stimme wurde etwas sanfter. Ich konnte das nicht verhindern. Es war irgendwie anrührend. Es war, was ich wollte. Irgendein Beweis, dass dieses Kind eine echte Mama-Löwin hatte, die auf ihn aufpasste. Ich sagte ihr: »Wenn du im hinteren Zimmer wärst und meine Jalousien auf, könnten wir uns gegenseitig zusehen, wie wir diesen Anruf tätigen.« Ich war auf der Galerie oben. Das ganze Erdgeschoss war jetzt mehr oder weniger die Firma.

»Warum hat er Sie angerufen?«

»Weil ich ihm diese Nummer gegeben habe. Er hat vollkommen Fremde angerufen.«

»Das macht er immer noch«, sagte sie. »Sie sind ein vollkommen Fremder. Jedenfalls für mich.« Ihre Stimme war noch nicht sanfter geworden.

»Mein Name ist Mitch«, erklärte ich. »Aber manchmal nennen die Leute mich Doc.«

»Warum? Sind Sie Arzt?«

»Nein. Das ist nur ein Witz. Meine Initialen sind M. D.« Keine Antwort. »Es ist ein Witz.«

»Den Witz verstehe ich nicht.«

Ich setzte mich im Bett auf. Beugte mich rüber, um die Jalousien hochzuziehen, lehnte mich so weit vor, dass ich fast aus dem Bett fiel. Aber ich bekam die Jalousien auf. Ich wollte sie sehen. Sie hörte sich so jung an. Vielleicht fünfzehn oder sechzehn. Vielleicht war sie auch viel älter und hatte nur eine Kleinmädchenstimme. Ich wollte sehen, mit wem ich redete. Aber alles, was ich erkennen konnte, war ein Leuchten hinter den weißen Vorhängen. »Weißt du«, sagte ich, »die Frau, die dir die Wohnung vermietet hat … Ich weiß, du glaubst, dass sie auf ihn aufpasst, wenn du weg bist. Aber das tut sie nicht.«

Ich wartete eine lange Zeit, aber die Leitung blieb einfach still. Dann hörte ich ein kleines Geräusch. Hätte ein Seufzen sein können, oder vielleicht weinte sie auch. Ich konnte das nicht genau sagen.

»Ich weiß nicht, was ich tun soll«, sagte sie. »Ich muss arbeiten gehen.«

»Wie heißt du?« Leonard hatte es mir gesagt, aber ich konnte mich nicht mehr erinnern. Barb sagte immer, dass ich dazu geboren bin, Streuner aufzunehmen. Aber Barb war nicht hier. Und wann war sie denn schon mal hier? Wenn sie frei gewesen wäre, hätte ich ihr vielleicht gesagt, dass sie häufiger vorbeikommen sollte. Vielleicht würde ich dann die Streuner nicht brauchen. Aber sie war nicht hier, um sich diese spitze Bemerkung anzuhören, was genau der springende Punkt war.

»Pearl.«

»Pearl wer?«

»Pearl Geht-Sie-nichts-an. Pearl ist alles, was Sie wissen müssen.«

»Warum gibst du ihn nicht bei mir ab, wenn du nicht da bist?«

»Oh, sicher. Bei Ihnen. Großartig. Woher soll ich wissen, dass Sie nicht kleine Jungs belästigen?«

»Weil … ich es nicht tue.«

»Super Antwort«, erwiderte sie. »Sie sollten in die Politik gehen.«

»Hör zu, ich bin nicht alleine hier«, erklärte ich. »Es sind immer mindestens vier von uns da. Den ganzen Tag. Wir arbeiten hier. Wir machen Software und Webdesign und so was. Er wird nie mit irgendjemandem allein sein. Glaub mir, hier ist er sicherer. Sonst fällt er demnächst noch aus dem Fenster.«

Ich wartete sehr lange auf eine Antwort. Ich dachte, sie würde sich nur Zeit lassen. Ich merkte gar nicht, dass sie auflegte. Bis ich den Wählton hörte, war mir nicht klar, dass sie das getan hatte.

* * *

Um zwanzig nach neun am folgenden Morgen klopfte es an der Tür. Wir waren alle konzentriert bei der Arbeit. Na ja, nicht alle. Hannah und Cahill und ich. Graff war noch nicht da. Wann war Graff schon je vor zehn da? Er war derjenige, den ich hätte entlassen sollen. Nur war er nicht derjenige, der die Sache mit der FedEx-Abholung vermasselt hatte. Das war Hannah. Und sie konnte ich nicht entlassen, weil sie dachte, dass ich der Mittelpunkt des Universums war. Sie hätte das nicht unbeschadet überstanden.

»Herein«, sagte ich, ohne aufzustehen. Aber die Tür blieb zu. »Herein.« Diesmal sagte ich es lauter. Alle unsere Kunden – das heißt diejenigen, die überhaupt persönlich aufkreuzten – wussten, dass sie einfach reinkommen sollten. Ich dachte, gottverdammte Zeugen Jehovas. Ich dachte, irgendwann demnächst würde ich einen von ihnen fesseln müssen oder ihm eine Pistole an den Kopf halten und sie zwingen, sich meine Ansichten anzuhören. Mal sehen, wie ihnen das gefiel.

Ich sprang aus meinem Stuhl hoch und lief zur Tür. Riss sie auf. Ich war wütend.

Auf der Schwelle stand dieses kleine Mädchen. Vielleicht sechzehn Jahre alt. Oder vielleicht auch erst fünfzehn oder schon siebzehn oder achtzehn. Vielleicht zum Teil schwarz, aber definitiv asiatisch, mit wunderschönen, unergründlichen dunklen Augen. Sie war wirklich unglaublich hübsch. An einer ihrer Hände hielt sie den unbezähmbaren Leonard.

Ich dachte, das konnte unmöglich Leonards Mutter sein. Unmöglich. Außer sie hatte ihn bekommen, als sie vielleicht zwölf gewesen war. Das konnte nicht stimmen, oder?

»Pearl?«, fragte ich.

»Vielleicht könnte Leonard heute hierbleiben. Ich denke immer noch darüber nach.«

Sie ging an mir vorbei und sah sich alles genau an.

Sowohl Hannah als auch Cahill sprangen von ihren Stühlen auf und nahmen Haltung an, als wäre das hier eine Art Militärinspektion. Pearl hatte so etwas an sich. Ich stellte sie beide vor, aber Pearl bot ihnen nicht die Hand zum Schütteln an oder irgend so was. Sie betrachtete sie nur, als wenn sie sich im Geiste Notizen machte. Pearl war sehr klein.

Währenddessen sah Cahill mich auf diese spezielle Art an, und ich wusste, dass er das als weitere Beweise gegen mich ablegte.

Ich stellte Leonard den gefiederten Amerikanern vor, wie Cahill sie gerne nannte. Ich hatte diese zwei großen Kakadus. Einen lachsfarbenen Molukkenkakadu und einen ganz weißen. Pebbles und Zonker. Ich erklärte Leonard ganz genau, dass Zonker sehr nett und freundlich war, dass man Pebbles aber auf jeden Fall aus dem Weg gehen musste. Und ich farbcodierte sie für ihn. Weiß gut. Lachs böse.

»Warum ist sie böse?«, wollte er wissen.

»Sie beißt«, erwiderte ich.

»Doll?«

»Sehr doll. Sie hat einen Schnabel, mit dem sie Walnüsse knacken kann.« Er wirkte nicht besonders beeindruckt. »Weißt du, was eine Walnuss ist?«

»So was wie eine Erdnuss?«

»Nein, viel härter. Sie könnte dir einen deiner kleinen Finger brechen.«

»Autsch«, sagte er.

Ich nahm Zonk von seinem Käfig, und er hüpfte ziemlich begeistert auf Leonards Kopf und putzte ein wenig an seinem stacheligen Unkraut herum, woraufhin der Junge vor Gelächter und Freude praktisch kreischte.

»Okay«, erklärte Pearl. »Er kann hierbleiben. Ich habe beschlossen, dass es in Ordnung ist.«

Sie ging in Richtung Tür. Cahill warf mir diesen blasierten Blick zu, diesen sarkastischen »Gott sei Dank sind wir gut genug«-Blick. Sie war unhöflich, da gab es keine zwei Meinungen. Da brauchte man sie nicht zu verteidigen.

»Leonard«, sagte sie. »Hast du deinen Inhalator?«

»Check«, sagte er und tätschelte seine Hemdtasche. Er zog die Schultern bis zu den Ohren hoch, als wenn er seinen Kopf mit dem riesigen, überwältigenden Vogelornament verschwinden lassen wollte.

Ich nahm Zonker auf die Hand und setzte ihn zurück auf den Käfig.

Pearl blieb an der Tür stehen und blickte über die Schulter zu mir zurück. So eine winzige, zerbrechliche Schönheit. »Mr Doc«, sagte sie. »Vielen Dank. Das ist sehr nett von Ihnen.«

Und sie ging, bevor sie erkennen konnte, wie überrascht ich war, das zu hören.

* * *

Zehn Minuten später hielt Leonard seine Hand dem falschen Vogel hin und wurde gebissen. Ich war an der Küchenzeile und setzte gerade den dritten Topf Kaffee auf. Bei dem Kreischen liefen alle zusammen. Selbst Graff, der es unterdessen geschafft hatte, zur Arbeit zu erscheinen.

Leonard hielt seinen kleinen verwundeten Finger hoch, damit ich ihn sehen konnte. Er war nicht gebrochen. Tatsächlich war nicht einmal die Haut verletzt. Aber es gab ein deutlich sichtbares rotes Mal.

»Geh und hol ihm etwas Eis«, bat ich Hannah. Es ging mir etwas besser wegen Pebbles, weil ich wusste, dass sie nicht wirklich zugebissen hatte. Sie hatte dem armen Jungen noch eine Gnadenfrist gegönnt.

»Erinnerst du dich, was ich dir über Pebbles erzählt habe?«, fragte ich, wischte Leonard die Tränen mit einem Papiertuch ab, das Hannah uns gebracht hatte, und legte das Eis auf seinen Finger, wobei er das Gesicht verzog.

»Jap. Du hast gesagt, sie knackt mich wie eine Nuss.«

»Genau. Sie ist der Lachsfarbene.«

»Was ist lachsfarben?«

»Rosa.«

»Jap«, sagte er. »Ich weiß.«

Er war nur ein Kind. Fünf Jahre alt. Er hatte geschworen, er würde den Unterschied zwischen den zwei Vögeln verstehen, aber ich war mir sicher, er hatte einfach die Namen, Beschreibungen und das Verhalten vertauscht.

Es ist mir damals nie in den Sinn gekommen, dass er selbst mit diesen großen, dicken Brillengläsern nicht gut genug sehen konnte, um die zwei zu unterscheiden.

Leonard, 17 Jahre alt: Foto, Nachname, Vater

Ich habe kein Foto von Pearl. Kein einziges. Wenigstens keines, das ihr Weggehen überlebt hat.

Ich habe eine deutliche Erinnerung an sie, ein Bild im Geiste von ihrem Gesicht, wie sie mich voller Liebe anschaut. Von der Minute, in der ich geboren wurde, denke ich. Sie hat fest daran geglaubt, ihr Baby, mich, voller Freude anzuschauen. Willkommen heißend, sagte sie. Sie sagte, wir alle sollten voller Freude in der Welt willkommen geheißen werden. Ich erinnere mich, wie sie das lang und breit Rosalita erzählt hat, von der ich immer dachte, sie wäre meine Großmutter, wenn wir sie besuchen gefahren sind. Wie sich herausstellte, war sie das jedoch nicht. Also Großeltern. Noch etwas, was ich nicht habe. Ich sollte das zu der Liste hinzufügen.

Die Sache ist die: Weil ich kein Foto habe, kann ich mir nicht länger ihr Gesicht vorstellen. Ich sehe sie noch, fühle sie, wie sie mich voller Liebe anschaut, aber ich kann dieses Pearl-Gesicht nicht wiederbeschaffen, dieses süße Kind. Daher ist jetzt alles, was ich sehen kann, die Liebe. Was natürlich im

Grunde genommen gar nicht schlecht ist. Man könnte es viel schlechter erwischen.

Jeder junge Mann denkt, seine Mutter sei ein Engel. Die Madonna, über jeden Tadel erhaben. Und ich vermute, ich bin da keine Ausnahme.

Es gibt da zwei Sachen, die ich von ihr wollte, aber nie bekommen habe. Zwei Sachen, die ich sie gebeten habe, mir zu sagen, nur dass sie's nie getan hat. Ich wollte wissen, wer mein Vater war. Und ich wollte meinen Nachnamen wissen.

Besser, du weißt es nicht, sagte sie. Vertrau mir, sagte sie.

Ich wollte ihr vertrauen. Das hatte ich wirklich vor. Aber stattdessen prägte ich mir den Namen ein, den sie mir gab, als sie mich ins Krankenhaus brachte. Ich konnte nicht anders. Immer wieder habe ich ihn mir vorgesagt, damit ich ihn nicht vergesse. Aber ich wusste nicht, wie man ihn buchstabiert. Ich konnte nur den Klang in meinem Kopf wiedergeben. Es hörte sich an wie Die…mit…rie.

Ich lernte ihn gerade rechtzeitig, dass sie mir sagte: Vergiss ihn. Es ist ohnehin nicht unserer.

Sie hatte vor etwas Angst. Manchmal frage ich mich, ob das, wovor sie Angst hatte, das ist, was sie am Ende eingeholt hat. So ist es ja nicht immer. Manchmal denken wir, wir wissen, was wir fürchten. Wir kehren ihm niemals den Rücken zu. Aber dann kommt etwas ganz anderes, woran wir nie gedacht hatten. Ich frage mich, ob das, was sie am Ende eingeholt hat, etwas war, das sie die ganze Zeit gefürchtet hat, oder etwas, woran sie nie gedacht hätte.

Ich überlege mir all dies, während ich im Halbdunkel an dem Hängegleiter arbeite. Ich arbeite bei Kerzenschein. Weil das, womit ich gerade beschäftigt bin, dieses Kleben ist. Ich bin gegangen und habe zehn Rollen Gewebeband gekauft. Das klingt verrückter, als es ist. Das Klebeband muss nicht alles zusammenhalten. Der Stoff ist auch vernäht. Das Klebeband versiegelt nur all die Stoffkanten, sodass der Wind nicht darunterdringen kann.

Man hat mir gesagt, man könnte auch Wachs benutzen, aber dazu konnte ich mich nicht durchringen. Ich musste immer an Ikarus denken, der zu nah an die Sonne geflogen ist. Ich weiß nicht, wie nahe ich ihr kommen könnte. Ich möchte mich nicht von vornherein festlegen.

Während ich das Gewebeband mit meinen Fingern festdrücke, es glatt streiche, fühle, wie sich jeder Saum an den Stoff schmiegt, gespannt und perfekt, denke ich an das letzte Mal, dass ich Pearl sah. Wie sie mich am Arm packte und mich die Straße entlang zu Mitchs Haus zerrte. Ganz plötzlich. Ich wusste, sie hatte etwas entdeckt, aber ich schaute mich nicht um. Ich war erst fünf. Ich habe nie sehen können, was sie sah. Jetzt denke ich oft daran. Ich hatte die Chance, den Teufel zu sehen, den schwarzen Mann, aber ich habe nicht über meine Schulter geschaut. Ich habe nur daran gedacht, zu Mitchs Haus zu kommen. Und hab mich gefragt, ob er schon das neue Computerspiel hat, das er mir versprochen hatte. Ich wusste nicht, dass es ein wichtiger Augenblick war. Aber ich vermute, das weiß man nie.

Jetzt kommt Jake herein und setzt sich zu mir in die Garage. »Hey«, sagt er.

»Hey«, erwidere ich.

»Du bist verrückt«, bemerkt er.

»Das haben wir alles schon mal durchgekaut.«

»Nein, ich meine, mach dir doch Licht an.«

»Ich brauch kein Licht. Das hier ist etwas, das man besser nach Gefühl macht.«

Es ist wie Blindheit, ein Thema, über das zu sprechen ich meiner Meinung nach qualifiziert bin. Es verstärkt meinen Tastsinn. Ich fühle Spannung, Glätte. Ohne meine Augen bin ich in diesem Moment besser dran.

Das Kerzenlicht wirft einen riesengroßen Schatten des Drachenfliegers gegen die Garagendecke. Es ist atemberaubend, wirklich. Der Aluminiumrahmen ist jetzt mit Stoff bedeckt, aber das Kerzenlicht dringt hindurch wie Röntgenstrahlen, entblößt ihn und zeigt seine Knochen. Es hat beinahe etwas Religiöses. Ihn anzusehen, meine ich. Ich denke, sogar Jake verspürt eine gewisse Ehrfurcht.

Jetzt denke ich daran, wie Pearl ins Krankenhaus kam, um mich zu halten, als ich ganz winzig war, ein Frühchen. Ich weiß nicht, wie viel zu früh ich geboren bin, aber aus ihren Geschichten konnte ich heraushören, dass es heftig war. Ich denke daran, wie sie sich gegen die Krankenschwestern durchgesetzt hat, sich das Recht erkämpft hat, mich mit dieser willkommen heißenden Liebe anzuschauen. Es gab Besuchsstunden, aber sie hat ihnen mehr oder weniger gesagt, sie könnten sie mal. Nicht, dass ich mich genau daran erinnere, aber ich erinnere mich daran, wie's mir erzählt wurde. Und ich glaube, ich habe einen Erinnerungsschimmer an diesen Strahl willkommen heißender Liebe.

Jake sagt: »Rede mit mir, Leonard. Du sprichst nie mit uns.«

Ich sage: »Jake. Du weißt, ich liebe dich und all das. Aber du störst mein Gedankenmuster.«

»Genau das ist es«, sagt er. »Wir wissen nie, was du denkst. Es ist, als würdest du uns einfach nicht reinlassen.«

Das leise Abreißen eines Stücks Gewebeband, dann blindes Glätten unter meinen Fingerspitzen. Ich blicke hoch zu dem Schatten.

»Ich mach dir ein Angebot. Wenn du still bei mir sitzt und meine Gedanken nicht störst, dann denke ich sie für dich laut.«

»Ehrlich?«, fragt er.

»Psst«, mache ich. »Hier ist, was ich denke.

Ich denke, wenn ein Junge ohne einen Vater auf die Welt kommt und ohne einen Namen, dann ist es beinahe so, als ob er nicht auf die gleiche Weise dorthin kommt wie alle anderen. Wie bei der unbefleckten Empfängnis oder so. Nicht dass ich mir irgendetwas einbilde. Ich weiß, Pearl war keine Jungfrau. Ich rede mir nichts ein. Ich weiß es. Es ist einfach das Gefühl, das man bekommt. Dieses wirklich verlorene Gefühl.

Ich denke daran, wie ich in die Vorschule gegangen bin … O Himmel, das ist ein völlig anderes Thema. Wie auch immer, lenk mich nicht ab. Ich denke daran, wie Mitch mir seinen Namen gegeben hat. Also war ich für diese drei Jahre Leonard Devereaux. Aber ich wusste, ich war es nicht wirklich. Er wollte, dass ich es bin, aber ich war es nicht.

Ich frage mich, was bedeutet es, wirklich jemandes Namen zu tragen? Wenn Mitchs Name wirklich meiner sein könnte, wenn er Pearl geschwängert hätte, würde mich das ändern? Wie würde mich das ändern? Würden wir uns etwas anderes bedeuten?

Wir hätten all diese Zeit zusammen leben können. Das ist es, was ich erkennen kann. Nicht, dass ihr, du und Mona, nicht großartig gewesen wärt.«

Ein weiteres leises Abreißen von Gewebeband. Ich halte diesen langen Streifen, spüre die Klebrigkeit unter meinen Fingern. Ich möchte weitermachen, aber ich merke, dass es nicht dasselbe ist, wenn ich es vor Jake laut ausspreche. Es ist nicht das Gleiche, wenn jemand zuhört. Niemand hört je meine Gedanken, und jetzt merke ich, dass ich das eigentlich auch gar nicht möchte.

Außerdem möchte ich auch über Dinge nachdenken, die ich ihm nicht sagen kann. Weil er Teil meiner Familie ist, meiner Adoptivleute, und ihnen ist es irgendwie wichtig, dass ich ihren Namen trage, wie einen neuen Mantel, den einem jemand gibt, weil der alte fadenscheinig geworden ist.

Ich denke, wie ich manchmal wieder zurückmöchte und den Namen Devereaux haben möchte, aber ich kann das nicht laut aussprechen. Ich weiß, es würde Jakes Gefühle verletzen.

Und wie ich manchmal verstehen kann, dass diese Kinder ihre leiblichen Eltern suchen gehen, weil sie nicht wirklich wissen, wer sie sind. Und wie ich zu anderen Zeiten denke, das Gefühl, diese Unverbundenheit, die davon kommt, nicht zu wissen, wer ich bin, ist auf meiner Seite. Es hält mich davon ab, zu erdverbunden zu werden. Davon, zu glauben, dass dies eine Art von endgültigem Rastplatz ist, wie ein Zuhause. Aber das alles kann ich nicht vor Jake fühlen.

»Morgen werden wir ihn rausbringen und im Tageslicht inspizieren«, erkläre ich. »Das Gurtzeug einhängen.«

Ich kann spüren, wie er sich anschickt, etwas Wichtiges zu sagen. Eine von diesen entscheidenden menschlichen Kommunikationen, die so beliebt bei allen sind, außer vielleicht bei mir, Leonard Niemand.

»Wir können dir das nicht erlauben, Leonard.«

»Okay. Gut. Das verstehe ich.«

Ich wusste, das würde passieren. Ich hatte mich bereits entschieden, nicht zu widersprechen. Es hilft nie, sich zu wehren. Man muss wie ein Passiertuch sein. Lass sie einfach geradewegs durch dich durchgleiten. Ohne Schaden anzurichten.

»Was hast du gesagt?«, fragt er.

»Du hast recht. Ich sollte das nicht tun. Ich blase es ab.«

Ich hasse es, ihn anzulügen, aber so ist es besser. Ich habe schon bei Mitch das Blaue vom Himmel heruntergelogen. Ich hab es gehasst. Es geht mir gegen den Strich. Aber auf lange Sicht wird es für sie wichtig sein. So können sie, wenn irgendwas schiefgeht, sagen, sie hätten es nicht gewusst.

Und, wie auch immer, dies ist etwas, was ich allein tun muss.

Ich würde gerne denken, dass Jake mir glaubt. Aber ich würde sagen, wir wissen beide, dass das viel zu leicht war.

Nachdem er gegangen ist, denke ich darüber nach, wie mich Mitch einmal gefragt hat, warum ich ein so glücklicher kleiner Junge sei. Ich war fünf Jahre alt. Pearl war ein paar Wochen fort. Ich habe wirklich angestrengt über eine Antwort nachgedacht, obwohl ich vermute, er hat einfach weitergearbeitet, ohne wirklich eine zu erwarten.

Dann sagte ich: »Ich glaube, es ist, weil meine Mutter mich so liebt.«

Er warf mir diesen restlos mitleidigen Blick zu, als wäre ich das tapferste Kind auf der Welt. Er hatte es einfach überhaupt nicht verstanden. Aber er ist trotzdem mein Freund. Es gibt nur ein paar Sachen, die er einfach nicht versteht.

Mitch, 37 Jahre alt: Leonard will nicht auspacken

Ich komme am Montagmorgen ins Büro, und zuverlässig wie ein Uhrwerk ist Mona da, die mit mir reden will.

Hier ist die Sache mit Leonard: Leonard ist Leonard, nie mehr oder weniger, und deshalb bekomme ich immer, wenn ich sehe, dass Mona auf mich wartet, dieses Gefühl im Magen, weil ich darüber nachdenke, was ich jetzt wohl zu hören bekomme. Wenn ich tatsächlich ein Elternteil wäre, wären es die Cops mitten in der Nacht auf meiner Türschwelle. Aber sosehr ich den Jungen auch liebe, sosehr ich auch das Gefühl habe, das Recht zu haben, mich Vater zu nennen, und sosehr er mich auch als wahren Elternteil ansehen mag, Leonard könnte sterben, und die Polizei würde sich nicht die Mühe machen, zu mir zu kommen. Ich würde es vermutlich von Mona hören.

Wir haben den ersten Augenkontakt, und ich erkenne, dass es nicht ganz so schlimm ist. Nicht dieses Mal. Und ich atme wieder. Und dann seufze ich. Ich bin noch nicht mal an meiner Bürotür angekommen, und schon bin ich total abgelenkt.

»Du musst mit ihm reden, Mitch«, sagt Mona. »Es wird immer schlimmer. Es wird verrückter. Die ganze Zeit. Ich habe solche Angst, dass ich ihn verliere.«

Tatsächlich geht mir das genauso. Aber sie ist ganz offensichtlich hier, damit ich sie tröste. Und da würde eine solche Aussage kaum helfen. »Du willst, dass ich ihm den Hängegleiter ausrede.«

»Hauptsächlich. Ja. Aber es geht auch noch um andere Sachen. Und ich habe einfach nicht das Gefühl, dass wir zu ihm durchdringen. Nicht, wie du das immer tust. Du bist immer zu ihm durchgedrungen.«

Aus reiner Höflichkeit geben wir beide kurz vor, dass es nicht schwer für sie war, das auszusprechen.

Auch mir ist in letzter Zeit aufgefallen, dass Leonard sich immer mehr echter Gefahr nähert. Wirklicher, körperlicher Gefahr. Bei ihm hört es sich an, als sei es irgendeine spirituelle Reise. Aber er ist ein Mensch, Leonard. Irgendwo tief drinnen hat er dieselbe Zusammensetzung, dieselben Grundbedürfnisse wie wir alle. Er hat nur dieses Bedürfnis nach dem Überweltlichen. Er will nicht zu viele erdgebundene Verbindungen.

Das beunruhigt mich, weil ich das Gefühl habe, dass das hier nur ein Zwischenstopp für ihn ist, dass er nicht wirklich vorhat, lange zu bleiben. Als wenn ein Gast in mein Haus käme und sich weigern würde, seinen Koffer auszupacken. Ich würde ihn vielleicht damit aufziehen. Ich würde vielleicht sagen, hey, entspann dich, und bleib ein bisschen. Aber die Ansage, was er vorhat, wäre ziemlich eindeutig. Das ist Leonards Herangehensweise ans Leben. Er weigert sich, auszupacken.

»Geht es um Pearl?«, frage ich.

»Es geht immer um Pearl. Du weißt, was er denkt, oder? Ich meine, er erzählt es dir, richtig? Dass er denkt, dass Pearl immer noch bei ihm ist?«

»Er hat unterdessen gelernt, nicht darüber zu reden, wenn ich dabei bin«, sage ich. »Weil er weiß, dass er mir das nicht verkaufen kann.«

»Als Pearl gestorben ist …«

»*Falls* Pearl gestorben ist«, sage ich heftiger als nötig. Mir fällt auf, wie viel Heftigkeit ich über die Jahre zu diesem schwierigen Thema angesammelt habe. »Falls sie gestorben ist. Niemand weiß sicher, dass es so ist. Ihre Leiche ist nie aufgetaucht. Leonard hat einfach beschlossen, dass sie tot ist. Wenn du mich fragst, hat Pearl ihn einfach auf meiner Türschwelle abgesetzt und ist abgehauen. Kannst du nicht verstehen, wie wichtig es für ihn ist? Das nicht zu glauben?«

Mona beschließt, diese ganze Sache zu ignorieren. Sie sagt: »Er wird richtiggehend tollkühn, Mitch. Er ist so verdammt versessen darauf, diese Theorie zu Pearl zu beweisen. Aber du siehst die Gefahr, oder? Denn bis er selbst tot ist, wird er es nicht wissen. Ich habe fast das Gefühl, dass er versucht, immer näher und näher an diese Linie zu kommen. Rede mit ihm, Mitch. Bitte. Er hört nicht auf mich.«

Auf mich hört er auch nicht, aber das sage ich nicht. »Was meinst du damit, die Theorie zu beweisen?«

»Na ja, du weißt schon.«

»Wenn ich es wüsste, würde ich nicht fragen.«

»Es ist, als wenn er denkt, dass diese ganze Sache mit dem Sterben … Diese Sache, von der jeder erzählt, dass man ins Licht geht? Nun, er denkt, das ist schon richtig, nur dass diese Theorie, dass es … irgendwie … optional ist.«

»Optional?«, wiederhole ich. Es hört sich dumm an. Ich kann nicht verhindern, dass es sich dumm anhört.

»Optional«, bekräftigt sie. Sie hat dunkle Schatten unter ihren ohnehin schon dunklen Augen. »Er denkt, wenn du nicht gehen willst, tust du das einfach nicht. Du bleibst hier. Bei jemandem. Genau das, denkt er, hat Pearl für ihn gemacht.«

Ich will sie fragen, was sie glaubt, entscheide dann aber, dass das egal ist. »Für-immer-Liebe«, sage ich. Denn das ist etwas, worüber Leonard und ich reden. Er hat versucht, mir die Sache mit der Für-immer-Liebe beizubringen, seit er fünf Jahre alt war. Ich bin ein langsamer Lerner, und er ist sehr geduldig.

Ihr Gesicht hellt sich auf, jetzt, wo wir endlich eine gemeinsame Basis für diese Konversation gefunden haben, etwas, wovon wir beide wissen, dass wir es beide verstehen. Mein Magen zieht sich fast schmerzhaft zusammen bei dem Gedanken, dass Leonard das so dringend ausprobieren möchte.

»Okay«, sage ich und wappne mich, demnächst Dinge zu sagen, die gesagt werden müssen. »Okay. Nehmen wir also mal an, dass, was Gott verhindern möge, das absolut Schlimmste passiert. Worst-Case-Szenario.« Ich kann mich nicht dazu bringen, es noch deutlicher auszusprechen. »Für wen würde Leonard aus Liebe hierbleiben wollen?«

Monas Augen werden ganz groß. Als wenn sie nicht glauben kann, dass ich das nicht weiß. Und ich denke, es ist ihr peinlich, dass sie diejenige ist, die es mir sagen muss. Und außerdem tut es ihr weh, weil sie möchte, dass sie es ist, aber sie ist es nicht.

Sie sieht wieder weg. »Nun ja, du. Du natürlich.« Dann, während ich noch dabei bin, diesen Meteorit an Information zu schlucken, der mir im Hals steckt, sagt sie: »Rede mit ihm, Mitch.«

Und in einem plötzlichen Anfall von hoffnungsloser Idiotie verspreche ich, dass ich das tun werde.

* * *

Leonard lebt bei seinen Adoptiveltern Jake und Mona, diesen Leuten, von denen er schwört, dass sie mich niemals ersetzen können. Sie haben viele Kinder, alle adoptiert. Elf bei der letzten Zählung. Viele haben irgendwelche Behinderungen, also sind

Leonards Augenprobleme und sein Asthma für sie überhaupt nicht abschreckend. Nicht so, wie ich es gehofft hatte. Ich hatte gehofft, niemand würde Leonard nehmen und ich könnte ihn behalten. Aber dann musste diese Familie von Gutmenschen auftauchen.

Leonard und ich haben über die letzten zehn Jahre einen Weg gefunden, damit umzugehen. Wir tun so, als wenn er zu ihnen gehört, und sie lassen ihn mich besuchen. Wir kennen die Wahrheit und wissen, wo wir sie aufbewahren und wann wir sie wieder rauslassen ans Licht. Wir gehören zueinander. Wenigstens in dieser Sache hat Pearl eine gewisse Weisheit gezeigt.

Leonard ist in der Garage, genau da, wo Mona gesagt hat, dass er sein würde. Er arbeitet an seinem Hängegleiter. Mona hat mir alles über den Gleiter erzählt und über die Tätowierung.

Er hat die Pläne für den Gleiter aus dem Internet. Dann hat sich Jake in einigen Chatrooms umgesehen und versucht, herauszufinden, was die Leute von diesen selbst gebauten Gleiterdingern halten. Nach Jakes Recherche sind sie ein großer Fehler. Aber hier steht Leonard in der Garage und baut einen aus Aluminiumrohren, Schrauben und Muttern, Nylonnetzgewebe und laminiertem Polypropylen.

Jake hat versucht, jemanden zu finden, der das erfolgreich durchgeführt hatte, aber man sagte ihm, dass die alle tot seien. Man sagte ihm auch, wenn man schon in den Tod springen wollte, gäbe es keine Notwendigkeit, einen Gleiter zu bauen, um ihn mitzunehmen. Er hofft, dass das Insiderwitze in den Chatrooms sind, befürchtet aber, dass selbst Insiderwitze irgendwo mit der Wahrheit angefangen haben.

Leonard steht von mir abgewandt, er wirkt so klein und dünn. Er sieht so kahl aus, fast wie ein Mönch mit seinem rasierten Kopf. Ich kann einen Teil der Tätowierung sehen. Den oberen vertikalen Balken des Kreuzes. Er ragt gerade ein kleines bisschen über seinen Kragen heraus. Es ist wahnsinnig detailliert, bis hin zu der rauen Holzstruktur. Ich bin sehr ambivalent wegen dieses Tattoos, aber jetzt, genau in diesem Moment, würde ich es zu gerne ganz sehen.

Er trägt seine übliche Uniform: Jeans und ein einfaches weißes T-Shirt. Es hebt die Farbe seiner Haut hervor, die irgendwie magisch ist. Leonard hat die Farbe von Kaffee, genau so, wie ich ihn trinke, mit einem ordentlichen Schuss Milch. Ich kann die Beule von dem Inhalator in seiner hinteren Jeanstasche sehen. Ein Lichtstrahl dringt durch das Oberlicht, und er sieht aus wie der Auserwählte, wobei ich oft vermute, dass er genau das ist. Zwar glaube ich tief im Innern an fast gar nichts, dennoch bin ich versucht, das zu glauben – es ist eine leichte irritierende Anwandlung. Und derselbe Lichtstrahl erleuchtet dieses merkwürdige silberne Skelett seines im Bau befindlichen Projekts, fast so lang wie die Garage, und sorgt dafür, dass es wie gesegnet aussieht.

Ich muss mich daran erinnern, dass ich absolut dagegen bin. Das ist das Problem, jedes Mal, wenn ich Leonard sehe. Ich komme als persönlicher Berater und gehe als persönlicher Cheerleader. Alles, was er tut, scheint, wenn man bei ihm und in seiner Nähe ist, so richtig zu sein.

Ich hätte gerne einen Augenblick, um ihn in Ruhe zu beobachten, aber Moon Pie verrät mich. Leonards merkwürdiger Hund. Ein großes, drahthaariges Monster von einem Streuner, braun und ohne besondere Merkmale. Irgendwie fühlt man sich an einen Irischen Wolfshund erinnert, nur dass dieses Exemplar nicht annähernd so blaublütig ist. Er wackelt mit dem Schwanz und schlägt irgendwo gegen, und ich bin aufgeflogen. Leonard dreht sich um.

»Mitch«, sagt er. Er sagt meinen Namen immer, als wenn es genau der Name wäre, auf den er nur gewartet hat, um ihn auszusprechen.

»Leonard«, erwidere ich und gehe durch die Garage, als wenn ich in einem Traum wäre. Lege ihm eine Hand fest auf die Schulter.

»Mona hat dich geschickt«, stellt er fest. »Nicht wahr?«

»Sie meint es nur gut.«

»Natürlich«, sagt Leonard. »Das muss man eigentlich gar nicht erwähnen.«

Moon Pies nasse Nase hinterlässt eine kalte Spur auf meinem Handrücken. »Nun, um mal für eine Minute ihre Sichtweise anzunehmen, was zur Hölle denkst du dir eigentlich dabei, Leonard?«

Er lässt den Kopf zurück ins Licht fallen. Schließt die Augen. Denn soweit es Leonard betrifft, habe ich eine ernsthafte Frage gestellt. Ich bin mir nicht sicher, ob er das Konzept von rhetorischen Fragen überhaupt versteht. Er gibt sich große Mühe, mir die ernsthafte Antwort auf meine ernsthafte Frage zu geben, die sie so eindeutig und dringend verdient.

»Nun«, erklärt er, die Augen immer noch zusammengepresst wie bei einem stummen Gebet, »ich denke über Pearl nach. Und gerade jetzt auch über dich. Genau bevor du hergekommen bist. Und meine Augen. Ich dachte, das nächste Mal, wenn ich Mitch sehe, muss ich ihm wieder danken. Für meine Augen.«

»Dafür musst du mir nicht mehr danken.«

»Warum nicht? Ich benutze meine Augen jeden Tag. Was hat dir Mona noch erzählt?«

»Nun, von der Tätowierung.«

»Die sind fast nie tödlich.«

»Das ist nicht ganz richtig. Bist du dir sicher, dass sie dort sterile Nadeln benutzt haben?«

»Absolut. Willst du sie sehen?«

Und das Verrückte ist, dass ich sie natürlich sehen will. Ich habe sie mir von Mona in aller Ausführlichkeit beschreiben lassen.

Eine seiner vielen kleinen adoptierten Schwestern kommt hereingelaufen. Eine ruppige Zehn- oder Elfjährige, die Leonard anbetet, wie sie es alle tun. Jeder, der Liebe braucht, kommt zu

Leonard, der eine unendliche Menge davon zu geben zu haben scheint.

»Hallo, Leonard«, sagt sie. Eifrig und erfreut. »Hallo, Mitch.« Reservierter. »Kann ich helfen?«

»Nein, sorry. Verzieh dich, kleine Nervensäge. Ich will Mitch meine Tätowierung zeigen.«

»Ich möchte sie auch sehen«, jammert sie, leidet bereits unter der Ungerechtigkeit, von diesem aufregenden Erwachsenenereignis ausgeschlossen zu sein.

»Wenn du achtzehn bist«, sagt er. »Sonst korrumpiere ich dich. Du wirst losgehen und dir Tattoos stechen lassen, und wer bekommt dann die Schuld? Ich, ganz klar.«

»Ach, menno«, sagt sie und genießt es, es noch etwas in die Länge zu ziehen.

Leonard neigt den Kopf. Wirft ihr einen Blick zu. »In einer Viertelstunde gehe ich mit dir los und kaufe dir ein Eis. Wenn du jetzt verduftest. Und Moon Pie mitnimmst.«

Jetzt ordentlich bestochen, trollt sie sich, hält das Halsband des großen, haarigen Biests und schlägt die kleine Seitentür der Garage hinter sich zu.

Leonard zieht sich das T-Shirt über den Kopf. Er hat kein einziges Haar auf seiner schmalen Brust. Ich habe furchtbare Angst, dass einige seiner aufsehenerregenderen Unternehmungen ihn ins Gefängnis bringen könnten. Es bringt mich buchstäblich ins Schwitzen, wenn ich darüber nachdenke, wie es ihm da drin ergehen würde. Schmal, glatt, haarlos. Leicht. Unschuldig innen und außen.

Er dreht mir den Rücken zu.

Die Tätowierung ist größer, als ich dachte. Sie beginnt genau über der Stelle, wo der Kragen seines Shirts liegt, und setzt sich über die Mitte seines Rückens fort. Der horizontale Balken erstreckt sich über die Schulterblätter und bis unter seine Schultern. Also muss er mit ausgebreiteten Armen stehen, um es mir richtig zu zeigen.

Die Details der Maserung des Holzes sind so unglaublich realistisch.

So, wie er jetzt vor mir steht, abgewandt, erinnert es mich fast an Performance-Kunst. Was in etwa sowieso meine Meinung über ihn ist. Performance-Kunst.

Ich muss mich ermahnen, dass ich das auf irgendeine Art schlecht finden soll.

Ich bin nicht hier, um den Jungen zu bewundern, sondern um ihn zu überzeugen, ein für alle Mal, dass seine tote Mutter nicht mit ihm hier auf der Erde ist. Dass seine tote Mutter in Wahrheit vermutlich noch nicht einmal tot ist. Dass es Selbstmord ist, diese Spiele zu spielen, sich an der Schwelle zum Tode zu vergnügen, als wenn er Übung darin brauchte. Dass, wenn er mich liebt, er mich genau hier lieben soll, genau jetzt, lebendig. Und ich denke, ich soll ihm auch sagen, dass die Tätowierung albern ist. Ich kann mich nur nicht mehr daran erinnern, warum oder weshalb.

»Leonard. Du denkst doch nicht … dass du … irgendwie … Jesus bist oder so was, oder?«

»Du solltest mich besser kennen«, sagt er und hält dabei immer noch die Pose. »Also, was hältst du davon?«

»Nun, es ist wunderschön. Wirklich, das ist es. Ich frage mich nur … Ich frage mich nur, ob du immer noch froh sein wirst, es zu haben, wenn du … du weißt schon … dreißig bist.«

Er lacht. Dreht sich um und macht drei oder vier Schritte über den Betonboden der Garage zu mir. Unter dem Skelett seines riesigen Dinosaurier-Vogel-Projekts. Immer noch lachend. Er berührt mein Gesicht, als wäre ich sein Kind, sein albernes, paranoides Kind, das getröstet werden muss.

»Oh, Mitch«, sagt er. Ich bin so dumm. Ich kann es in seiner Stimme hören. »Mitch. Ich werde keine dreißig Jahre alt werden.«

Pearl, 17 Jahre alt: sicher

Wir stiegen aus dem Bus, und da war es. Das Meer. Ich hatte nie zuvor so etwas gesehen. Und mein süßer kleiner Leonard auch nicht.

Dies war der Tag, an dem mein Junge vier Jahre alt wurde.

Ein Geburtstag ist eine ganz große Sache. Es sollte groß sein von dem Moment an, in dem man aufwacht. Es sollte so eine große Sache sein – den ganzen Tag lang –, dass man abends ins Bett fällt, völlig erschöpft davon, wie groß alles gewesen ist. Man bekommt ein Geschenk mit Papier drum herum, das man gleich auspacken kann. Und dann, je nachdem, was drin ist, kann ein Geburtstag danach in gewisser Weise seinen Glanz verlieren. Und was hat man dann? Keinen Geburtstag. Keine große Sache. Also, was ich für meinen süßen kleinen Jungen wollte, war ein Geburtstag, der groß sein würde und den ganzen Tag lang andauern.

Niemand sollte imstande sein, das zu ruinieren oder es unsicher zu machen.

Ich hatte den Santa Monica Pier nie zuvor gesehen, aber Rosalita hatte mir alles darüber erzählt. Sie hatte gesagt, es ist ein großer Vergnügungspark, und es ist auch ein Strand, alles zusammen. Sie hatte gesagt, es gibt ein Karussell und Autoskooter und eine Halle mit Automatenspielen, wo man Skee-Ball spielen und Stofftiere gewinnen kann. Leonard hatte keine Stofftiere, daher war das gut. Sie hatte gesagt, man kann dort Corn Dogs essen, Schnee-Eis und warme Brezeln, und wenn man zwischen den Holzplanken auf dem Pier hindurchschaut, sieht man das Meer. Tief unter den eigenen Füßen. Sie hatte gesagt, wenn es dunkel wird, knipsen sie die großen Lichter an, die über das Wasser strahlen, und sie beleuchten die weißen, schaumigen Stellen auf den Wellen, die zum Strand kommen.

Ich hatte nie eine Welle an den Strand rollen sehen und Leonard auch nicht, daher war das eine große Sache.

Ich hatte hierfür lange gespart. Ich hatte eine Menge Häuser geputzt, um diesen Tag möglich zu machen. Das können Sie mir ruhig glauben. Niemand sollte uns das kaputtmachen.

Leonard zog sich die Schuhe aus und lief runter zu dem Teil des Sandes, wo er ganz nass ist und schimmert, auf die nächste heranrollende Welle wartet. Als die kam, spritzte sie bis zu seinen Shorts hoch und wand sich um seine kleinen, dünnen Beinchen, und er schrie. Aber es war ein gutes Schreien.

»Heb mich hoch, Mama«, rief er.

Und das tat ich, aber ich wollte auch wissen, warum.

»Damit ich sehen kann, wo es aufhört.«

Aber selbst als er auf meinen Schultern saß, konnte er das nicht sehen.

Also, so was ist eine große Sache.

* * *

Wir waren ohne Handtuch auf dem Sand, aber ich glaube nicht, dass es ihn gestört hat. Leonard hatte keine Badehose oder so, worin er schwimmen konnte, aber er hatte seine Boxershorts an, und das war okay.

»Du wirst Sonnenbrand kriegen«, sagte ich.

»Nein, es geht mir gut«, antwortete er.

Ich dachte, wir könnten unter den Pier in den Schatten gehen, aber er mochte es in der Sonne lieber.

Es ist etwas Schönes, wie sich die Haut anfühlt, wenn die Sonne das salzige Wasser direkt darauf trocknet. Es riecht und fühlt sich an wie Strand.

Drei Typen kamen vorbei, und einer von ihnen trank Bier und zwinkerte mir zu, und ich schaute ihn dafür böse an.

Er rief mir einen hässlichen Namen zu.

Ich werde ihn hier nicht wiederholen, aber es ist nichts, was man eine Frau vor ihrem kleinen Jungen nennen sollte. Ich werde nur das sagen und mehr nicht.

»He!«, schrie ich ihm nach. »Ich hab mein Kind dabei.«

Denn wenn ich gesagt hätte, was ich eigentlich sagen wollte, nun, das ist etwas, was man auch nicht vor seinem kleinen Jungen sagen kann. Ich dachte, wenn er noch eine Sache tut, die unseren großen Tag weniger als perfekt macht, dann würde ich mich vielleicht so fühlen, als ob ich ihn umbringen wollte. Ich sage nicht, dass ich das getan hätte. Nur dass ich begann, solche Sachen zu denken.

Der Typ stand einfach nur da und schaute mich eine Minute lang an. Er war nicht wirklich sicher auf seinen Füßen in dem Sand. Einer seiner Freunde war schon weitergegangen. Der andere, der bei ihm blieb, war rothaarig und nicht so groß.

»Komm schon«, sagte der Rothaarige und zog den großen, betrunkenen Typen am Arm. »Vergiss es«, sagte er.

Ich denke, genau das passierte. Ich denke, der große, betrunkene Typ war so betrunken, dass er vergaß, was er sagen wollte, und so gingen sie weiter.

Ich überlegte, wie wir uns an den Tag erinnern konnten, als wäre dieser Teil nie geschehen.

Leonard hatte seinen Mund offen, schaute ihnen nach, wie sie über den Strand liefen.

Nach einer Weile – es musste schon drei oder vier oder auch fünf sein – hatten wir ziemlichen Sonnenbrand, und die Sonne stand schon etwas tiefer. Es wurde angenehm kühl.

Wir gingen auf den Pier, und Rosalita hatte recht. Man konnte zwischen den Brettern hindurchsehen, und da war das Meer. Tief unten. Es wird einem ein bisschen schwindlig. Man bekommt dieses komische Gefühl innen drin.

Wir aßen Corn Dogs, tranken Orangenlimonade, und zum Nachtisch gab es gefrorene Snickers. Leonard wollte Autoskooter fahren, aber ich dachte, vielleicht besser nicht direkt nach dem Essen. Vielleicht nach einer kleinen Weile.

Wir gingen in die Spielhalle, und es gab Videospiele und Autorennen und Skee-Ball, und eine Wand war voll mit den Sachen, die man gewinnen konnte. Ich konnte sehen, wie Leonards Gesicht aufleuchtete, als er all diese Stofftiere, Tiger und Giraffen und Elefanten und Delfine und Pferde und Kaninchen und Schweine und Bären sah.

Ich zählte nach, wie viel Geld ich noch hatte, aber ich hatte keine große Chance, eins zu gewinnen. Ich würde mit jedem einzelnen Ball fünfzig Punkte werfen müssen, und ich war mir nicht sicher, ob das überhaupt reichen würde.

»Lass uns gehen und Autoskooter fahren«, sagte ich.

* * *

Aber der Typ an der Kasse wollte uns nicht fahren lassen, weil Leonard noch zu klein war.

Ich hab gesagt, er könnte mit mir im Wagen mitfahren, aber das durfte er auch nicht erlauben. Doch ich ließ nicht locker.

Hinter mir war eine Schlange, und ich ging nicht weg, und der Typ hinter uns sagte, lass sie einfach. Er ärgerte sich, weil er warten musste. Daher konnten wir fahren.

Ich fuhr mit Leonard zwischen meinen Knien. Er schaute nach oben zur Decke. Ich glaube, er mochte den elektrischen Klang und die Funken von da, wo die langen Stangen hinten von den Wagen die Decke berühren. Oder womöglich mochte er es auch nicht, das weiß ich nicht. Vielleicht ein bisschen von beidem.

Aber der betrunkene Typ vom Strand war auch im Autoskooter, und er rammte uns die ganze Zeit von vorne. Dabei soll man andere nicht von vorne rammen. Das ist gegen die Regeln. Er tat das, einfach um gemein zu sein. Und der Typ vom Autoskooter unterbrach die Fahrt auch nicht, um es ihm zu sagen. Vielleicht war er auch wütend auf mich, dass ich überhaupt in einem Autoskooter saß. Das weiß ich nicht.

Ich lenkte unseren Wagen neben den dummen betrunkenen Typen und packte ihn am Hemd. Er war so betrunken, dass er gar nicht auf die Idee kam, mich abzuschütteln. Nicht sofort.

»Lass uns verdammt noch mal in Ruhe«, sagte ich. Ich klang, als würde ich ihm wehtun, wenn er das nicht täte. Ich hätte vor mir Angst gehabt, wenn ich jemand anderes gewesen wäre, der mich das sagen hörte.

Dann stießen wir mit dem Autoskooter eines fetten Kindes zusammen, und die Fahrt war vorbei. Ich dachte, das würde es sein.

* * *

Wir spielten Skee-Ball, solange es ging. Ich meine, solange das Geld reichte. Es lief nicht so gut. Genau genommen ging es nicht mal so gut, wie ich gedacht hatte, und ich hatte mir ohnehin nie große Hoffnungen gemacht.

Das Problem war nur, mein kleiner süßer Geburtstagsjunge wollte auch spielen. Wie konnte ich Nein sagen? Es war sein Geburtstag, und er hatte noch nie Skee-Ball gespielt.

Dabei wollte ich für ihn so dringend ein Stofftier gewinnen. Aber was konnte ich zu ihm sagen? Ich musste es ihn versuchen lassen.

Als er das erste Mal den kleinen Ball rollen ließ, schaffte er nicht mal den ganzen Weg bis nach oben. Nach drei Versuchen rollte er ihn wirklich kraftvoll, aber nie in die Mitte. Dafür gab es keine Punkte.

Und ich hatte vorher auch noch nie gespielt. Daher bekam ich anfangs auch keine Punkte, und nachher, nach einer Weile, bekam ich manchmal eine Zehn.

Langsam ging uns das Geld aus. Wir mussten noch genug für das Karussell und den Bus zurück nach Hause übrig behalten. Wir hatten nur noch eines dieser kleinen Tickets, die man für ein gutes Skee-Ball-Spiel bekommt. Man kann aber keine Preise gewinnen mit einem Ticket. Nicht mal die kleinen, doofen.

Der betrunkene Typ spielte ein gutes Stück weiter am anderen Ende der Halle, und sein rothaariger Freund spielte genau neben ihm. Wohin der andere Typ gegangen war, wusste ich nicht. Aber sie waren gut, und das ärgerte mich. Ich konnte lange Streifen mit Tickets aus ihren Skee-Ball-Maschinen hängen sehen. Aber wenigstens ließen sie mich in Ruhe.

Doch dann holte der Große, Betrunkene eine Zigarette heraus. Nur dachte ich nicht, dass man hier drin rauchen durfte. Dazu musste man rausgehen.

Auf seinem Weg nach draußen kam er dicht an mir vorbei. Und fasste mich an. Ich schwöre bei Gott, das dumme Arschloch hat mich begrapscht.

Hat seine Hand direkt auf meinen Po gelegt.

Ich bin völlig ausgeflippt.

Ich wirbelte herum, hab mich auf ihn gestürzt, ihm eine Ohrfeige gegeben, und ich denke, ich habe ihn auch ein- oder zweimal gegens Schienbein getreten. Er fiel rückwärts gegen einen Flipperautomaten und hätte ihn beinahe umgeworfen. Ich hab geschrien, dass es der Geburtstag meines Jungen sei und wie er es wagen könne, den so zu ruinieren.

Er hatte diesen Ausdruck in den Augen, als wollte er es mir heimzahlen, aber so weit ist es nicht gekommen. Weil sein rothaariger Freund da schon bei ihm war, und auch der Typ, der hier arbeitet und Wechselgeld rausgibt. Die beiden haben ihn festgehalten und verhindert, dass er tat, was immer er mir antun wollte.

Der rothaarige Typ sagte: »Lass es, Don. Lass es einfach. Sie hat ein Kind, okay?«

Ich drehte mich wieder um, und da war mein kleiner Geburtstagsjunge und sah wirklich verängstigt aus. Warum können einen Leute nicht mal einfach in Ruhe lassen?

Der Mann, der in der Automatenhalle arbeitete, sagte zu dem betrunkenen Typen, dass er verschwinden solle und nicht wiederkommen.

Das tat er, war aber wütend, als er die Treppe runter zum Strand ging, und es freut mich, sagen zu können, dass wir danach nichts mehr von ihm zu sehen bekommen haben.

Der rothaarige Typ kehrte zurück zu der Skee-Ball-Maschine und holte die ganzen Tickets. Es waren zwei lange Streifen. Er kam zu uns zurück. Ich wusste, er war nicht der Schlimme, aber ich wollte trotzdem, dass er uns in Frieden ließ.

»Tut mir leid wegen meinem Freund«, sagte er.

Ich schaute auf diese langen Ticketstreifen. Es schien nicht fair. Mein Junge verdiente sie viel mehr. Warum sollte so etwas Gutes wie das Leuten passieren, die selber nicht gut waren?

»Sie brauchen andere Freunde«, sagte ich.

»Don ist kein schlechter Mann. Er hatte nur ein paar Drinks zu viel.«

Er hatte diese sommersprossige Haut, die Leute mit rotem Haar oft haben. Ich wette, er konnte nicht zu lange in der Sonne sein. Er war älter als ich, aber nicht alt. Vielleicht zwanzig.

»Lassen Sie mich etwas über Ihren Freund sagen«, erklärte ich. »Wenn Sie zu dicht bei ihm stehen, kann etwas von dem Gestank auf Sie abfärben.«

Und ich nahm meinen kleinen Jungen an die Hand, und wir gingen weg.

Wir wollten Karussell fahren.

* * *

Leonard durfte sich das Pferd aussuchen. Er entschied sich für eines, das silberfarben war und eine wehende Mähne hatte. Der Hals war nach hinten gebogen.

Wir saßen zusammen auf dem einen Pferd, und es war eines von denen, die rauf- und runtergehen.

Ich schloss die Augen, und ich tat so, als wäre es ein echtes Pferd und als ob mein Junge Leonard und ich Hügel rauf- und runterritten, mit dem Meer gleich unten am Hügel neben uns. Was ich mit geschlossenen Augen wirklich gut sehen konnte. Ich konnte das echte Meer riechen, was es mir leichter machte, es mir vorzustellen.

Leonard trat das Pferd in die Flanken und rief: »Schneller!«

Da war auch Musik.

Als ich meine Augen öffnete, war da der Typ mit dem roten Haar und den Sommersprossen und beobachtete uns, und er hatte eine Stoffgiraffe. Er hatte all seine Tickets für dieses schöne Stofftier eingetauscht, denke ich. Es schien mir keine Sache zu sein, die ein Mann sich aussuchen würde.

Als die Fahrt vorbei war, stiegen wir aus, und er kam zu uns und versuchte Leonard die Giraffe zu geben. »Für das Geburtstagskind«, sagte er.

Zuerst habe ich mich gefragt, woher er das wusste, das mit Leonards Geburtstag, aber dann fiel mir wieder ein, dass ich das rumgeschrien hatte.

Ich wusste, Leonard wünschte sich diese Giraffe wirklich sehr, aber die Hälfte der Tickets stammte von dem betrunkenen Mistkerl.

»Wir brauchen nichts von Ihnen«, erwiderte ich.

Und kehrte ihm ein für alle Mal den Rücken.

Das einzige Geld, das wir noch hatten, war für den Bus nach Hause. Aber dann würden wir heimfahren, ohne dass Leonard etwas von heute behalten konnte.

Ich drehte mich wieder um, aber der Typ mit der Giraffe war fort.

Neben dem Karussell war eine Foto-Kabine. So eine, wo man Geld reinwirft, sich reinsetzt und den Vorhang zuzieht. Dann macht sie Bilder von einem und spuckt sie aus.

Mir war irgendwie übel, weil ich das nicht bedacht hatte, bevor ich all unser Geld ausgegeben hatte. Wir hätten auf ein paar Spiele Skee-Ball verzichten und stattdessen Fotos machen lassen können. Das wäre so perfekt, weil wir zusammen darauf wären. Und er würde sie immer haben, um sich an die Größe von heute zu erinnern.

Ich ging hinüber zu der Maschine und steckte den Rest unseres Geldes rein. Vielleicht hätte ich das nicht tun sollen. Denn wie sollten wir jetzt nach Hause kommen? Aber ich dachte, ich würde das irgendwie hinbekommen. Ich dachte, das hier wäre wichtiger.

Wir gingen hinein und zogen den Vorhang hinter uns zu. Da war ein Spiegel. Leonard gefiel es, uns in einem Spiegel zu sehen. Es ließ ihn lächeln. Vorne hatte er immer noch diese große Zahnlücke. Seine Brille sah so groß und dick aus. Ich wünschte, er könnte eine bessere bekommen. Eine leichtere.

Sein Haar war unordentlich, aber das war okay. Irgendwie sah er niedlich aus.

»Schau in den Spiegel, und lächle«, forderte ich ihn auf.

»Und was dann?«

»Das wirst du schon sehen.«

Ein grelles Licht blitzte auf und blendete uns in den Augen. Wir zuckten beide zusammen.

Dann legte ich meine Wange auf seinen Kopf. Ich wollte nicht, dass die Kamera meine Augen aufnahm, weil ich darüber nachdachte, wie wir nach Hause kommen würden. Es blitzte wieder, und ich küsste ihn auf die Seite seines Kopfes, weil er mein Junge ist. Ich wusste, wir sollten ein Bild machen, das zeigt, wie sehr ich meinen Jungen liebe.

Dann kam noch ein Blitz, daher lächelte ich in die Kamera und versuchte, nicht zu verängstigt auszusehen.

Warum kann man nicht einfach sicher sein?

Besonders, wenn man sich solche Mühe gibt, alles so gut zu machen, wie man nur kann.

* * *

Wir gingen über den Pier, und Leonard schaute nach unten, aber es war jetzt zu dunkel. Man konnte zwischen den Holzplanken nichts erkennen.

Leonard hielt den Streifen mit Fotos in seiner Hand. Ab und zu kniff er die Augen zusammen und betrachtete sie.

Ich dachte, vielleicht könnten wir die Nacht unter dem Holzsteg verbringen und am Morgen per Anhalter zurückfahren. Ich fuhr nicht gerne nachts per Anhalter. Das ist nicht wirklich sicher.

Ich fragte Leonard, was er davon hielt.

»Wie würde es denn sein?«, wollte er wissen.

»Na ja«, erwiderte ich. »Es wäre ein Abenteuer.«

»Wie geht ein Abenteuer?«

»Es könnte kalt sein«, erklärte ich. »Aber es könnte auch Spaß machen und aufregend sein.«

Wir stiegen die Stufen hinunter und gingen unter den Pier.

Die Nacht war jetzt kühl, aber es war eine angenehme Kühle, und es war seltsam und nett, das Meer zu hören, ohne es zu sehen. Es war dunkel genug, dass man gerade nur noch die weißen Stellen oben auf den Wellen sehen konnte, aber man wusste, sie waren da, wegen der Geräusche. Der Sand war kalt zwischen unseren Zehen, und ich dachte, es wäre vielleicht kein so schlechtes Abenteuer.

Aber wir blieben nicht lange, denn da waren Leute, die dort unten Sex hatten. Ich fasste meinen Jungen an der Hand, und wir gingen wieder fort.

»Diese Leute da sahen aus, als würden sie kämpfen«, bemerkte Leonard.

»Nun, das tun sie aber nicht.«

»Haben sie ein Abenteuer?«

»Vielleicht«, sagte ich. »Ich weiß es nicht.«

Das war der Moment, in dem ich entschied, ein für alle Mal, dass wir woanders hinziehen mussten. Es hatte was zu tun mit dem betrunkenen Idioten und den Leuten, die es unter dem Pier miteinander trieben. Und mit der anderen Sache. Der älteren, schlimmeren Sache. Es musste einen anderen Ort geben, an dem wir leben konnten. Einen Ort, der besser wäre für mich und meinen süßen kleinen Jungen.

Wo, da war ich nicht sicher. Aber es sollte dort ein Meer geben. Und es sollte sicher sein.

Ich sagte zu Leonard: »Wir werden bald woanders hingehen.«

Wir liefen zurück zur Straße, was vermutlich der Grund ist, warum er sagte, was er dann sagte.

»Wir gehen doch jetzt«, stellte er fest.

»Nein, ich meine, in eine komplett neue Stadt.«

»Welche denn?«

»Das weiß ich nicht«, antwortete ich. »Eine kleine. Mit Meer.«

»Wie Sannamomica?«

»Nein. Viel kleiner. Und sicherer.«

»Wann?«

»Ich weiß nicht. Bald.«

Wir gingen unter dem großen Bogenschild hindurch und am Pacific Coast Highway entlang. Ich überlegte, dass ich mir das Geld für den Bus vielleicht schnorren könnte. Aber für eine Weile gingen wir einfach.

Wir waren auf dem Santa Monica Boulevard, als der rothaarige Typ neben uns anhielt. Er hatte das Fenster von seinem Auto auf unserer Seite runtergekurbelt. Auf dem Fahrersitz neben ihm saß die Stoffgiraffe. Ich konnte ihren Kopf sehen.

»Braucht ihr eine Mitfahrgelegenheit?«, fragte er.

Ich wusste, er würde uns nichts tun, aber ich wollte nichts von ihm. Trotzdem. Sein Auto war alt. So eins, wie man es sich kauft, um es zu reparieren. So eins, das ein Typ mächtig aufpoliert und dann echt stolz drauf ist. Aber seins war noch nicht aufpoliert. Einfach nur wirklich alt.

»Wir brauchen nichts von Ihnen«, antwortete ich.

Ich blickte hinab auf Leonard, der immer noch die Fotos in seiner Hand hatte, aber er schaute sie nicht an. Ich bin mir ziemlich sicher, dass er die Giraffe ansah. Das gab mir ein schlechtes Gefühl.

»Also wisst ihr, wie ihr nach Hause kommt?«

Wir blieben einfach stehen. Ich war müde und traurig. Ich wollte zu Hause sein. Ich wollte, dass Leonard diese Giraffe bekam. Ich wollte in einem kleinen Ort leben und sicher sein.

»Wir wohnen weit weg«, sagte ich. »Wirklich weit. Wir müssen den ganzen Weg bis nach Silver Lake.« Und wir konnten froh sein, dort zu wohnen. Wir hatten uns ziemlich verbessert.

»Ich werde euch fahren. Wenn ihr wollt.«

Wir kletterten hinten in sein Auto auf die Rückbank.

Er fuhr bis zur Schnellstraße, ohne etwas zu sagen.

Sein Fenster stand offen, und sein bloßer Arm lag auf dem Rahmen. Ich spürte den Wind reinwehen. Er brachte meine Haare durcheinander. Ich sah zu, wie die Palmen im Dunkeln vorbeizogen. Ich beobachtete, wie die glänzenden orangefarbenen Reflektoren auf der Schnellstraße vorbeiblitzten.

Leonard starrte den Kopf der Giraffe an, die über die Rückenlehne des Sitzes ragte.

Nach einer Weile nahm der Typ eine Zigarette aus einer Schachtel und reichte sie mir nach hinten.

»Auch eine?«

»Nein«, sagte ich. »Das würde ich nie machen. Es ist eine schreckliche Angewohnheit, wenn Sie mich fragen.«

Statt sich seine eigene Zigarette anzuzünden, steckte er sie zurück in die Schachtel.

»Das tut mir wirklich leid, das mit meinem Freund«, erklärte er. Als ob er das nicht schon vorher gesagt hätte.

»Besorgen Sie sich neue Freunde«, erwiderte ich.

Und wir fuhren schweigend beinahe die ganze Strecke bis Silver Lake.

Ich ließ ihn drei Blocks von unserem Zuhause anhalten.

»Warum steigen wir hier aus?«, wollte Leonard wissen.

Und der Typ sagte: »Weil deine Mutter nicht will, dass ich weiß, wo ihr wohnt.« Wir saßen ungefähr eine Minute schweigend da. Ich stieg nicht aus, wegen der Giraffe. Ich wollte, dass er sie uns noch einmal anbot, sodass ich dieses Mal Ja sagen konnte. »Was okay ist«, fügte er hinzu.

Dann erinnerte ich mich, dass er der Typ war, der den Idioten weggezerrt hatte und ihm gesagt hatte, ich hätte ein Kind und er solle aufhören. Ich überlegte, dass ich nicht wirklich nett zu ihm gewesen war.

»Wohin würden Sie ziehen«, fragte ich, »wenn Sie sicher sein wollen?«

»Sicher vor was?«, fragte er.

»Ich weiß nicht. Dieser Stadt, vermute ich. Vor allem.«

»Oh, Sie meinen, wie Don.«

»Ja. Wie Don.« Und ein paar andere Sachen, von denen ich ihm nichts erzählen würde.

Wir standen am Straßenrand vom Silver Lake Boulevard an einer rot markierten Stelle, wo man nicht parken darf. Leonard schaute die Giraffe an.

»Kein Ort ist wirklich garantiert sicher«, sagte der Typ.

»Manche sind vielleicht etwas besser.«

»Vielleicht eine kleine Stadt.«

»Sie muss aber am Meer sein«, antwortete ich.

»Nun, vielleicht ein Stückchen an der Küste entlang. Santa Barbara ist relativ sicher. Es gibt eine kleine Stadt namens Lompoc, die in der Nähe eines Militärstützpunkts liegt. Und wenn man es wirklich klein will, kann man Morro Bay ausprobieren. Das ist vermutlich ein ziemlich sicherer Ort, um da zu wohnen.«

Ich versuchte, mir die Namen einzuprägen.

»Warum können mich Leute nicht einfach in Ruhe lassen?«, fragte ich.

Ich schaute hoch, und seine Augen waren im Rückspiegel auf mich gerichtet. »Vielleicht, weil du hübsch bist«, erwiderte er. Dann wandte er den Blick ab.

»Das ist kein guter Grund«, sagte ich.

»Nein«, stimmte er mir zu. »Vermutlich nicht.«

Wir saßen eine weitere Minute schweigend da, und dann sagte er: »Ich weiß nicht, was ich damit bei mir zu Hause anfangen soll.« Er hielt die Giraffe am Hals hoch. »Ich hab sie eigentlich nur für den Jungen besorgt. Bist du sicher, dass er sie nicht haben kann? Er schaut sie die ganze Zeit an.«

»Bedank dich bei dem Mann für das Geschenk, Leonard.«

»Danke, Mister«, sagte Leonard. Und er nahm die Stoffgiraffe zu uns auf den Rücksitz.

Eine Minute lang fühlte ich mich schlecht. Denn was war mit dem, was ich Leonard gegeben hatte? Das schien nicht mehr so wichtig.

Nur sagte dann Leonard zu dem Typen: »Schau mal, was ich noch bekommen habe.« Und er zeigte ihm die Bilder, die wir in der Kabine neben dem Karussell gemacht hatten.

Da fühlte ich mich besser.

»He, klasse«, antwortete der Typ. »Du und deine Mom. Das ist aber schön, so etwas zu haben, um sich an heute zu erinnern.«

»Jap«, stimmte Leonard zu. »Ich weiß. Willst du eins?«

»Ich?«, fragte der Typ. Und klang richtig überrascht.

Leonard ist ein sehr großzügiger Junge. Die Leute sind nicht immer bereit dafür, wie großzügig er sein kann.

»Jap. Ich hab vier. Siehst du? Wir brauchen nur was, um eins abzuschneiden.«

»Nein«, antwortete der Typ. »Ich denke, du solltest alle vier behalten, weil es dein Geburtstag ist.«

»Okay«, sagte Leonard. »Tschüss.«

»Du kannst wirklich froh sein. Du hast eine Mom, die sich so gut um dich kümmert.«

»Jap«, erwiderte Leonard. »Ich weiß.«

Wir stiegen aus und gingen den Rest des Wegs nach Hause.

Die Nacht fühlte sich gut auf meiner Haut an.

Ich blickte mich einmal um, und der Typ schaute uns nach. Er hatte sich eine Zigarette angesteckt und rauchte und beobachtete uns, wie wir nach Hause gingen.

Aber dann bogen wir um eine Ecke, und er versuchte nicht, uns zu folgen. Er ließ unser Zuhause ein Geheimnis für ihn bleiben.

Er ließ uns das Gefühl, sicher zu sein.

* * *

Leonard schlief mit den Fotos auf seinem Kissen. Er schlief mit der Giraffe in den Armen. Am Morgen fragte ich ihn, ob ich die Fotos an einen sicheren Ort tun sollte.

»Wo?«, wollte er wissen.

»Das weiß ich nicht. Irgendwo, wo ihnen nichts passiert und wo sie nicht verloren gehen können.«

»Kann ich sie mir immer noch ansehen, wann immer ich will?«

»Wann immer du willst.«

»Dann ist es okay«, sagte er. »Denke ich.«

* * *

Tagelang schaute ich in jedes Auto, an dem ich vorbeiging.

Die meisten Autos hatten keinen Schlüssel stecken, aber es wird immer eins kommen, bei dem das so ist. Wenn man in genug Autos schaut, an genug Tagen, wird eines immer die Schlüssel stecken haben.

Dann kann man hinfahren, wo immer man hinmöchte.

Auf der Fahrt die Küste hoch war es Nacht, und Leonard schaute zum Mond und sagte, er würde ein Rennen mit uns fahren. Er wollte wissen, was ich glaubte, wer gewinnen würde. Ich habe ihm gesagt, dass ich dachte, es würde unentschieden ausgehen.

Dann schlief er den ganzen Rest des Weges.

Leonard, 5 Jahre alt: hängender Hund

Als ich bei Mitch abgegeben wurde, schaute er gerade die Sechs-Uhr-Nachrichten. Nachdem Pearl gegangen war, setzte ich mich zu ihm, und wir sahen sie zusammen.

Es hatte lange geregnet. Mehrere Tage.

Im Fernsehen zeigten sie, wie dieser Mann mit dem Helikopter aus dem großen Beton-Flussding geflogen wurde. Er war mit seinem Hund darin spazieren gegangen, und dann war das Wasser gestiegen, und das Rettungsteam musste kommen und ihn rausholen. Und auch den Hund. Der Rettungsmensch zog sich ein Geschirr an, und sie ließen ihn an dem Seil runter. Er hielt den Typen fest, und der Typ hielt seinen Hund, und dann flogen sie einfach dort raus.

Ich hielt mir mit den Händen die Augen zu. Oder genauer gesagt, die Brille. Ich legte meine Hände über meine Brille, sodass ich nichts sehen konnte, aber auch so, dass ich sie nachher nicht runternehmen und putzen musste. So was lernt man.

»Was?«, fragte Mitch.

»Ich kann nicht hinschauen.«

»Hast du Angst, dass er den Hund fallen lässt?«

»Nicht sagen«, erwiderte ich. Das Letzte, was ich gesehen hatte, war, dass der Hund irgendwie dort hing. Hin und her schwang. Und der Typ hielt ihn unter den Armen. Ein großer Hund, wie ein Deutscher Schäferhund, aber vielleicht auch mit noch was anderem dabei. Ich bin sicher, der Mann hielt ihn richtig doll fest, aber es wirkte irgendwie schwierig. »Sag's mir nur, wenn es gut ausgeht.«

Ein paar Sekunden verstrichen, und dann verkündete Mitch: »Alles gut.«

Ich nahm die Hände von meiner Brille.

Sie waren bereits bei einer anderen Geschichte.

»Was war mit deiner Mutter los?«, wollte er wissen.

»Ich weiß nicht«, antwortete ich. »Ich dachte, alles wäre gut.«

* * *

Später in der Nacht hatte Mitch mich unten auf seiner Couch ins Bett gebracht. Aber er hat weiter Fernsehen geschaut. Es lief diese Polizei-Serie.

Die Polizisten waren alle die Guten.

Er saß neben mir auf dem Sofa, und ich denke, er glaubte, ich würde schlafen. Ich konnte Pebbles' und Zonkers zufriedene, leise Geräusche aus der Ecke hören.

Ich denke, ich muss angefangen haben zu singen. Aber ich dachte gar nicht darüber nach, dass ich sang. Ich machte es einfach.

»Was ist das?«, erkundigte sich Mitch.

»Was ist was?«

»Warum schläfst du nicht? Und was ist das, was du da singst?«

Es war das Lied, das Pearl und ich immer beim Schlafengehen gesungen haben.

»Ach, nichts«, antwortete ich.

»Warum schläfst du nicht?«

»Weiß nicht«, erwiderte ich. »Es geht einfach nicht.«

Ich richtete mich auf und setzte meine Brille auf, und wir schauten zusammen den Rest von dieser Polizei-Serie. Man konnte genau sagen, wer die Bösen waren, und am Ende bekamen sie ihren Teil ab.

Dann kamen die Elf-Uhr-Nachrichten, und sie zeigten wieder den Mann mit dem Hund, wie sie von dem Seil aus dem Helikopter hingen.

Ich legte mir wieder die Hände über die Brille.

»Leonard«, sagte Mitch. »Hey. Wenn er das arme Vieh nicht bei der Live-Berichterstattung fallen gelassen hat, wird er ihn auch nicht bei der Wiederholung fallen lassen.«

»Jap«, sagte ich. »Das wusste ich.«

* * *

Spät in der Nacht wachte ich auf. Ich denke, ich hatte einen Traum über Pearl. Aber ich konnte ihn nicht festhalten. Er entglitt mir immer wieder. Es war, als wollte ich eine Hand voll Wasser fassen.

Ich setzte mich auf und konnte im Dunkeln meine Brille nicht finden. Und ich konnte auch meinen Inhalator nicht finden. Ich bekam keine Luft, und ohne Brille konnte ich nichts sehen, sodass ich meine Brille nicht suchen konnte. Ich war zuvor nie nachts in Mitchs Haus gewesen.

Ich wusste, Pearl war da, bei mir, aber ich wusste noch nicht wirklich, was das bedeutete. Und außerdem brauchte ich meinen Inhalator dringender.

Pearl, 18 Jahre alt:
es ist was

An zwei Dingen arbeitete ich wirklich hart während dieser fünf Jahre, nachdem Leonard geboren war. Das eine war, besser zu sprechen. Das andere war, nicht verhaftet zu werden.

Ich denke, ich wusste mehr oder weniger, wie man gut spricht. Ich hab es nur nicht wirklich geübt. Sie wissen schon, wo ich doch so viel Zeit auf der Straße mit den Leuten verbracht habe, die es nicht wissen oder die nicht wissen, wie sie nutzen sollen, was sie wissen. Aber ich bin fast acht Jahre zur Schule gegangen. Ich dachte, ich könnte es schaffen, wenn ich es versuchen würde, und Leonard war mein Grund, es zu versuchen. Ein Junge schaut auf das, was seine Mutter macht. Jedenfalls ist es das, was ich geglaubt habe.

Was das Nicht-verhaftet-Werden angeht, hatte ich anfangs sogar Angst, Rosalita im Gefängnis zu besuchen. Aber sie hatte die Miete für das Apartment jeden Monat bar bezahlt, und der Vermieter kannte weder ihren Namen, noch hat es ihn interessiert. Aber anfangs war ich so vorsichtig. Dann, nach einer Weile, weil man nie verhaftet wurde, fängt man an zu denken, vielleicht wird das auch nie passieren.

Daher habe ich fünf Jahre lang geübt, gut zu sprechen, und bin auch nicht verhaftet worden. Und dann eines Tages doch.

Ich machte eine Erledigung für Mrs Morales, in ihrem Auto. Sie hat ein sehr schönes Auto, was, denke ich, der Grund ist, warum ich angehalten wurde. Ich sah nicht gut genug aus, um hinter dem Lenkrad zu sitzen. Jedenfalls wusste ich, wie man Auto fährt, von Rosalita und ihrem Auto, das sie mich hat benutzen lassen, während sie im Gefängnis war, bis es kaputtging. Es war nicht annähernd so schön. Aber ich hatte keinen Führerschein. Oder irgend so was.

Sie haben mich auf die Wache gebracht und Fotos gemacht, von vorne und von der Seite, und Fingerabdrücke genommen. Das ist schlecht, dachte ich. Das hier ist richtig, richtig schlecht. Aber dann sagten sie, wir werden Sie verwarnen. Ich wusste nicht, was das hieß. Wie sich herausstellte, heißt das, man kriegt einen Strafzettel. Sie sagten, ich müsste später ins Gericht kommen und eine Strafe zahlen. Und im Gericht, haben sie gesagt, müsste ich meinen Personalausweis zeigen, den ich da nicht bei mir hatte. Aber ich hatte bei meinem Namen gelogen. Daher konnte ich keinen Personalausweis mit dem ausgedachten Namen vorlegen. Ich hab mir den Kopf zerbrochen, was schlimmer war, eine Lüge oder die Wahrheit. Am Ende entschied ich mich für die Lüge, aber ich weiß immer noch nicht, was besser war. Ich weiß nicht, ob es überhaupt irgendwie wichtig ist. Mit dem Tag war alles vorbei.

Ich dachte, ich nehme Leonard, und wir gehen weg. Nur dieses Mal weiter weg. Vielleicht bis nach Oregon oder Washington State, wo es wirklich hübsch sein soll. Solange wir zusammen sein könnten, dachte ich, würde es nicht wichtig sein, wo wir waren.

* * *

An dem Tag, an dem ich vors Gericht musste, ließ ich Leonard bei Doc. Er blieb dort viel, und es schien ihm zu gefallen. Ich denke, sie waren alle wirklich nett zu ihm. Nur der Vogel nicht.

Ich nahm den Bus.

Ich hatte gedacht, ich würde aus der Stadt sein und auf dem Weg nach Oregon, bevor ich zum Gericht musste, und natürlich weiß ich jetzt, das hätte ich tun sollen. Es ist immer leicht, später zurückzuschauen und zu erkennen, was man hätte wissen müssen. Wie auch immer, ich bat den Richter um weitere dreißig Tage Zeit, um das Geld zu verdienen. Es stimmte, ich brauchte mehr Zeit, aber das Geld, das ich verdiente, hatte ich niemals vor, irgendeinem Richter zu geben. Ich und Leonard, wir würden uns ein Busticket kaufen und schauen, dass wir hier wegkamen. Der Richter fragte nach meinem Ausweis, und ich erzählte ihm, meine Mutter hätte ihn und sie sei nicht in der Stadt und ich wüsste nicht, wie ich sie erreichen sollte, aber ich würde ihn vorbeibringen, wenn sie zurückkam. Ich weiß, wie es dort zugeht. Polizisten, Richter, die sind alle ziemlich gleich. Wenn sie wollen, dann können sie sagen, das ist nicht gut genug. Oder wenn sie wollen, können sie den Kopf schütteln und sagen, das ist mir egal, geh einfach. Er schüttelte den Kopf und sagte, ich hätte dreißig Tage, um alles in Ordnung zu bringen.

Als ich wieder im Bus war, regnete es. Da war dieser große dunkle amerikanische Wagen. Er stand einfach da. Ich weiß gar nicht, warum es mir aufgefallen ist, nur als ich in meiner Straße aus dem Bus stieg, war er wieder da. Oder vielleicht war es auch ein anderer großer dunkler amerikanischer Wagen. Mach dich nicht verrückt, sagte ich mir. Pearl, rede dir nur nichts ein.

Ich holte Leonard ab, und wir gingen nach Hause. Ich brachte ihn ins Bett und saß da mit ihm, streichelte ihm das Haar, las ihm etwas vor und erzählte ihm, dass wir weggehen und woanders leben würden. Wie würde es dort sein?, wollte er wissen. Das wusste ich selbst noch nicht, aber er wollte es wissen, daher habe ich mir Sachen für ihn ausgedacht. Alles war hübsch und gut, und ich strich ihm das Haar zurück und sang und erzählte ihm davon, bis er einschlief.

Am nächsten Tag musste ich nicht arbeiten. Nur für Mrs Morales. Aber irgendwann gegen sechs mussten wir zur Apotheke gehen, um ihr Rezept zu holen. Ich dachte, Leonard könnte einfach mitkommen. Wir gingen zusammen aus dem Haus. Es war ein schöner Nachmittag. Der Regen hatte aufgehört, und die Luft roch nett. Dann hielt hinter uns ein Auto an. Es war ein großer amerikanischer Wagen. Ich blickte über meine Schulter. Ich konnte nicht erkennen, wer ihn fuhr, aber ich sah den Mann auf dem Beifahrersitz. Er hatte das Fenster offen und schaute mich an. Ich erkannte ihn sofort. Ich hatte damit gerechnet, ihn zu sehen. Jeden Tag, an dem ich aus dem Haus trat, bei jedem Haus, in dem wir gelebt hatten. Seit dem Geburtstag, an dem ich dreizehn geworden war, hatte ich aufgeschaut und gedacht, er würde da sein. Und jetzt war er es.

Ich fasste Leonard fest am Arm. Normalerweise zerre ich ihn nicht herum, aber ich hatte Angst und war aufgewühlt. Mein Magen fühlte sich ganz kalt und komisch an, und ich glaubte, ich müsste pinkeln und könnte das nicht verhindern, wenn es passierte. Aber so weit kam es nicht, Gott sei Dank.

»Komm mit, Leonard«, sagte ich.

Und er sagte: »Aua. Mein Arm.«

Ich brachte ihn zu der Tür bei Doc und dann ins Haus, und als ich das tat, schaute ich zurück. Der Wagen fuhr vor und blieb vor dem Haus stehen, und ich wusste, er würde auf mich warten.

Doc schaute mich an. »Pearl«, sagte er. »Was ist los? Was ist passiert?«

Ich hatte gedacht, ich wäre so cool, hätte mich so gut im Griff. »Ich bin nicht sicher, wie lange Leonard diesmal hierbleiben muss. Es ist ein Notfall. Okay?«

Dann kniete ich mich hin, nahm ihn in die Arme und drückte ihn fest. Wirklich, wirklich fest. »Aua«, beschwerte er sich. »Wann kommst du zurück?«

Da wusste ich, dass ich ihm Angst machte, und daher ließ ich ihn los und ging weg, ohne zu ihm zurückzuschauen. Ich wollte nicht, dass er mein Gesicht sah.

Der Mann mit der Lippe wartete auf mich. Beobachtete, wie ich aus der Tür kam. Er konnte mich die ganze Zeit durch das Fenster sehen, daher wartete er einfach. Ich dachte, vielleicht sollte ich weglaufen, aber meine Knie fühlten sich komisch an, und ich dachte, er würde mich ohnehin erwischen.

»Kommst du alleine ins Auto?«, fragte er mich.

Ich dachte an meine Würde und an das Versprechen, das ich mir selber gegeben hatte, und ich ging rüber zu seinem Wagen und stieg ein.

* * *

Wir sind eine lange Zeit gefahren. Zuerst dachte ich, er bringt mich ins Gefängnis. Aber jetzt denke ich das nicht mehr. Es wird dunkel, und wir fahren nach Süden, denke ich. Vielleicht bringt er mich nach L.A. ins Gefängnis. Aber in Wirklichkeit glaube ich das gar nicht. Ich glaube, dann würden sie auf der großen Straße bleiben. Der Schnellstraße. Wir aber fahren weit raus ins Nichts. Es ist dunkel draußen, und wir fahren nach oben, wie in die Berge, wo ich noch nie gewesen bin.

Bis jetzt hat niemand etwas gesagt.

Dann schaut der Mann mit der dicken Lippe zu mir nach hinten. Er hat seinen Arm über der Sitzlehne, und er dreht sich um zu mir und schaut mich mit diesem Blick an. Sein Gesicht ist hart und unnachgiebig wie ein Berg. Vermutlich muss er es so haben. Er blickt mich mit so viel Hass an.

Etwas Komisches passiert, wenn er mich so anschaut. Ich kann es vermutlich nicht richtig erklären, aber es fühlt sich an, als würde ich aus mir rausgehen, und ich kann immer noch all das sehen, aber nicht von innen, wo ich immer bin. Mehr wie von einer Stelle über meiner Schulter.

Der Typ, der fährt, hat blondes Haar, und er ist nett anzuschauen. Oder wenigstens wäre er das an einem anderen Tag vielleicht. Ich blicke in den Rückspiegel und sehe dort seine Augen. Er hasst mich nicht so sehr. Er möchte es, aber er kann mich nicht wirklich so hassen, und das stört ihn.

Der Lippen-Mann sagt: »Früher oder später musstest du verhaftet werden. Habe ich das nicht gesagt, Chet?« Chet ist, denke ich, der hübsche blonde Mann. »Ich bin jede Woche jedes Polizeifoto von jedem Mädchen unter einundzwanzig in ganz Kalifornien durchgegangen. Es war nur eine Frage der Zeit.«

Ich glaube, man braucht furchtbar viel Hass, um das zu tun. Das muss ziemlich viel Arbeit gewesen sein. Aber der Teil von mir über meiner Schulter sagt Nein. Sag das nicht. Sag gar nichts. Es wird nichts nützen. Und außerdem, deine Würde. Er sagt, vergiss die nicht.

* * *

Ich sitze auf der Erde. Im Dunkeln. Aber da sind der Mond und ein paar Sterne. Es hat beinahe fünf Tage lang geregnet, daher ist diese Nacht wirklich klar. Der Boden ist nass und durchweicht meine Kleidung. Meine Hände sind hinter meinem Rücken mit Handschellen gefesselt, damit ich nicht wegrenne.

Genau jetzt sitzt der blonde Mann auf einem Felsen, und der Mann mit der Lippe steht bei mir und hält seine Waffe. In diesem Licht kann ich die Lippe nicht sehen, aber auf eine andere Weise ist das irgendwie alles, was ich sehen kann. Ich schließe einfach meine Augen, und ich sehe sie.

»Himmel, Benny«, sagt der hübsche blonde Mann. Bis jetzt hat niemand irgendwas gesagt. Er sagt: »Sie ist nur ein Kind. Um Himmels willen.«

Der Lippen-Mann antwortet: »Er war nicht dein Partner.«

»Lass sie uns einfach mit auf die Wache nehmen.«

»Und seiner Familie all das zumuten? Damit seine Frau und seine Kinder erfahren, was mit ihr passiert ist? Ich denke nicht. Ich denke, sie verdienen etwas Besseres. Sie wird ihre Geschichte hier und jetzt ausspucken. Oder sie wird nie auf der Wache landen.« All der Hass ist immer noch da. Aber es fühlt sich für mich an, als müsste er sich mehr dafür anstrengen.

Ich denke, sie versuchen zum Anfang, mir richtig Angst einzujagen, damit ich tue, was immer sie sagen. Aber ich weiß nicht, was sie sagen werden. Daher weiß ich nicht, ob ich es tun werde.

Im Moment denke ich nicht wirklich etwas, bin mehr an der Stelle über meiner Schulter und ruhig. Aber nicht normal ruhig. Zu ruhig. Irgendwie verängstigt ruhig. Aber ich denke nicht viel. Nach einer Weile, glaube ich, beginne ich zu singen. Ich denke noch nicht mal daran, während ich es tue. Ich weiß nicht, dass ich singe, bis der Lippen-Typ sagt: »Was ist das?«

Bis jetzt hat mir niemand irgendwelche direkten Fragen gestellt. Ich dachte, ich würde reden müssen. Jetzt, da er mich daran erinnert, ist es das Lied, das ich immer Leonard abends vorsinge, bevor er einschläft.

Aber der Lippen-Mann muss das nicht wissen. Das ist zwischen mir und meinem Jungen.

»Nix«, sage ich.

»Nix«, wiederholt er wie ein Echo. Er macht sich über mich lustig. »Weißt du nicht, wie man ordentlich spricht?«

Doch, weiß ich, aber du hast gemacht, dass ich es wieder vergessen hab. Ich habe hart an mir gearbeitet, aber du machst mir solche Angst, dass ich es vergesse.

»Es ist nichts«, verbessert er mich.

Doch, ist es. Es ist alles.

Der Blonde sieht aus, als wollte er das hier hinter sich bringen, was auch immer das hier soll. Ich kann sein Gesicht im Licht des Mondes sehen. Nicht wirklich gut, aber immerhin etwas. Er hat Angst und ist sich nicht sicher. Er hat nicht annähernd genug Hass. Er versucht, mehr aufzubringen, aber es geht nicht. Ich kann das sagen. Ich kann es sehen.

»Himmel, Benny«, sagt er. »Lass sie uns einfach auf die Wache fahren.«

»Und seiner Familie das zumuten? Hölle, niemals. Ich glaube nicht. Nicht, wenn alles, was sie haben, ihre Erinnerung an ihn ist. Nicht, wenn so viele gute Polizisten so hart daran gearbeitet haben, dass sie nie erfahren haben, dass er mit runtergelassenen Hosen gestorben ist. Nein, sie wird reinen Tisch machen. Dann werden wir sehen, ob wir zur Wache fahren oder nicht.«

Ich kann an seiner Stimme erkennen, dass er es so schlimm wie möglich klingen lässt, nur um mir Angst zu machen.

Ich schaue hoch zu einem Stern. Hinter mir kann ich die Handschellen spüren, und ich versuche meine Handgelenke aneinanderzureiben, wo die Handschellen mir in die Haut schneiden und wehtun. Aber es geht nicht wirklich.

Ich bin nicht länger über meiner Schulter. Zu schade. Ich dachte, das würde so bleiben. Jetzt ist kein guter Zeitpunkt dafür, dass es vorbei ist. Ich spüre den Lauf von seiner Pistole, direkt in der kleinen Kuhle hinten in meinem Nacken. Entweder zittert die Waffe oder ich. Ich weiß nicht, ob ich zitterte, aber es kann sein, dass ich das tue.

»Was hast du zu deiner Verteidigung zu sagen?«, will er wissen. Seine Stimme klingt anders. Er hat selber Angst, ist aufgewühlt. Das kann ich hören und auch spüren. Genau jetzt, und es tut mir für ihn leid. »Du erzählst mir jetzt die Wahrheit. Und dann sprechen wir durch, was du vor Gericht sagen wirst.«

»Im Gericht werde ich die Wahrheit sagen«, erkläre ich.

Vielleicht wird er mir wehtun, weil ich das sage. Oder mich sogar erschießen. Aber er will mich ohnehin schon für den Rest meines Lebens ins Gefängnis bringen, und das ist schlimmer. Das entfernt mich viel weiter von Leonard. Niemand hält mich von Leonard fern. Und niemand wird mir meine Würde nehmen.

»Ach so«, sagt er. »Du bist aber ein kaltblütiges kleines Flittchen, was?«

Genau jetzt, ja, mein Blut fühlt sich sehr kalt an.

»Pass mal auf«, sagt er. »Ich sehe das so: Du hast ihn angemacht, in deine Wohnung gelockt, ihn da gevögelt und dann wie einen Hund niedergeschossen, um an seine Kreditkarten und das Geld in seinem Portemonnaie zu kommen. Du hast seine Schwäche ausgenutzt. So sehe ich das. Eine Ehefrau und drei kleine Kinder zu Hause. Drei kleine Waisen.«

Ich denke, wem erzählst du das alles? Hier ist niemand außer uns. Ich denke, das stimmt gar nicht. Man ist keine Waise, bis nicht beide Eltern tot sind. Leonard war keine Waise, als sein Vater erschossen wurde. Ich hoffe, er wird es nicht sein, wenn diese Nacht vorüber ist, aber das sage ich nicht. Ich sage gar nichts.

»Was ist mit dem Typen, der dafür verurteilt wurde?«, redet er weiter. Er klingt jetzt verängstigter, spricht schneller, als wäre er in Eile. »Dieser Julius Banks. War er im Hintergrund für alles verantwortlich? Hat er dich gezwungen, das zu tun? Denn wenn es so ist, dann solltest du's mir besser schnell sagen.«

»Little Julius hatte nichts damit zu tun«, antwortete ich.

Ich frage mich, ob er jetzt zurückfährt und Little Julius aus dem Gefängnis holt. Aber das wird er nicht tun. Trotzdem, er weiß, und ich weiß, dass das mehr oder weniger okay ist, weil Little Julius jede Menge Zeug getan hat, für das er ins Gefängnis kommen müsste, bei dem er aber nicht erwischt worden ist.

Jetzt ist er für was verurteilt worden, wofür er gar nicht ins Gefängnis gehört. Im Großen und Ganzen ist es am Ende irgendwie gerecht.

»Also, ob du es magst oder nicht, du lässt aus, was zwischen dir und Len passiert ist, wenn du vor Gericht stehst. Seine Familie wird es nie erfahren. Du hast ihn zu dir reingelockt, um ihn auszurauben. Das ist alles, was da dran ist.«

»Ich werde vor Gericht die Wahrheit sagen«, antworte ich.

Ich versuche nicht, ihn wütend zu machen. Nicht, solange er die Waffe hat und so. Aber ich werde auch nicht zulassen, dass mein süßer kleiner Junge glaubt, seine Mutter würde für Kreditkarten und Geld jemanden umbringen. So wird das nie ausgehen.

»Du kannst das nicht zu mir sagen«, erwidert er. Er klingt, als wäre er so wütend, dass er nicht weiß, wo er mit seiner Wut hinsoll. Als könnte er kaum reden. »Ich hab die Waffe.« Er drückt den Lauf fester in die kleine Kuhle in meinem Nacken. Ich vermute, um mich daran zu erinnern, wer sie hat. Es tut weh, aber ich mache kein Geräusch. »Du wirst tun, was ich sage. Du hast keine andere Wahl.« Er klingt, als würde er ausflippen, wenn er es nicht schafft, dass ich das kapiere. Wenn ich nicht einwillige. Ich glaube, er hat vergessen, einen Plan für den Fall zu machen, dass ich nicht Ja und Amen sage.

»Ich habe eine Wahl«, erkläre ich. Ich entscheide mich, Leonard nicht glauben zu lassen, dass ich jemanden absichtlich für ein paar Kreditkarten umgebracht habe. Egal, wie wütend das irgendjemand anders macht. Egal was.

»Ich zähle bis drei«, sagt er. Seine Stimme klingt, als ob er weint. Ich wusste nicht, dass erwachsene Männer weinen. »Ich werde jetzt bis drei zählen.«

»Benny?« Der blonde Mann hat jetzt richtig Angst. »Benny? Du versuchst immer noch nur, ihr Angst einzujagen, richtig?«

»Ich werde nicht zulassen, dass sie die Show übernimmt. Ich werde nicht zulassen, dass sie seiner Familie mehr wehtut, als ihnen bereits wehgetan worden ist. Er war nicht dein Partner. Bist du dabei oder nicht? Sag es mir jetzt sofort. Auf welcher Seite stehst du?«

»Ich hab ein Kind ungefähr in ihrem Alter, Benny. Lass nicht zu, dass dein Jähzorn dich dazu verleitet, etwas zu tun, was du nie mehr ungeschehen machen kannst. Bitte, Benny.«

Für eine lange Zeit sagt niemand etwas. Dass der Mann mit der Waffe jähzornig ist, gefällt mir nicht.

»Geh und warte im Auto, okay?«, schlägt Benny vor.

»Benny …«

»Geh und warte im Auto. Das ist mein Ernst. Halt dich hier eine Minute lang raus.«

»Himmel«, sagt er wieder. Aber er geht und wartet im Auto. Ich hatte gehofft, er würde das nicht tun.

Ich blicke hoch zu einem von den Sternen. Einem großen, der über dem gewaltigen Bergrücken hängt. Dieser Stern sieht seltsam aus. Ein Strahl von seinem Licht scheint in meine Richtung zu kommen. Das ist, woher ich weiß, dass ich auch weine. Wie die Tränen das Licht brechen. Es etwas tun lassen, was es sonst nicht tut.

»Eins.«

Ich finde es süß und traurig und vielleicht irgendwie auch seltsam, dass wir weinen, wir beide zusammen, als ob es etwas ist, das wir teilen können. Wie wir so weit entfernt voneinander sind, wie zwei Menschen es nur sein können, und dann ist da trotzdem etwas, was sie teilen können.

Ich bin ziemlich sicher, dass er es nicht tun wird. Dass er sich absolut sicher ist, dass ich aufgebe und sage, was er will, wenn er bei drei ankommt. Aber das tue ich nicht. Und ich denke, wir nähern uns dem Punkt, an dem er so wütend ist, dass er selber nicht mehr weiß, was er tun wird, wenn ich nicht nachgebe. Ich kann spüren, wie er den Punkt erreicht. Ich kann es in seiner Stimme hören. Und sogar in der Stille. Ich kann etwas Wichtiges in der Stille hören. Als er zu dem Punkt kommt. Sein Jähzorn ist größer als er selbst. Er wird größer, und dann kann er ihm nicht mehr sagen, was er tun soll.

Dann denke ich, ich hätte Doc alles über Leonards Gesundheitszeug erzählen sollen. Wie soll irgendjemand das mit seinen Augen wissen? Zweimal im Jahr soll er sich seine Augen untersuchen lassen, wegen der Schädigung, die er hat, weil er zu früh gebiert ist. Später kann es noch zu Problemen führen, und jemand muss es wissen, um darauf zu achten. Wer soll das wissen?, frage ich mich. Während ich im Gefängnis bin. Oder was auch immer.

»Zwei.«

Ich denke an das Lied, das wir immer zusammen gesungen haben, ich und Leonard, diesen kleinen Unsinnssong, und ich singe es wieder. Aber jetzt laut, nicht tonlos. Ich atme ein, fülle meine Lungen und singe es fast laut genug, dass er es hören kann. Bloß dass ich weiß, es ist in Wahrheit nicht laut genug, dass er es hört. Ich tue nur so, als wäre es das. Aber ich wette, der blonde Mann im Auto kann mich hören. Ich frage mich, ob es ihn zum Weinen bringt.

»Drei.«

Das Licht von dem Stern streckt sich mir entgegen, als wollte es mich berühren. Und ich weiß, dass ich in nur einer Sekunde imstande sein werde, aufzuspringen und ihm entgegenzufliegen.

Ich höre das Klicken des Abzugs der Waffe.

Das Erste, was ich tun werde, wenn ich hier rauskomme, ist, zu meinem Jungen zurückzukehren.

Mitch, 25 Jahre alt: atme

»Es regnet wieder«, sagte sie. »Warum ist Leonard noch hier?«

Sie stand in dem schmalen Zwischenraum zwischen meinem Bett und dem Fenster und versuchte, den Reißverschluss ihres Kleids zu öffnen. Ich konnte den Regen riechen und ihr Parfum, oder zumindest dachte ich das. Sie sah irgendwie leicht zerzaust aus, ihre Frisur von der Feuchtigkeit platt, was mir ziemlich gut passte. Je zerzauster sie war, desto besser. Wenn sie perfekt angezogen und zurechtgemacht war, schien sie ein wenig zu … Ich kann das Wort nicht finden, das ich suche. Konservativ? Feminin in diesem ganz traditionellen Sinne? Alt?

Gottverdammt. Halt den Mund.

Das aufregendste Bild, das ich von ihr hatte und aufmerksam hütete, war der Moment, in dem ich mit ihr in der Dusche gewesen war, das heiße Wasser, das über unsere Gesichter lief, in unsere Münder, wenn sie sich trafen oder trennten, ihr nasses Haar auf ihrem Gesicht, das Make-up weggespült. All der andere Mist, für den ich Worte finden wollte, den Abfluss runter. Ich hatte mich monatelang daran geklammert, aber es verblasste. Mit der Zeit taten sie das alle.

»Ich weiß nicht«, erwiderte ich. »Irgendein Notfall bei Pearl.«

Sie zog sich im Stehen die Strumpfhose aus. Das konnte sie, ohne umzufallen oder in irgendeiner Form albern auszusehen. Gut, dass ich nicht als Frau geboren wurde. Man braucht da bestimmte Grundfertigkeiten. Ich war mir nicht sicher, ob ich dem gewachsen sein würde.

»Was, wenn sie jetzt zurückkommt?«

»Sie wird nicht mitten in der Nacht auftauchen«, erklärte ich.

»Warum nicht?«

»Alle Lichter sind aus. Sie wird am Morgen kommen.«

»Vermutlich hast du recht.«

Es war ihr noch immer nicht gelungen, das Kleid aufzumachen.

Es gibt ein Dachfenster über dem Bett. Und eine Straßenlaterne auf dem Hügel über uns, sodass ich selbst in Nächten ohne Mond ein wenig Helligkeit hatte, um sie zu sehen. Wir liebten uns auf jede mögliche Art, nur nie bei Licht. Das stand für sie außer Frage.

Der Regen bildete Tropfen auf dem Dachfenster, und der Schein der Laterne wurde in ihnen reflektiert, fiel auf ihr Gesicht und ihr Kleid, als sie den Unterrock auszog. »Was, wenn er aufwacht?«

»Warum sollte er aufwachen?«

»Kinder wachen auf.«

Sie hatte zwei großgezogen, wie konnte ich ihr also widersprechen? »Ich sag dir was«, erwiderte ich. »Als Zugeständnis an kleine Gäste machen wir es unter der Decke.«

Sie kam herüber und setzte sich mit dem Rücken zu mir auf die Bettkante, sodass ich den Reißverschluss vor mir hatte, auch wenn ich einen Augenblick brauchte, um den Wink zu verstehen. »Das wäre mal was anderes«, stellte sie fest. »Für uns wäre das fast ein bisschen pervers. Machst du mir den Reißverschluss auf?« Sie hielt ihr Haar zur Seite.

Genau. Natürlich. »Ich lebe, um dir den Reißverschluss aufzumachen«, erklärte ich.

Ich kniete mich hinter sie und setzte mich dann zurück auf meine Füße. Ein Bein auf jeder Seite von ihr, ganz nah an ihrem Rücken. Ich musste mich ein wenig zurücklehnen, um an den Reißverschluss zu kommen. Dann schob ich ihr das Kleid nach vorne über die Schultern. Öffnete ihren BH. Sie lehnte sich zurück und gab einen leisen Laut von sich. Meine Hände zogen einen Pfad über ihre Rippen, legten sich von unten um ihre kleinen Brüste.

Ich war aus zwei Gründen nackt. Weil ich gewusst hatte, dass sie kommen würde, und weil ich so ins Bett gehe, selbst allein. Nun, drei Gründe. Ich bin nicht so geschickt wie sie darin, mich elegant aus meiner Kleidung zu schälen.

»Diese Bankette sind so unerträglich langweilig«, sagte sie. »Ich konnte an nichts anderes denken als daran, dort zu verschwinden und zu dir zu kommen.«

Dann griff sie mich an. Auf gute Art, meine ich. Sie hatte diese Angewohnheit plötzlicher sexueller Aggression. Sie drehte sich herum und warf mich in einer geschmeidigen Bewegung aufs Bett. Was mir nichts ausgemacht hätte, nur dass ich einen Knöchel noch unter mir hatte, und das Gewicht meines Körpers daraufgeworfen zu bekommen verdrehte ihn ziemlich schmerzhaft. Für eine Minute war ich durch den Schmerz tatsächlich abgelenkt.

»Au?«, fragte sie. »Au was?« Ich hatte gar nicht gemerkt, dass ich das gesagt hatte. Aber sie saß jetzt mit gespreizten Beinen auf mir, ihre kleinen, eleganten Hände um ein wichtiges Körperteil geschlungen. Wir waren beide bereit, »Au« als eine gute Sache zu akzeptieren.

Diese Berührung. Auf die ich gewartet hatte, an die ich in den letzten neun Tagen alle 6,7 Sekunden gedacht hatte. Schwer, sich vorzustellen, dass es eine schlechte Seite dabei geben könnte. Gab es aber. Sie hatte ihren Ring nicht abgenommen, und ich konnte ihn fühlen.

Ich weiß, sie dachte immer, dass ich zu viel daraus machte. Aber ein Mann hat das Recht, zu fühlen, was er fühlt. Ich ergriff ihre linke Hand. Hielt sie zwischen uns hoch. Nahm ihn ihr ab.

»Oh, das«, sagte sie.

»Ja. Das.« Ich legte den Ring auf den Nachttisch.

»Leg ihn nicht dahin«, wies sie mich an. Ich hätte es unterdessen eigentlich besser wissen sollen. »Ich werde ihn vergessen. Verdammt, Mitchell, was, wenn ich nach Hause komme und ihn nicht dabeihabe? Was zur Hölle soll ich dann sagen?«

Ich weiß nicht. Die Wahrheit?

Ich nahm ihn hoch und ließ ihn in ihre Tasche fallen, die bequemerweise auf dem Boden stand, genau da, wo der Nachttisch ans Bett stieß.

Sie lehnte sich vor, spähte über die Kante des Bettes in die Tasche, als würde sie in einen bodenlosen Abgrund starren. »Großartig«, sagte sie. »Nun ist er im Bermudadreieck. Er wird vielleicht nie wieder auftauchen. Na ja, egal. Wenigstens kommt er so mit nach Hause.«

Und dann tat sie etwas sehr Untypisches. Sie streckte ihren Körper zu voller Länge aus und legte sich auf mich, gerade genug auf ihre Ellenbogen gestützt, dass sie mir ins Gesicht sehen konnte. Sie berührte meine Wange.

Immer mal wieder brach eine Barriere weg oder zusammen, und sie belohnte mich mit einem Moment, der fast an etwas wie Romantik erinnerte. Und alles, was ich tun musste, um ihn zu bekommen, war, ein paar Tausend Meilen weit zu laufen oder ein oder zwei Ozeane zu durchschwimmen.

Das regengebrochene Licht von oben war gut genug, dass ich ihren Mund sehen konnte, der sie so definierte, und den Anflug von Lachfältchen in ihren Augenwinkeln. Ich liebte diese Fältchen, hatte es aber schon lange aufgegeben, zu versuchen, es ihr zu sagen. Oder zu versuchen, sie zu berühren. Auch wenn ich das ganz dringend wollte. Ich konnte aber nicht wirklich Farben erkennen, sodass die volle Wirkung ihrer Augen verloren ging. Sie hat unglaubliche Augen. So dunkel, dass sie fast marineblau sind. Und aschblondes Haar, das ganz natürlich langsam grauer wird.

Das war alles sehr wichtig, verstehen Sie, denn es war Teil eines Prozesses, mit dem ich mir diese Bilder einprägte, die mich durchhalten ließen, bis sie das nächste Mal zu mir kam.

Sie schmiegte ihr Gesicht an meinen Hals, und ich konnte die Wärme ihres Atems zwischen meiner Kehle und meinem Schlüsselbein fühlen. Der Moment dauerte an.

»Geh heute Nacht nicht nach Hause«, bat ich sie. »Bleib bei mir.«

Wenn es um die Liebe geht, bin ich ein Kamikazepilot.

Ich konnte spüren, dass sie seufzte. Fühlte die Luft an meiner Kehle und wie sich ihr Brustkasten an meinem weitete. Ihr Rücken sich unter meinen Händen hob und senkte. Ich konnte spüren, wie es in meinem Knöchel pochte.

»Oh, Mitchell«, sagte sie. »Warum willst du immer genau die eine Sache, von der du weißt, dass ich sie dir nicht geben kann?«

»Egal. Vergiss, dass ich gefragt habe.«

Überraschenderweise gelang es uns beiden.

* * *

Es war ein so intensiver Moment, dass die Grenze zwischen Schmerz und Lust verschwamm, und ich hatte angefangen, zu vermuten, dass mein Knöchel eine erogene Zone war. Jedes bisschen Reibung schien als Schmerz auszustrahlen und dann als sinnliches Gefühl zurückzukommen.

Ich hörte den rauen Atem, aber es kam mir nicht in den Sinn, dass er nicht hierhergehörte. Der Raum war ohnehin erfüllt mit jeder Art von Atmen. Kein Geräusch konnte mich wirklich überraschen.

Aber dann fühlte ich eine kleine Hand an meiner Schulter und zuckte zusammen. Und Barb zuckte zusammen. Und dann lagen wir Seite an Seite, auf dem Rücken, die Decke bis ans Kinn gezogen.

»Leonard«, sagte ich. »Warum schläfst du nicht?« Keine Antwort. Nur dieser unregelmäßige Atem. Ich zählte hier zwei und zwei nicht richtig zusammen. Ich dachte, es wäre ein emotionales Ding, wie Weinen. »Leonard. Du musst zurück ins Bett gehen. Komm schon. Ich bring dich wieder ins Bett. Nun, in einer Minute. Gib mir eine Minute, und ich bring dich ins Bett.«

»Mitchell«, sagte Barb. »Er kriegt keine Luft.«

»O mein Gott.« Sie hatte natürlich recht. Jeder weiß diese Sachen außer mir. »Leonard, Kumpel. Wo ist dein Inhalator?«

Er zuckte verzweifelt die Schultern, offensichtlich eine Pantomime für »Hilfe!«.

Ich sprang aus dem Bett. Schnappte ihn mir und klemmte ihn mir unter den Arm. Ich fühlte mich unbehaglich, weil ich nackt war (seine Mutter denkt, dass ich vielleicht kleine Jungs belästige), aber ich hatte nicht das Gefühl, dass das jetzt wichtig war. Oder wenigstens war ich nicht willens, diese Sorge über seine Sauerstoffzufuhr zu stellen. Ich navigierte über die gefährlichen leiterähnlichen Stufen von der Schlafgalerie nach unten, wobei ich meinen verdrehten Knöchel schonte, ihn aber immer noch auf eine Art benutzte, die ich ohne das Adrenalin vermutlich nicht ausgehalten hätte.

Ich setzte ihn ab, schaltete das Licht an und blickte mich um. Er hatte recht. Der Inhalator war nirgends zu sehen.

Ich geriet in Panik. Riss Sofakissen herunter. Schüttelte Decken aus. Warf Magazine vom Couchtisch.

Eine Minute später fühlte ich Barbs Hand auf meinem Rücken und drehte mich um. Sie hatte mein Hemd an, das ihr fast bis zu den Knien reichte. Sie zeigte zum Vogelkäfig. Pebbles hatte den Inhalator. Sie hielt ihn in einer monströsen Klaue und versuchte mit ihrem Schnabel, das beigefarbene Plastik von dem glänzenden Metallkanister abzukriegen.

»Gottverdammt, Pebbles«, rief ich. Ich lief mit solcher Panik und Intensität auf sie zu, dass sie das verdammte Ding fallen ließ und sich in eine Ecke des Käfigs zurückzog. Und Pebbles hatte vor nichts Angst. Ich schnappte mir den Inhalator, aber er war dreckig. So konnte ich ihn Leonard nicht geben.

»Scheiße«, sagte ich. »Scheiße, gottverdammt, da ist Vogeldreck dran. Das kann er nicht in den Mund nehmen. Scheiße.« Das von einem Mann, der jedes Mal in konservativem Ton »Keine Schimpfwörter« sagte, wenn einer meiner Angestellten vor Leonard fluchte.

Barb nahm ihn mir aus der Hand. »Geh zu ihm«, sagte sie. »Sprich mit ihm.« Sie gab mir einen kleinen Schubs.

Ich setzte mich neben Leonard auf die Couch. Er hockte dort und hatte die Arme um sich geschlungen. Als wenn er sich selbst festhielte, bis ich zu ihm kommen konnte. Ich zog ihn auf meine Knie. Er hatte das T-Shirt an, das ich ihm gegeben hatte, um darin zu schlafen. Für ihn war es fast bodenlang. Aber wenigstens war einer von uns nicht nackt. Ich löste ihn ab, schlag meine Arme um ihn und hielt ihn fest. »Wir passen auf dich auf, Kumpel«, sagte ich. »Wir haben's gleich unter Kontrolle.«

Ich wusste, wenn Pearl hier wäre, würde sie sagen: »Okay. Leonard kann nicht mehr hierbleiben. Ich habe entschieden, dass es nicht okay ist.« Sie würde keine Geduld mit meiner Unfähigkeit haben, mit einer Krise umzugehen.

Barb kam aus der Küche zurück, wobei sie den jetzt wieder sauberen Inhalator mit einem Küchenhandtuch abtrocknete. Sie setzte sich auf den Couchtisch, ihre nackten Knie stießen gegen meine. Sie hielt Leonard den Inhalator hin.

»Kannst du da allein mit umgehen?«, fragte sie ihn. Sie hörte sich ganz ruhig an. Wie machte sie das?

Leonard nickte. Nahm den Inhalator in beide Hände, hielt ihn sich vors Gesicht. Ich konnte die Schrammen sehen, die Pebbles mit ihrem Schnabel darin hinterlassen hatte. Ich konnte die Bewegung seines kleinen Rückens fühlen, als er krampfhaft einatmete. Ich wartete, aber er schien immer noch nicht richtig Luft zu bekommen.

Barb musste meine Gedanken gelesen haben. »Es dauert eine Minute«, erklärte sie. Sie legte mir eine Hand auf den Arm. Ihre linke Hand. Ich sah darauf hinunter. Ich konnte eine helle Linie sehen, wo der Ring gewesen war. »Mitchell«, sagte sie, um meine Aufmerksamkeit auf sich zu ziehen. »Drück nicht so fest.«

»Was?«

»Du hältst ihn zu fest um die Brust.«

»Oh. Richtig.«

»Wenn du in Panik gerätst, gerät er auch in Panik«, sagte sie. »Atme.« Ich dachte, sie meinte Leonard. Ich dachte, dass das ein ziemlich gemeiner Rat war. Wenn er es könnte, würde er es tun. »Mitchell«, wiederholte sie. »Atme.«

Ich nahm einen tiefen Atemzug – ich hatte gar nicht bemerkt, dass ich die Luft angehalten hatte – und lockerte den Griff um Leonards Brust.

Barb wandte ihre Aufmerksamkeit Leonards kleinem Gesicht zu. Sie hielt einen Finger hoch. »Halt dich hier fest«, sagte sie, und er tat es. »Pebbles hat deinen Inhalator geklaut. Böse Pebbles, hm?«

Er nickte. Versuchte, etwas zu sagen. Versuchte, »Ja« zu sagen, vermutete ich, aber es kam heraus und hörte sich an wie eine Nadel, die über eine alte Schallplatte kratzte.

»Was für eine Art von Geräuschen macht Pebbles, Leonard? Weißt du das?«

Er nickte wieder. Versuchte nicht, zu sprechen. Aber sie hatte seine ungeteilte Aufmerksamkeit. Seine Versuche, zu atmen, hörten sich weniger keuchend an, weniger flach.

»Muh. Ist es das, was Pebbles sagt?«

Ein seltsames Geräusch kam aus ihm heraus, und ich fühlte, wie sein kleiner Körper bebte. Ich dachte, er hätte irgendwie Schmerzen oder einen Krampf. Dann wurde mir klar, dass er kicherte. »Nee«, sagte er, und ich konnte das Wort verstehen.

»Quackquack.«

Er kicherte wieder, tiefer und glücklicher diesmal. »Nee.«

»Was sagt sie dann?«

»Kräh!« Seine Atmung hatte sich in die eines Läufers auf der Ziellinie eines Marathons verwandelt. Normal, aber erschöpft. Er bekam Luft, hatte aber noch großen Nachholbedarf.

»Hört sich richtig für mich an«, sagte sie und zerzauste ihm mit einer Hand das Haar.

Ich legte mein Kinn auf Leonards Schulter und sah ihr einfach zu. Wo hatte sie all das gelernt? Was zur Hölle hätte ich getan, wenn ich allein gewesen wäre?

Sie schaute hoch und fing meinen Blick auf. »Sieh mich nicht so an«, sagte sie. »Das macht mich nervös.«

Ausnahmsweise handelte ich in meinem eigenen besten Interesse und bat sie nicht, »so« zu definieren.

»Warum gehst du nicht und ziehst dir eine Hose an?«, sagte sie.

Leonard, 5 Jahre alt: der erste perfekte Augenblick

Mitch trug mich huckepack zur Schlafgalerie hoch. Er hatte eine Jogginghose angezogen, aber sein Rücken war immer noch nackt. Ich konnte nicht wirklich meine Beine um ihn schlingen, weil das große T-Shirt mir bis zu den Knöcheln reichte. Daher hielt ich mich einfach fest und hing dort. Da ging es mir schon wieder gut, und er wusste es. Er trug mich nur, weil er nett sein wollte.

Er zündete eine Kerze an, weil ich nicht wollte, dass er das Licht ausmachte. Gewöhnlich hatte ich keine solche Angst im Dunkeln. Aber ich denke, mir war noch nicht wieder wohl, nachdem ich an einem fremden Ort aufgewacht war und es dunkel gewesen war und ich meinen Inhalator nicht hatte finden können.

Mitch legte sich mit mir in sein Bett. Barbara kam nach oben, und sie trug ein großes, langes Hemd, von dem ich glaubte, dass es Mitchs war. Sie begann ihre Kleidung aufzusammeln.

»O nein«, sagte Mitch. »Du gehst schon? Das darfst du nicht.« Er bat sie, ein paar Minuten zu bleiben. »Wir reden nur«, erklärte er.

Sie hob die Decke an und legte sich neben Mitch. Ich hatte meine Hände hinter meinem Kopf verschränkt und blickte hoch zur Decke. Beobachtete, wie das Kerzenlicht über die Balken und den Putz flackerte. Bewegte meinen Kopf vor und zurück, um mit dem Licht zu spielen, und ich konnte das Gummiband an meiner Brille hin- und herrutschen spüren.

Aus dem Augenwinkel sah ich, dass Barbara ihre Hand auf Mitchs Brust hatte. Und Mitch hatte seine Hand auf meiner Brust. Das war schön.

»Okay«, sagte Barbara. »Worüber sollen wir reden?«

Ich blickte direkt auf die Kerzenflamme und wusste, alles war gut. Es war wie … Pearl.

Es war mein erster perfekter Augenblick.

»Erzähl Barbara von dem Hund«, sagte Mitch.

»Dem, der jeden Morgen auf unserer Straße Gassi geführt wird?«

»Nein. Dem aus dem Fernsehen.«

»Oh, okay«, antwortete ich. »Du hättest es sehen sollen, Bar. Es war so cool. Dieser Typ war mit seinem Hund spazieren, und das Wasser stieg an, und der Hund baumelte unter diesem Helikopter, und ich dachte, der Typ würde ihn fallen lassen. Das haben wir zweimal gesehen. Ich hab mir beide Male die Augen zugehalten, nur um sicher zu sein. Ich weiß, das musste ich nicht wirklich. Es war nur zur Sicherheit.«

»Ja, man kann gar nicht vorsichtig genug sein«, erwiderte sie.

Dann waren wir eine lange Zeit still. Ich schloss die Augen. Ich blickte durch meine Lider auf das Kerzenlicht, und selbst das war irgendwie wie Pearl. Aber nach einer Weile wusste ich, Mitch dachte, ich würde schlafen, weil er mir die Brille abnahm und sie auf den Nachttisch legte. Es begann wieder zu regnen, und ich konnte die Regentropfen auf dem Oberlicht über meinem Kopf hören, und der Regen war irgendwie auch wie Pearl.

Es war ein wirklich perfekter Augenblick.

Leonard, 17 Jahre alt: Der erste perfekte Augenblick

Frage: Wie viele Engel können in der Flamme einer Kerze tanzen? Antwort: Nur einer, aber das ist genug.

An manche Dinge aus jener Nacht erinnere ich mich bizarr deutlich. Kleine Fetzen scheinbar unwichtiger Augenblicke, die nie verschwinden werden. Sie sind dauerhaft in mich eingraviert, sind jetzt Teil von mir. Eine Menge andere komplette Segmente sind fort. Aber an bestimmte Dinge erinnere ich mich. Nur dass ich mich vielleicht nicht mehr an die eigentlichen Ereignisse erinnere. Vielleicht erinnere ich mich einfach nur an Erinnerungen.

Aber andererseits … ist das auch egal.

Hier ist das, worauf es wirklich ankommt: Ich blickte direkt in diese Kerzenflamme und wusste, Pearl war in diesem Licht. Es war mein erster perfekter Augenblick.

Dann, als sie dachten, ich würde schlafen, begannen sie leise miteinander zu reden, und ich wusste, sie dachten, ich würde schlafen, und ich ließ sie das denken. Nicht dass ich sie belauschen wollte. Ich meine, ich war in dem Alter, wo es schwer zu verstehen war, dass die Welt sich einfach weiterdrehte, während ich schlief. Es war, wie dem Schlaf ein Schnippchen zu schlagen – zu hören, was ich in jeder einzelnen Nacht meines Lebens versäumt hatte.

Barbara sagte: »Weißt du, wie sie den Typen nennen, der an dem Seil baumelt?«

Mitch erwiderte: »Wie wer ihn nennt?«

»Die Rettungsstaffel, die Leute aus der Notrufzentrale, die Polizei. Es ist eine Art Spezialsprache.«

»Ich gebe auf«, erklärte Mitch. »Wie nennen sie ihn?«

»Entweder Teebeutel oder Depp am Strick. Kommt drauf an, wie nachsichtig sie gerade gestimmt sind.«

»Warum ist er denn ein Depp? Weil er nicht mit seinem Hund im Überflutungskanal spazieren gehen sollte?«

»Wir sprechen von zwei verschiedenen Sachen«, antwortete sie. »Du sprichst von dem Geretteten, aber ich meine den Retter.«

»Jetzt bin ich wirklich verwirrt«, sagte Mitch. »Warum ist der ein Depp?«

»Weil er dort draußen ist und sein Leben riskiert für irgendeinen Idioten, der so dumm ist, mit seinem Hund in einem Überflutungsbecken Gassi zu gehen. Ich sag's dir, Mitchell. Die meisten Leute, die gerettet werden müssen, müssen das, weil sie etwas getan haben, wovon jeder Idiot weiß, dass es gefährlich ist. Je älter man wird, desto mehr begreift man das. Sie werden dem Typen eine Rechnung für seine Rettung schicken. Wart's nur ab.«

»Mir tut nur wirklich der Hund leid«, erwiderte Mitch. »Er muss einfach mit, und es entzieht sich so vollkommen seiner Kontrolle.«

Eine Minute lang sagten sie nichts, und dann bemerkte Barb: »Es lohnt sich nicht, der Hund zu sein, Mitchell.«

Ich habe viel darüber nachgedacht, was sie damit meinte, sowohl damals als auch seither. Man kann es einfach wörtlich verstehen, aber so hat sie es nicht gesagt. Es fühlte sich nicht an wie eine dahingesagte Bemerkung. Es klang vielmehr, als versuchte sie, ihm etwas beizubringen, aber ich bin nicht sicher, was, denn wenn man der Hund ist, dann ist man das einfach, und nichts, was man lernt, wird je etwas daran ändern.

Dann, nach einer Weile, hörte ich andere Geräusche, von denen ich denke, sie könnten ein Kuss gewesen sein, aber ich öffnete meine Augen nicht. Doch ich hörte kleine Atemzüge und diese feuchten Laute, wie wenn Münder zusammenkommen und sich dann wieder trennen.

»O Gott«, sagte Mitch, und er flüsterte. »Wir können nicht …«

Ich wusste damals nicht, was er damit meinte, aber ich konnte seinen Hunger spüren. Es fühlte sich an wie ein Baum, der sich nach dem Wasser oder der Sonne reckt, obwohl ein Baum sich praktisch nicht bewegen kann. Es fühlte sich merkwürdig an, dass er direkt neben mir lag und solchen Hunger verspürte, während ich so zufrieden und satt war. Ich konnte nicht verstehen, wie er so viel brauchen konnte und dass er nicht erkannte, wie perfekt alles war.

Dann, nach einer Weile, hörte ich, wie Barbara aufstand, und ich wusste, sie zog sich an, um zu gehen, und als sie das schließlich tat, spürte ich, dass sie einen Teil von Mitch mit sich nahm. Ich konnte spüren, wie er ihn verließ, und ich konnte spüren, wie anders er ohne ihn war.

Ich öffnete die Augen, und ich konnte beinahe das Oberlicht erkennen, und ich konnte den Regen auf dem Oberlicht hören, aber ohne meine Brille konnte ich ihn nicht sehen. Ich musste mir vorstellen, wie es wohl aussah. Und tief innerlich wusste ich, es war immer noch Pearl.

Da blies Mitch die Kerze aus, aber es war okay. Sie ging nicht weg.

Es war perfekt.

Ich weiß, ich war erst fünf, und ich weiß, ich dürfte mich eigentlich nicht so klar daran erinnern. Aber es war ein echter Augenblick, der Beginn von etwas, und es hat sich mir eingeprägt. Es ist völlig egal, ob mir irgendjemand glaubt, dass ich mich an so vieles erinnern kann, weil ich weiß, dass ich es tue. Vielleicht haben sich Wörter oder Einzelheiten beim Erinnern verändert, aber ich kann nicht erkennen, inwiefern das wichtig wäre, weil die Wörter und die Einzelheiten nicht das sind, was wichtig ist, und was wichtig ist, hat sich nicht geändert.

Mitch, 25 Jahre alt: was Pearl zurückliess

Ich war am folgenden Morgen im Büro, übermüdet, gestresst, nach einer Nacht ohne Sex und ohne die geringste Lust auf Cahill.

Er kam um zehn nach neun. Warf einen Blick auf mich, wie ich mit meinem bandagierten Knöchel herumhumpelte, und brüllte vor Lachen. Cahill machte sich gern auf meine Kosten lustig.

»Oh, meine Güte, nicht schon wieder«, feixte er. »Eine weitere harte Nacht auf dem Schlachtfeld der Liebe? Ich schwöre, eines Tages werde ich dich beerdigen müssen, nachdem diese Frau mit dir fertig ist. Dieser kleine Stoßtrupp in Größe vierunddreißig. Meine Güte, Doc.«

Er redete schlechter und schlechter über Barb, bewegte sich auf eine Grenze zu, die ich ihn nicht überschreiten lassen würde. Ich wusste nicht genau, wo sie lag, aber irgendwo ganz in der Nähe. Wir konnten beide fühlen, wie er sich darauf zubewegte. Am Tag zuvor hatte er sie »Mrs Stealer« genannt, und als ich ihn korrigiert und gesagt hatte, dass ihr Name Stoller war, hatte er erwidert, dass es nur eine Frage der Zeit wäre. Fast wäre ich auf ihn losgegangen, aber das war noch nicht ganz die Linie. Nur fast.

»Lass gut sein, Cahill.«

Er bemerkte sofort meinen Tonfall.

»Ooh. Mein Fehler. Vielleicht hat hier jemand doch keinen Sex bekommen.« Es ärgerte mich, dass seine beiden Schüsse ins Dunkle genau getroffen hatten. »Also, warum ist Leonard immer noch hier?«

»Das ist eine lange Geschichte.«

* * *

Hannah erschien um zwanzig nach neun, immer noch mit ihrer Frisur beschäftigt. »Morgen, Doc«, sagte sie. »Morgen, Cahill. Morgen, Leonard. Moment. Leonard?«

Sie fragte nicht, ob er früh gekommen war oder lange geblieben, weil er immer noch auf seinem kleinen Schlafsofa saß, in meinem T-Shirt, ohne Brille, sich streckte und sich die Augen rieb.

»Das ist eine lange Geschichte«, erwiderte ich.

Graff kam erst deutlich nach zehn. Als wenn das etwas Neues wäre.

»Graff«, sagte ich. »Du bist zu spät. Selbst für deine Verhältnisse.«

Er seufzte und verdrehte die Augen. »Hoffnungslos« ist das beste Wort, das ich benutzen kann, um Graff zu beschreiben. »Hab einen verdammten Strafzettel bekommen.«

»Keine Schimpfwörter vor dem Kind«, sagte ich.

»Oh. Tut mir leid, Leonard.«

»Wieder zu schnell gefahren?«

»Nein, am Stoppschild nicht vollständig angehalten. Du weißt schon.«

Cahill hob den Kopf. Er kümmerte sich selten um Graff, außer um ihn zu foppen oder um Verärgerung auszudrücken. »Wir wissen, was das ist, Graff. Hey. Nur ein Gedanke. Vielleicht kann Doc sich für dich um den Strafzettel kümmern. Er hat Insiderkontakte im Rathaus. Oder ist das ein schlechter Ausdruck, Doc?«

Graff, wie immer ein Schnellmerker, sagte: »Hä?«

»Graff, Graff, Graff«, fuhr Cahill fort. »Bist du wirklich so vollkommen und absolut ahnungslos, dass du tatsächlich nicht mitbekommen hast, dass Doc die Frau vom Bürgermeister flachlegt?«

Hannah blickte schnell zu mir und dann wieder weg. Leonard befand sich sicher – und, wie ich hoffte, außer Hörweite – in der hinteren Ecke und spielte ein Computerspiel. Es war eigentlich für Erstklässler, aber er war ein ziemlich kluges Kind. Ich hoffte, dass er sich sehr konzentrierte.

Graff sagte: »Oh.« Er sah leicht verwirrt aus. »Nie erzählt mir hier jemand was.« Eine weitere schmerzhafte Stille. Dann sagte er: »Oh, ja. Sie war vor einiger Zeit hier. Gut aussehende Frau.«

»Ja, sie ist ein echter Feger«, erwiderte Cahill. »Wenn du auf deine Großmutter stehst.«

Da. Die Grenze.

Ich ging rüber zu Cahill. Drehte ihn an beiden Schultern herum, bis er so saß, dass er mich mit einem Ausdruck leichter Überraschung ansah. Ich krallte meine Fäuste in sein Hemd und drückte seinen Stuhl zurück, bis sein Kopf mit einem deutlich hörbaren Geräusch gegen das Display seines Bildschirms stieß.

»Au«, sagte er und griff nach hinten, um sich den Kopf zu reiben.

»Wir sind hier alle Freunde, Cahill.« Die ausdruckslose Kühle meiner Stimme überraschte sogar mich.

»Richtig«, erwiderte er. »Sind wir.«

Ich hielt ihn immer noch an seinem Hemd fest, etwas, was ihm sicher nicht entging. »Behandele ich dich mit Respekt?«

Er verdrehte die Augen. Versuchte aufzustehen. Ich drückte ihn zurück, und sein Kopf stieß wieder gegen den Monitor. Er hielt still, wich meinem Blick aus wie ein trotziges Schulkind. »Normalerweise schon, ja.«

»Also habe ich im Gegenzug auch deinen Respekt verdient?«

»Ja, ja. Okay. Es reicht.«

Ich stieß seinen Kopf ein weiteres Mal absichtlich zurück, nur um meine Aussage zu unterstreichen. »Dann gib mir nie wieder weniger als das, was mir zusteht. Okay? Und verschwinde hier, wenn du dich nicht wie ein Freund benehmen kannst.«

Ich ließ ihn los. Machte einen Schritt zurück. Er kam auf die Füße, und wir standen uns für eine unangenehm lange Zeit Nase an Nase gegenüber. Vielleicht fünf Sekunden. Man konnte die Stille praktisch hören. Selbst die gefiederten Amerikaner waren still. Ich konnte meine Zähne knirschen hören. Aus dem Augenwinkel sah ich Leonards Kopf über seinem Computer auftauchen.

Ich wartete darauf, dass entweder Cahill mich oder ich ihn schlug.

Dann machte er einen Schritt zurück. Wischte sich das Hemd ab, als wenn ich darauf irgendwelche Erreger hinterlassen hätte. »Fick dich, Doc«, sagte er und stürmte aus der Tür.

Ich atmete eine Minute lang einfach nur, sah mich dann um. Alle starrten mich an. »Business as usual«, erklärte ich. Ich setzte mich und tat so, als würde ich wieder arbeiten. Tatsächlich aber hatte ich keine Ahnung, was auf dem Bildschirm vor mir überhaupt zu sehen war.

Nach einigen Minuten brachte mir Hannah einen Becher Kaffee mit einem großzügigen Schuss Sahne. Sie legte mir die Hand auf die Schulter, vorsichtig, nicht sicher, ob ich sie anfahren würde. Als ich es nicht tat, sagte sie: »Doc? Kommt Cahill zurück?«

»Fick Cahill«, sagte ich. »Oh. Sorry, Leonard. Cahill kann bei jemandem arbeiten, den er respektiert.«

»Willst du, dass ich das Projekt fertig mache, an dem er gerade sitzt? Ich glaube, es ist ziemlich dringend. Dieser neue Elektronikladen in der Innenstadt. Wir haben versprochen, ihre Webseite am Freitag fertig zu haben. Ich glaube, das ist der Tag, an dem sie die Werbung für ihren großen Sale platzieren.«

»Ja, danke. Das wäre toll.«

Der ganze Raum begann wieder zu atmen.

Ich stand auf, nahm meinen Kaffee und ging hinüber zu Leonard, der mit seinem Computerspiel beschäftigt war. Ich legte ihm einen Arm um die Schultern, und er hörte auf zu spielen, sah zu mir hoch und ließ den Kopf zurück gegen meinen Arm fallen.

»Tut mir leid, dass du das mit anhören musstest«, sagte ich.

»Was ist flachlegen?«

»Oh. Es ist ... äh ... etwas, über das du dir noch ziemlich lange keine Sorgen machen musst.«

»Aber es ist etwas, um das man sich Sorgen machen muss?«

»Nun«, sagte ich. »Eigentlich sollte es das nicht sein. Aber jeder, den ich kenne, tut es. Wie kommst du mit dem Spiel voran? Gefällt es dir?«

»Ja«, sagte er. »Ich habe den Wurm schon dreimal gefunden.«

Das war der erste von vielen Momenten, in denen es mich berührte, dass er nicht fragte, wann seine Mutter kommen würde, um ihn wieder mit nach Hause zu nehmen.

* * *

Um etwa halb elf an dem Abend saß ich im Dunkeln und starrte auf den Fernseher, als Cahill zurückkam. Ich hatte die Tür noch nicht abgeschlossen. Er streckte seinen Kopf rein.

Leonard schlief neben mir auf der Couch, und Zonker saß auf der Armlehne, spielte mit Leonards Unkrauthaar und strich ihm mit der Seite seines Schnabels immer wieder übers Gesicht.

Wenn man mich gefragt hätte, was ich im Fernsehen sah, hätte ich das nicht beantworten können. Tatsächlich war es nur eine Entschuldigung fürs Starren. Seit die anderen weggegangen waren, hatte ich den ganzen Tag nur ins Leere gestarrt, eine Bierflasche auf meinem Bein – das Kondenswasser lief in meine Jeans –, den kalten Flaschenhals in meiner Hand.

»Was?«, fragte ich.

»Ich bin dein Freund, Doc. Ich bin der beste Freund, den du hast.«

»Dann werde ich mir lieber Feinde zulegen«, erwiderte ich, wenn auch nicht mit großer Überzeugung. Aller Zorn hatte mich verlassen, und ich fühlte mich betäubt und müde und leicht betrunken.

Er kam herein, schlug die Tür fest hinter sich zu. Ich sah hinunter auf Leonard, aber er wachte nicht auf.

»Ich rede schlecht über sie, weil ich sie nicht in deiner Nähe haben möchte. Ich will, dass sie aus deinem Leben verschwindet.«

»Lass uns das in der Küche besprechen«, sagte ich. »Ich habe hier ein schlafendes Kind. Ich habe es gerade geschafft, dass er einschläft.«

Cahill sah auf den kleinen Haufen auf der Couch. »Heilige Scheiße. Leonard ist immer noch hier? Wird sie ihn denn nie wieder abholen?«

»Lass uns das in der Küche besprechen«, wiederholte ich.

Ich humpelte hinter ihm her. Wo wir schon einmal da waren, nahm ich mir ein neues Bier.

»Hast du irgendeine Vorstellung, wie alt sie ist, Doc?«

»Das ist mir egal. Denk lieber über etwas anderes nach.«

»Ich denke, es ist dir nicht egal. Ich denke, es macht dir sehr viel aus. Also sag es mir. Wie alt ist sie?«

»Vielleicht … Ich weiß nicht. Mitte dreißig.«

»Du weißt es nicht einmal.«

»Aber du tust das?«

»Ihre verdammte Biografie ist auf der Website, die wir für das Bürgermeisteramt designt haben.«

»Den Teil habe ich nicht gemacht.«

»Ich weiß, dass du das nicht hast. Ich hab ihn gemacht. Zweiundvierzig. Zweiundvierzig.« Mein Magen zog sich zusammen. Sei kein Idiot, sagte ich mir. Es ist nur eine Zahl. »Und es ist dir nicht egal. Du weißt genauso gut wie ich, dass es eine Sackgasse ist. Ich meine, ich habe einige Kerle erlebt, die wegen der Liebe durchgedreht sind, aber du hast wirklich den Hauptgewinn gezogen, Doc. Sieh dir an, was sie mit dir macht.«

»Was macht sie denn mit mir? Sie macht mich glücklich.«

Cahill schnaubte durch die Nase, wirbelte herum, ging ans andere Ende der Küche, schlug seinen Kopf gegen die Wand. Als hätte er all diese Energie und könnte sie im Angesicht dessen, was ich gesagt hatte, nicht in sich behalten. »Glücklich?«, wiederholte er. »Glücklich? Wie viele Minuten in jeder Woche macht sie dich glücklich? Sieh dich an, Doc. Sieh dir an, was mit dir passiert.«

»Ich habe keine Ahnung, wovon du redest. Willst du ein Bier?«

»Als wir mit dieser Firma angefangen haben …«

»Wir?«, fragte ich.

»Okay, als *du* diese Firma aufgemacht hast und ich hier bei dir mit eingestiegen bin, haben wir jede Menge Sachen gemacht. Wir sind tanzen gegangen. Haben mit Mädchen rumgehangen. Hatten Sex. Mit dir konnte man Spaß haben. Dir waren alle möglichen Dinge wichtig. Dir war diese Firma wichtig.«

»Mir ist die Firma immer noch wichtig.«

»Ist sie das, Mitch? Ist sie das wirklich? Er ist der größte Kunde, den wir haben, der größte Kunde, den wir je hatten. Was, denkst du, wird er tun, wenn er herausfindet …«

Ich hörte ein leises Geräusch hinter ihm. »Mitch?« Leonard stand dort, zog sich das Gummiband seiner Brille hinter seinen Kopf.

»Verdammt«, sagte ich. »Jetzt hast du Leonard geweckt.«

Leonard erklärte: »Ich hab geschlafen, aber dann habt ihr geschrien. Warum schreit ihr?«

Tatsächlich war mir gar nicht aufgefallen, dass wir das getan hatten. Tatsächlich hatte ich gedacht, dass wir uns ziemlich zurückhielten. »Tut mir leid, Kumpel. Wir diskutieren hier nur ein paar Sachen. Komm mit. Ich bring dich wieder ins Bett.« Ich trug ihn zurück zum Sofa, versuchte, so wenig wie möglich zu humpeln, und steckte ihn wieder unter die Decke.

»Was guckst du dir an?«, erkundigte er sich. Ich hatte keine Ahnung. Ich sah hoch, und eine Mumie stolperte in Schwarz und Weiß über den Bildschirm. »Monsterfilm«, stellte er fest. »Cool.«

»Wirst du dich gruseln, wenn ich dich das gucken lasse?«

»Wahrscheinlich schon.«

»Nur ein paar Minuten.«

Cahill stand in der Ecke neben dem Vogelkäfig. Blickte auf die Straße hinaus. Er sah einsam aus. Er sah aus, als hätte er seinen besten Freund verloren.

»Wenn das wirklich ist, wie du dich fühlst, Cahill«, sagte ich, »hättest du zu mir kommen und es mir sagen sollen, so wie du es jetzt getan hast. Du hättest es nicht vor den Mitarbeitern austragen müssen.«

»Ich weiß«, erwiderte er. »Das ist mir jetzt auch klar. Tut mir leid.«

Wir standen uns einen Augenblick schweigend gegenüber. Zonker war selbst in seinen Käfig zurückgekehrt. Pebbles beugte sich rüber und knabberte am Saum von Cahills Hemd, aber es schien ihm gar nicht aufzufallen. Die Mumie kam zurück auf den Bildschirm, und Leonard hielt sich die Hände vor die Brille.

Cahill sagte: »Also, arbeite ich noch hier?«

Aus einem seltsamen Grund hatte ich für einen kurzen Moment das Gefühl, ich hätte etwas Hartes im Hals, als würde ich vielleicht weinen müssen. »Pünktlich um neun«, sagte ich. »Sei hier, oder du bist entlassen.«

Er kam rüber zum Sofa und streckte mir die Hand hin, und ich schüttelte sie. Danach streckte Leonard Cahill seine Hand hin, und Cahill schüttelte auch die. Dann ließ er sich selbst raus.

Leonard fragte: »Seid ihr Freunde?«

Ich antwortete: »Ja. Sind wir.«

»Selbst wenn ihr euch gegenseitig anschreit?«

»Das ist die beste Art«, erklärte ich. »Wenn man sich gegenseitig anschreien kann und immer noch Freunde ist, dann kann man sicher sein, das ist wahre Freundschaft.«

»Oh«, sagte Leonard. »Das wusste ich nicht. Ich habe keine Freunde. Bis auf meine Mom.«

»Wie kannst du das sagen, Leonard? Du hast mich. Und Cahill und Hannah und Graff. Und Barb. Und Zonker.«

»Oh«, sagte er wieder. »Ja. Das stimmt. Jetzt habe ich viele Freunde. Nicht wahr, Mitch?«

»Sie kommen dir schon zu den Ohren raus«, sagte ich.

* * *

Am nächsten Morgen klopfte ich bei Mrs Morales an die Tür.

»Wer ist da?«, erkundigte sie sich durch den Spion.

»Mitch Devereaux. Ihr Nachbar von nebenan? Ich wollte sie etwas wegen Pearl fragen.«

* * *

»Ich denke, sie hat mich wegen ihres Namens angelogen«, sagte Mrs Morales. »Ich denke, dass sie Schwierigkeiten hatte. Sie ist verhaftet worden. Weil sie mein Auto gefahren hat. Ich wusste nicht, dass sie keinen Führerschein hat. Sie haben mich angerufen und mich gefragt, ob sie meine Erlaubnis hatte, das Auto zu benutzen. Pearl Irgendwas haben sie mir als ihren Namen genannt, aber der Nachname war nicht derselbe, den sie mir gesagt hatte. Ich hab vergessen, was sie gesagt haben. Ich habe gesagt, dass es stimmt. Vielleicht hätte ich das nicht tun sollen, aber ich habe es getan. Sie war ein nettes Mädchen. Selbst wenn sie in Schwierigkeiten war. Sie hat hier alles immer so sauber gehalten. Ich wünschte, sie würde zurückkommen. Es ist jetzt schon alles wieder ganz unordentlich.«

Wir standen in dem Raum oben, den sie Pearl und Leonard vermietet hatte.

»Ich bin mir sicher, dass sie zurückkommt«, beruhigte ich sie. »Ich wollte nur ein paar Sachen für Leonard holen.«

»Ich hoffe es. Meine Teller sind schon fast alle dreckig. Als Pearl hier war, konnte man aus der Spüle essen.« Vor sich hin murmelnd ging sie die Treppe hinunter und verschwand.

Ich wanderte umher. Es war eine winzige Wohnung, von der ich dachte, dass sie vielleicht einmal zwei Schlafzimmer gewesen war, die nun illegal in ein Ein-Zimmer-Apartment mit Küchenzeile umgebaut worden waren. Penibel sauber, wie sie es gesagt hatte. Das Badezimmer enthielt nur die Toilette und ein kleines Waschbecken. Sie musste Leonard in der Spüle gebadet haben. Und sich selbst? Ich wollte es nicht wissen. Es ging mich nichts an.

Ich war immer noch davon überzeugt, sie würde zurückkehren. Wenigstens glaube ich das. Also wollte ich nicht herumschnüffeln. Aber dann dachte ich daran, was Leonard gesagt hatte. Dass sie umziehen würden. In einen neuen Staat. Orrington, glaube ich, hatte er ihn genannt. Plötzlich überlief mich ein Schauer. Vielleicht war Pearl einfach ohne ihn weitergezogen. Aber das würde sie nicht tun. Oder? Sie betete ihren Jungen an. Aber andererseits, was wusste ich schon wirklich von ihr?

Ich sammelte zwei Pyjamas mit Füßlingen ein, drei T-Shirts, etwas winzige Unterwäsche und Socken und eine Stoffgiraffe von dem kleinen Bett.

Ich öffnete den Schrank. Ich musste es einfach sehen.

Auf einigen wenigen der nackten Metallbügel hingen zwei Kleider, eine verschlissene Bluse und ein paar Jeans. Und es war unmöglich, einzuschätzen, ob das alles war, was Pearl zurückgelassen hatte, oder ob das einfach alles war, was sie je besessen hatte.

Leonard, 5 Jahre alt: das Schimpfwortglas

Ich erinnere mich, dass ich am Küchenfenster stand und mit einem Vogel sprach.

Ich sollte eigentlich mein Frühstück essen, aber ich nahm meinen Toast mit zum offenen Fenster und krümelte kleine Stückchen davon ab und legte sie auf die Fensterbank. Dieser kleine Spatz kam angeflogen, um mein Frühstück mit mir zu teilen. Wenn ich einen kleinen Schritt von den Krümeln zurückwich und sehr ruhig sagte: »Komm schon, Pearl, es ist okay, Pearl«, dann kam der kleine Vogel.

Ich hab meine Mutter nie mit ihrem Namen angeredet. Ich habe sie immer Mom oder Mama genannt, wie jedes andere Kind auch. Doch nachdem sie gegangen war, begann ich sie Pearl zu nennen, obwohl ich nicht weiß, warum. Aber der Name Pearl – Perle – ist was Besonderes. Er klingt wie ein Schatz, wie ein Edelstein. Etwas, das einen überrascht und glücklich macht, wenn man es findet, jedes Mal. Wie als Mitch mit mir zum Strand gefahren ist und die Sonne gerade unterging und die Wellen gegen die Felsen brandeten und Wassertropfen aus dem Meer in die Luft spritzten, genau vor die Sonne, und es aussah, als hätte jemand – vielleicht Gott – eine große Handvoll Diamanten genommen und sie in die Luft geworfen, nur um zuzusehen, wie sie glitzerten. Bloß dass das genau genommen erst später passiert ist, nachdem ich meine bessere Brille bekommen hatte. Aber wie auch immer. So ähnlich.

Und übrigens glaube ich, das Wasser und die Wellen, das war auch Pearl.

Mitch kam in die Küche und fragte, was ich gerade täte, und ich sagte, ich würde mit einem Vogel sprechen.

»Und ist es ein gutes Gespräch?«, wollte er wissen.

Und ich sagte: »Jap.«

Genau da rief Graff im Nebenzimmer: »Scheiße!«, und Mitch und ich sagten es zusammen in genau demselben Augenblick.

Wir sagten: »Schimpfwortglas.« Alles war einen Moment lang still, und dann konnten wir durch die Küchentür sehen, wie er an dem Goldfischglas stand und in seine Tasche griff. »Verdammt«, sagte er. »Das wird richtig teuer.«

Dann lachten alle zugleich außer Graff, und er musste zwei Dollar reintun. Graff hat uns eine Menge Dollars eingebracht. Jeden Tag. Alle anderen haben schnell gelernt und mussten nicht zu sehr bluten.

Als ich aufschaute, war der kleine Spatz davongeflogen. Aber das war okay. Pearl kam die ganze Zeit in lauter verschiedenen Dingen zu mir. Kerzenflammen und Regen und kleine Vögel. Aber wenn es aufhörte zu regnen oder Mitch die Kerze ausblies oder der Vogel wegflog, hatte ich nie das Gefühl, als wäre sie fortgegangen.

Es war so eine großartige Sache. Es füllte mich aus.

Mitch sagte, nachmittags würde eine Frau kommen, um mit mir zu reden und sich davon zu überzeugen, dass es mir gut ging.

Was für eine Frau, wollte ich wissen, und warum würde sie denken, dass es mir nicht gut ginge?

Er sagte, immer wenn ein kleiner Junge von seiner Mutter getrennt ist, dann sind da diese Leute, die für den Staat arbeiten und die zu dem kleinen Jungen kommen, um sich zu vergewissern, dass alles okay mit ihm ist. Er sagte, diese Frau würde entscheiden, ob ich hierbleiben könnte oder nicht, und wenn ich hier so glücklich wäre, wie er glaubte, dass ich es wäre, dann sollte ich es ihr sagen.

»Okay«, erwiderte ich. »Das tue ich. Ich werd ihr sagen, ich hab so viele Freunde, dass sie mir schon zu den Ohren rauskommen.«

Später, sagte Mitch, wenn sie wieder gegangen war, könnten wir das Geld aus dem Schimpfwortglas nehmen und etwas damit anstellen, was mir Spaß machen würde. Was immer ich wollte.

Ich durfte das Geld immer für alles benutzen, worauf ich Lust hatte. Spielzeug oder Spiele. Es war wie eine Entschuldigung an mich für Schimpfwörter. Normalerweise habe ich davon kein Spielzeug gekauft. Sondern ich habe lieber dafür mit Mitch was unternommen, wir sind essen gegangen, ins Eiscafé oder ins Kino. Ich glaubte nicht, dass Mitch wirklich glücklich war, und ich wollte, dass er mehr Spaß hatte.

»Woher weiß sie eigentlich überhaupt, dass ich hier bin?«, fragte ich. Ich hatte nie mit dem Staat selbst geredet, und es war auch schwer, mir vorzustellen, wie Mitch das tat.

Er sagte, Mrs Morales hätte mit der Polizei gesprochen und sie gebeten, nach Pearl zu suchen.

»Oh«, sagte ich. »Ich denke nicht, dass sie sie finden werden.«

Mitch wirkte ehrlich interessiert und irgendwie auch besorgt, weil ich das gesagt hatte. Ich hatte keine Ahnung, warum er so eine große Sache daraus machte. Er fragte mich immer wieder, warum ich das gesagt hatte. Ob ich etwas wüsste, was er nicht wusste.

Ich war nicht sicher, wie ich diese Frage beantworten sollte. Es schien mir eine sehr schwierige Frage zu sein. Daher habe ich ihm geantwortet, es könnte sein, dass ich ein paar Sachen wüsste, die er nicht wusste, aber da ich ja nun mal nicht wirklich wüsste, was er alles wusste, wäre das wirklich schwer zu sagen.

Dann formulierte er es etwas klarer und fragte, ob Pearl mir erzählt hätte, wohin sie gehen wollte, bevor sie fort ist, und ich sagte, nein, sie hätte nichts gesagt.

»Nun«, erwiderte er, »warum glaubst du dann, dass die Polizei sie nicht finden wird?«

Ich sagte: »Ich glaube nur einfach nicht, dass sie an den richtigen Stellen suchen.«

Ich wusste nicht viel über die Polizei, aber ein bisschen was schon. Ich wusste genug. Denn wann hat man sie das letzte Mal in einem Regentropfen oder einer Kerzenflamme oder aufspritzendem Meerwasser oder einem kleinen Spatz nach jemandem suchen sehen?

Mitch, 25 Jahre alt: liebe meine Frau

Harold Stollers Haus bestand aus fünfunddreißig Zimmern auf vier Morgen Land. Es lag selbstgefällig auf einem Hügel mit einem Ausblick über den Ozean auf der einen Seite, die Lichter der Stadt auf der anderen. Der Typ war in meinem eigenen Arbeitsfeld – Computersoftware – ganz groß rausgekommen, nur früher und besser, und das konnte man sehen.

Ein Angestellter parkte meinen rostigen alten Volvo, und ich begab mich zur Tür in meinem einzigen guten Anzug und dem Seidenschlips, den Barb mir geschenkt hatte, als ich mich beschwert hatte, dass ich keinen besaß, den ich zu dieser Gelegenheit tragen konnte. Und mit Leonard, der an meiner Schulter schlief. Ich hatte ihm seinen neuesten sauberen Pyjama angezogen und ihn in eine ordentlich aussehende Decke gewickelt. Was hätte ich auch sonst tun sollen?

Ich klopfte, und ein Dienstmädchen in einer schwarz-weißen Uniform öffnete die Tür. Ich dachte, dieser Ort ist so bizarr surrealistisch. Niemand lebt wirklich so, oder? Und wenn doch, warum?

»Mitchell Devereaux«, sagte ich.

»Ja, bitte kommen Sie herein.«

Ich stand im Foyer und fragte mich, was ich als Nächstes tun sollte, wenn ich sie sah. Ich überlegte, ob ich das Dienstmädchen fragen konnte, was ich mit dem Kind tun sollte. Fragte mich, ob es in Ordnung wäre, ihr ein paar Dollar zuzustecken, damit sie einen Platz finden würde, wo er schlafen konnte, ohne Aufmerksamkeit zu erregen. Ich konnte nicht mit Leonard an der Schulter zur Dinnerparty des Bürgermeisters erscheinen. Oder doch? Aber was, wenn er an diesem unbekannten Ort aufwachte und Angst bekam?

Dann trat Barb aus der Küche. Sie stand am Ende des langen Korridors und sah mich an. Ihr Haar trug sie in einer sehr hübschen, nicht zu konservativen Frisur, und sie hatte ein eng sitzendes, schmal geschnittenes Kleid an, das fast wie ein lange Anzugjacke aussah. Und dann waren da ihre Beine. Sie ging den Flur entlang in meine Richtung, und das Dienstmädchen verschwand, und ich fragte mich, ob ich, wenn sie bei mir ankam, in der Lage sein würde, zehn verständliche Worte zu einem Satz aneinanderzureihen.

Sie stieg die zwei Stufen herauf in die Eingangshalle, wo ich wie erstarrt wartete. Rede, dachte ich. Du musst etwas sagen.

»Es tut mir wirklich leid. Hannah hätte eigentlich babysitten sollen, aber ihr ist etwas dazwischengekommen. Sie hat mich, keine halbe Stunde bevor ich losmusste, angerufen. Auf die Schnelle konnte ich niemand anderen finden. Ich wusste nicht, was ich tun sollte. Das hier konnte ich nicht einfach verpassen. Ich wusste nicht, was ich sonst hätte tun sollen.«

Reden, dachte ich. Nicht brabbeln. Das ist ein Unterschied.

Sie legte ihre Hand auf meinen Arm. »Keine Sorge«, sagte sie. »Wir finden eine Lösung. Komm mit.«

Ich folgte ihr eine mit Teppich belegte Treppe hoch und einen Korridor im oberen Stockwerk entlang. Sie klopfte leise an eine geschlossene Tür, und wir warteten, dass etwas geschah.

Ich glaubte, von dort aus, wo ich stand, ihr Shampoo riechen zu können, und wollte meine Hand ausstrecken und ihr Haar berühren, aber ich tat es nicht.

Eine korpulente hispanische Frau mittleren Alters öffnete die Tür. Über ihre Schulter sah ich, dass ihr Fernseher lief. Sie schaute etwas auf einem spanischsprachigen Kanal an, das wie eine Seifenoper wirkte.

»Marta«, sagte Barb. *»Quiero que el niño duerme en tu cuarto. Vamos a pagar extra, no te preocupes. Si tienes problema, dime.«*

»Sí«, erwiderte Marta. »*Sí*, Missis, okay.«

Marta nahm mir das schlafende Bündel von der Schulter und legte ihn auf ein Tagesbett, schlug die Decke um ihn und streichelte ihm mit der Rückseite ihrer Finger die Wange.

»Gracias«, sagte Barb.

»*Por nada*, Missis. Ist okay.«

Dann standen wir im Korridor zusammen, vollkommen allein. Sie ließ den Blick über mich wandern, als wenn sie mich nie wirklich gesehen hätte.

»Gott, schau dich an. Du siehst so gut aus. Ich habe dich noch nie zuvor in einem Anzug gesehen.«

Ich sagte: »Das passiert auch nicht jeden Tag.«

»Hübscher Schlips.«

»Mir gefällt er.«

Sie lächelte mich auf eine Art an, die dafür sorgte, dass ich sie in das nächste Badezimmer zerren und aus dem Kleid schälen wollte. Oder einfach darum herum arbeiten, das war mir egal. Sie streckte eine Hand aus, zog mir das Taschentuch aus der Brusttasche und wischte damit über die Schulter meines Jacketts.

»Du hattest da ein bisschen Spucke«, erklärte sie. »Jetzt ist es okay.« Sie faltete das Taschentuch wieder zusammen und steckte es zurück.

»Das Ganze tut mir leid.« Ich zeigte mit meinem Kopf in die Richtung von Martas Zimmer.

»Das ist alles geregelt. Vergiss es. Steck Marta einen Zwanziger zu, bevor du gehst.«

Ich machte mir eine mentale Notiz, ihr zwei zuzustecken.

Wir wandten uns um und gingen den Korridor entlang. Zurück zu den anderen Gästen. Und Harry. Es traf mich wieder wie ein Amboss eine Cartoon-Maus. Es fühlte sich an, als würde ich zu meiner eigenen Hinrichtung schreiten.

Auf unserem Weg die Treppe hinunter fühlte ich, wie ihre Finger über meinen Ärmel strichen und meine Hand berührten. Sie drückte sie flüchtig.

»Entspann dich, Mitchell. Alles wird gut.«

Dann waren wir unten. Und es war zu spät für all das. Kein Platz mehr für die kleinste Berührung oder die subtilste Bemerkung.

Es war Zeit, den Bürgermeister zu treffen.

* * *

»Da ist er«, sagte Harry. »Brüllte« traf es eher. »Kommen Sie her, Sie.«

Er stand draußen auf der Terrasse auf der Küstenseite des Hauses, zusammen mit drei weiteren Personen, die ich alle nicht kannte. Als er die Arme ausstreckte, bemerkte ich, dass die Sonne genau unter seiner linken Achsel hinter einer scharf umrissenen Nebelbank unterging. Er hatte einen Drink in der Hand, was, wenn ich darüber nachdachte, die einzige Art war, wie ich ihn je gesehen hatte. Ich dachte, er wollte mir die Hand schütteln, aber er schlang die Arme um mich und gab mir eine riesige, erdrückende Umarmung, die mich überraschte und ziemlich verlegen machte. Ich konnte fühlen, wie er etwas von seinem Drink auf die Rückseite meines Jacketts kleckerte.

Dann hielt er mich mit ausgestreckten Armen vor sich und schaute mich an. »Sie sehen gut aus«, sagte er. »Sie sehen wie ein junger Mann auf dem Weg nach oben aus. Was genau das ist, was Sie sind.«

Harry war ein großer, bulliger Mann in den Fünfzigern mit silbergrauem Haar, ledriger Haut und einer typischen Politikerpersönlichkeit. Wenn er lächelte, konnte ich sein Gesicht direkt auf den Wahlplakaten vor mir sehen. Ich fragte mich, wie viel er für seine Zähne ausgegeben hatte. Niemand wird mit etwas so Perfektem geboren. Ich stellte mir vor, dass sein Zahnarzt einen importierten Luxuswagen fuhr.

»Lassen Sie mich Ihnen alle vorstellen«, sagte er. »Das ist Martin Broad, mein Wahlkampfmanager. Und zwar ein verdammt guter. Und Sie kennen Bruce Stagner.«

»Natürlich«, sagte ich. »Mr Stagner. Natürlich.« Ich konnte mich nicht erinnern, diesen Mann schon jemals getroffen zu haben.

»Und dies«, sagte Harry mit einer ausladenden Handbewegung, »ist meine Tochter Karen.« Er streckte den Arm aus und drehte sie am Ellenbogen herum, sodass sie mich ansah.

»Ihre Tochter«, sagte ich.

Mein Gesicht fühlte sich rot an, und ich betete, dass es nicht so offensichtlich war. Vor mir stand diese unglaublich atemberaubende Frau, die vielleicht ein oder zwei Jahre jünger als ich war, mit Haaren bis zum Po und einem engen, schulterfreien Kleid. Und mit einem Dekolleté, das einfach nicht aufhörte. Ich wusste, dass ihre Tochter erwachsen und ausgezogen war, aber ich hätte mir wirklich gewünscht, dass sie eine zickige College-Studentin wäre.

Harry sagte: »Kommen Sie, Gentlemen. Geben wir den jungen Leuten die Gelegenheit, sich zu unterhalten.« Ich hoffte wirklich, dass er das nicht auf die Art meinte, von der ich verdammt genau wusste, dass er es tat.

»Nun«, sagte Karen. Sie sah in ihr Cocktailglas und wirbelte mit einem langen roten Fingernagel gedankenverloren einen Eiswürfel herum. »Der berühmte Mitchell.«

»Warum bin ich berühmt?«

»Mom und Dad halten große Stücke auf Sie. Dad sagt, Sie seien ein talentierter junger Mann. Und er hat mir auch gesagt, Sie sähen gut aus. Er hat nicht übertrieben. Kaum zu glauben, dass Sie noch zu haben sind.«

Wenn ich in diesem Moment durch die Holzterrasse in den Tod gestürzt wäre, wäre es eine willkommene Alternative gewesen.

Ich tat es aber nicht. Es tut mir sehr leid, zu sagen, dass ich es nicht tat.

* * *

Während des Abendessens verkündete Harry die Neuigkeit. Er schlug mit dem Messer gegen sein Wasserglas, bis sich ihm alle Augen zugewandt hatten.

Dann sagte er: »Ich vermute, Sie fragen sich, warum ich Sie heute alle eingeladen habe.«

Barb saß mir am Tisch gegenüber, und ich warf ihr einen Blick zu, etwas, was ich sonst die ganze Zeit vermieden hatte.

Dann verkündete er seine Absicht, für den Kongress zu kandidieren. »Die Chancen stehen nicht sehr gut«, sagte er. »Ich bin nur eine Legislaturperiode lang Bürgermeister gewesen, und nicht einmal in der größten Stadt Kaliforniens. Aber es muss getan werden. Seit drei Legislaturperioden haben die Republikaner diesen Sitz. Hier ist ein guter, gemäßigter Demokrat gefragt, der dem ein Ende setzt. Vielleicht bin ich der Mann, dem das gelingt, vielleicht auch nicht. Aber ich habe großartige Leute in meinem Team, und das ist es, was zählt. Das ist der Punkt, an dem Sie alle mit Ihrer Kompetenz ins Spiel kommen.«

Er sprach noch ziemlich lange weiter. Alle starrten ihn fasziniert an, genau wie ich, aber ich hörte nicht zu. Ich dachte, wenn er gewinnt, ziehen sie nach Washington. Dann dachte ich, nein. Wenn er gewinnt, wird er achtzig Prozent seiner Zeit in Washington verbringen, und sie wird immer noch hier sein. Ich fragte mich, wie lange es dauern würde, bis ich es herausfand.

Ich fragte mich, ob Leonard ruhig schlief.

Ich fühlte, wie ein Fuß gegen meinen stieß, ein kleiner Frauenfuß. Ich dachte, er gehörte Barb, die mit mir unter dem Tisch Kontakt aufnahm. Aber genau in diesem Moment stand Barb halb auf, um das Blumenarrangement aus dem Weg zu schieben, weil es die Sicht der Gäste auf den Bürgermeister versperrte, während er sprach. Ich wusste, dass ihre Füße unter ihr sein mussten.

Als sie sich vorlehnte, dehnte sich das V ihres Revers etwas, und ich ertappte mich dabei, dass ich ihr in den Ausschnitt starrte. Sieh weg, dachte ich, aber ich konnte es nicht. Ich konnte nicht wegsehen. Mein Körper reagierte auf ihren Anblick, und ich konnte ihn nicht davon überzeugen, dass dies nicht der richtige Moment war. Er war keinen vernünftigen Argumenten zugänglich.

Karen saß natürlich direkt neben mir. Also musste ich nicht lange überlegen, wem der Fuß gehörte.

* * *

Der Rest der Gäste war schon lange gegangen. Ich hätte das auch gerne getan, aber es war mir noch nicht gelungen, mich loszueisen. Stattdessen war ich in den Salon zu einer privaten Partie Billard abkommandiert worden. Ich zog leicht an der geschmuggelten kubanischen Zigarre, die ich auf Drängen meines Gastgebers hin rauchte. Er hatte mir auch einen Brandy von der Bar in der Ecke des Salons gebracht, der auf dem Rahmen des Billardtisches stand, nahezu unangetastet. Ich würde heute nicht nur mich allein nach Hause fahren. Aber ich nippte immer mal wieder daran, um ihm eine Freude zu machen.

»Dies ist eine echte Gelegenheit für Sie, wenn Sie sie nutzen«, erklärte er. »Aber die Firma muss expandieren. Sie brauchen neue Hardware, neue Angestellte. Sie werden eng mit Marty Broad und auch mit Barbara zusammenarbeiten. Sie wird das alles koordinieren. Wir reden über Web-Promotion, Mailings, Veröffentlichungen, elektronische Kommunikation, alles. Alles, was mit Computern zu tun hat, werden Sie erledigen.«

Er sagte auch noch einiges mehr, was mir entging, während ich dachte, wie bin ich hier nur reingeraten? Ich hatte nie vor, Software zu entwickeln oder Webdesign zu machen oder meine eigene Firma zu haben. Ich wollte eigentlich Grundschullehrer werden. Es schien merkwürdig, wenn ich mich daran erinnerte, als wenn es schon Jahrzehnte zurückläge. Aber tatsächlich hatte ich diesen Traum erst vor ein paar Jahren aufgegeben. Ich war in diese Stadt gekommen, um aufs College zu gehen. Hatte meinen Abschluss als Lehrer gemacht und war dann durch Geld abgelenkt worden. Man wird nicht gerade reich, wenn man an einer Grundschule unterrichtet. Aber ich glaube nicht, dass das Geld damals wichtig war. Und ich konnte mich nicht mehr erinnern, wann es begonnen hatte, um Geld zu gehen. Aber plötzlich war es so.

Harry redete immer noch, und ich hörte immer noch nicht zu. So betrunken, wie er war, verpasste er natürlich auch selbst das meiste davon.

»Es werden einige Nächte durchgearbeitet werden müssen. Sie können sich nicht um alles kümmern, Sie müssen delegieren. Aber es ist immer noch Ihr Baby. Barbara weiß, wie ich möchte, dass die Dinge gehandhabt werden, und sie kann an Orten sein, wo ich nicht bin. Aber ich weiß, Sie beide können zusammenarbeiten. Sie hält sehr viel von Ihnen. Sie wissen das, oder?«

»Ich empfinde sehr viel Respekt für diese Frau, Sir.«

»Das ist gut«, sagte er. »Sie wissen schon. Liebe mich, liebe meine Frau. Diese Art von Sache.«

»Das tue ich, Sir.« Dann fügte ich schnell hinzu: »Sie beide.« Es wurde mir allmählich klar, dass ich Harry gerade gesagt hatte, dass ich ihn liebte.

»Nennen Sie mich nicht Sir.« Eine Bewegung seiner Hand schickte eine Wolke ausgeatmeten Rauchs über den Tisch. Sie wickelte sich um die Tiffanyhängelampe und blieb dort, bewegte sich nur leicht. »Dann fühle ich mich wie ein Dinosaurier. Sie wissen, Sie können mich Harry nennen.«

»Genau. Natürlich. Harry. Ich muss heute leider ziemlich früh los.«

»Natürlich haben Sie schon gute Leute«, fuhr er fort. Ich bin mir nicht sicher, ob er mich überhaupt hörte. »Sie haben diesen guten Assistenten. Diesen smarten jungen Mann. Wie heißt der noch mal?«

»John Cahill.«

»Ach ja, richtig. Und hören Sie zu. Wenn ich gewählt werde, wird ein Bonus für Sie drin sein. Ein beachtlicher. Wissen Sie, was ich meine, wenn ich sage ›beachtlich‹?«

»Nicht so genau, Sir. Harry.«

»Ich meine, zu einem Mercedes-Händler zu gehen, sich einen Wagen auszusuchen und bar zu bezahlen. Diese Art von beachtlich. Ein Mann auf dem Weg nach oben braucht ein gutes Auto. Um der Welt zu zeigen, wer er ist. Wo er hingeht.«

»Bitte glauben Sie nicht, dass ich es nicht zu schätzen weiß«, erwiderte ich. »Aber ich denke, ich muss jetzt wirklich gehen.«

Aus dem Augenwinkel bemerkte ich eine Bewegung im Flur vor dem Salon, und ich blickte auf. Barb ging an der Tür vorbei, blieb genau lange genug stehen, um mich anzusehen, und ich erwiderte ihren Blick. Sie lächelte, und dann war die Vision wieder weg, ließ mich mit einem kribbeligen, leeren, irgendwie desorientierten Gefühl zurück, halb erigiert und komplett dumm.

»Sie scheinen meiner Tochter ganz gut zu gefallen«, erklärte Harry. Er schlug mir mit der Hand auf die Schulter, erschreckte mich. Ich versuchte, einen Stoß anzusetzen. »Sie haben keine Ahnung, wie sehr es mich freuen würde, Sie in dieser Familie willkommen zu heißen, in einem durchaus wörtlichen Sinne.«

Ich sah unglücklich zu, wie ich den weißen Ball in einer Seitentasche versenkte.

»Ihr Stoß, Sir. Sie ist eine wunderschöne junge Frau, aber das scheint mir jetzt etwas voreilig.«

Er fischte den weißen Ball heraus und platzierte ihn ziemlich betrunken auf dem grünen Vlies. Wieder mal hatte ich keine Ahnung, ob meine Worte überhaupt zu ihm durchdrangen.

»Ich hatte nie einen Sohn«, teilte er mir mit. »Obwohl ich immer einen wollte. Oh, ich weiß. Ich werde sentimental. Vergeben Sie mir. Ich möchte nur, dass Sie wissen, dass Sie Barbara und mir sehr wichtig sind.« Für eine furchtbare Minute dachte ich, er würde anfangen zu weinen. Wie viele Drinks hatte er gehabt, fragte ich mich.

»Ich fühle mich geehrt«, sagte ich. »Wirklich. Aber ich muss jetzt los.«

Er schlug mir wieder auf die Schulter und bereitete ein neues Spiel vor. Wir hatten das alte noch nicht einmal beendet, aber ich korrigierte ihn nicht.

* * *

Sie brachte mich hinaus zu meinem Wagen. Der Angestellte war offensichtlich für heute nach Hause gegangen.

Ich schnallte Leonard auf dem Beifahrersitz an und schlug die Tür so leise wie möglich zu. Dann wandte ich mich ihr zu und lehnte mich gegen das Auto. Wir standen dort für einen langen, stillen Moment in der Dunkelheit. Allein und frei für eine kurze, wundervolle Sekunde Zeit.

»Was willst du wegen ihm machen?«, fragte sie.

»Wegen wem?« Ich dachte, sie meinte Harry.

»Leonard.«

»Oh. Nun. Ich weiß nicht. Was kann ich machen?«

»Ich meine, wenn sie nicht zurückkommt.«

»O Gott«, sagte ich. »Darüber kann ich jetzt nicht nachdenken. Bitte zwing mich nicht, jetzt darüber nachzudenken.«

»Okay. Tut mir leid.« Sie streckte die Hand aus und berührte für den Bruchteil einer Sekunde mein Gesicht. Wir sahen beide zum Haus. Jedes Fenster schien sich genau auf den Ort auszurichten, wo wir standen. Sie ließ die Hand wieder fallen.

Ich sagte: »Das war wirklich, wirklich, wirklich, wirklich unangenehm.«

»Du warst aber gut«, erwiderte sie. »Du hast es gut gemacht.«

»Er hat sich gerade noch zurückgehalten, mir zu sagen, dass ich der Sohn bin, den er nie hatte. Ich hatte keine Ahnung, dass er so empfindet. Ich meine … Tut er das wirklich? Mag er mich tatsächlich so gern, oder hat er nur ein wenig zu viel getrunken?«

Ein kaum wahrnehmbares Achselzucken. »Wahrscheinlich ein bisschen von beidem.«

»Wenn er gewinnt, wirst du dann wegziehen?«

»Nein. Er wird nur sehr viel weg sein.«

Und wäre das nicht schade?, wollte ich sagen. Aber ich konnte es nicht über die Lippen bringen. Ich konnte nicht so schnell die Gänge wechseln. Ich war immer noch zu sehr aus der Balance. Es wäre zu kaltschnäuzig gewesen.

»Vielleicht Dienstag«, sagte sie. »Da ist er nicht in der Stadt. Vielleicht kann ich über Nacht bleiben. Ich werde mein privates Telefon auf Weiterleitung schalten müssen. Du wirst mich rangehen lassen müssen, wenn es klingelt.«

»Weiß er es?«

Ich bin mir nicht einmal sicher, warum ich das gefragt hatte. Aber es war mir an dem Abend mehrmals durchs Gehirn gehuscht. Es hatte sich angefühlt, als wenn er so etwas andeuten wollte.

Liebe mich, liebe meine Frau. Sie werden eng mit Barbara zusammenarbeiten. Es werden einige Nächte durchgearbeitet werden müssen. Ich weiß, Sie beide können zusammenarbeiten.

Es fühlte sich wie ein System von Winken mit dem Zaunpfahl an. Es fühlte sich berechnend an.

»O meine Güte, nein«, sagte sie. »Wenn er es je herausfindet, wirst du das mitbekommen. Glaub mir.«

Leonard, 5 Jahre alt: DAS WUSSTE ICH

Hannah verdrängte mich von dem Computer, an dem ich normalerweise spielte, während die anderen arbeiteten. Mitch hatte mir gesagt, ich sei schnell den Erstklässlerspielen entwachsen und könnte nun mit dem Joystick das Universum retten, indem ich die Alien-Invasion abwehre.

»Ich brauche heute Vormittag den Siebzehn-Zoll-Monitor«, verkündete sie. »Hier. Du kannst solange den alten Laptop benutzen.«

Sie stellte ihn auf meinen kleinen Schreibtisch. Die Typen haben mir tatsächlich einen eigenen Schreibtisch gegeben. Wie cool ist das denn?

»Aber darauf sind doch gar nicht meine Spiele installiert.«

Sie hielt eine Diskette hoch. »Ich hab sie dir hier draufkopiert. Es ist alles vorbereitet.«

Dann begann sie zu arbeiten, aber sie redete gleichzeitig mit mir, versuchte zu erklären, wo ich meine Spiele auf dem A-Laufwerk finden würde. Ich wusste, das würde ich nicht tun können, aber mir war nicht klar, wie ich ihr das beibringen sollte. Der Bildschirm war einfach zu klein.

»Doppelklick auf ›Mein Computer‹«, sagte sie.

»Ich weiß nicht, was das ist.«

»Das Symbol, das aussieht wie ein kleiner Computer.«

»Das kann ich nicht finden«, antwortete ich.

»Oben links auf deinem Desktop.«

»Oh. Okay.« Ich konnte Symbole erkennen, nur nicht gut genug, um zu wissen, ob sie wie kleine Computer aussahen. Ich doppelklickte auf das oben links in der Ecke. Ich vertraute Hannah. »Und was jetzt?«

»Und jetzt wähle ›3,5-Zoll-Floppylaufwerk A‹.«

»Ich weiß nicht, wo das ist.«

»Leonard«, erwiderte sie. »Du kannst doch ein A erkennen.«

»Jap«, sagte ich. »Aber ich seh keins.«

Sie unterbrach, was sie gerade machte. Speicherte und schloss die Datei, denke ich. Dann kam sie zu mir und blickte über meine Schulter. »Du siehst da auf dem Bildschirm nirgendwo ein A?«

»Nein, nicht wirklich.«

»Okay, dann komm kurz mit mir. Lass es uns auf dem 17-Zoller versuchen.«

Sie ließ sich die Diskette auswerfen und steckte sie in meinen üblichen Computer. »Versuch es jetzt mal«, verlangte sie.

Ich doppelklickte auf das kleine Symbol, das aussah, als wäre es ein Computer. Dann sagte ich: »Oh, da ist es ja. A.« Ich musste mich etwas vorbeugen, aber ich konnte es erkennen.

»Ist das der Grund, warum du dich so vorbeugst?«, fragte Hannah. »Um den Bildschirm besser zu sehen?«

»Jap. Was dachtest du denn?«

»Ich weiß nicht. Ich dachte vermutlich, du konzentrierst dich einfach nur. Na ja, ist auch egal«, antwortete sie. »Du kannst den großen Computer haben. Ich arbeite erst mal mit dem Laptop weiter.«

Kurz darauf, als Mitch mit dem Telefonat fertig war, hörte ich sie sagen: »Doc? Kann ich dich mal kurz unter vier Augen sprechen?«

Mitch, 25 Jahre alt: das Versprechen

Der Arzt erklärte: »Amblyopie im linken Auge. Das ist überhaupt nicht zu übersehen.«

Ich fragte: »Und was soll das heißen?«

Und Leonard sagte: »Es bedeutet, dass mein Auge wandert. Es sieht ein bisschen zu sehr zu meiner Nase.«

Der Arzt lachte. »Wie komme ich nur auf den Gedanken, dass das nicht deine erste Augenuntersuchung ist?«

»Weil sie das nicht ist«, erwiderte Leonard.

»Seine Werte haben sich ziemlich stark geändert. Eigentlich zu stark. Seine Myopie schreitet sehr schnell voran. Darum schlage ich sehr dringend eine ausführliche Untersuchung bei einem Spezialisten vor. Zu schade, dass wir nicht mehr Informationen über seine Vorgeschichte haben. Er war nicht irgendwie zufälligerweise ein Frühchen, oder?«

»Warum zum Teufel sollte das irgendwie wichtig sein?«

»Es gibt eine Augenerkrankung, die mit einer zu frühen Geburt in Zusammenhang steht …«

»Ja«, sagte Leonard. »Frühgeborenen-Retinopathie. Das habe ich. Weil ich zu früh gebiert bin.«

Ich starrte ihn nur an. Fragte mich, warum er mir das nie erzählt hatte. Andererseits hatte ich ja auch nie danach gefragt, denke ich.

»Nun, das gibt uns einen ganz guten Überblick über die Vorgeschichte«, stellte der Arzt fest. »Er sollte alle sechs Monate untersucht werden, um spätere Komplikationen zu vermeiden.«

»Ja«, erwiderte Leonard. »Ich weiß.«

»Welche Art von Komplikationen?«, wollte ich wissen.

»Nun«, erklärte der Arzt. »In neunzig Prozent der Fälle von Frühgeborenen-Retinopathie bilden sich die Symptome ohne irgendeinen Eingriff zurück. Aber bei den anderen zehn Prozent kann es zu schweren Komplikationen kommen. Das Narbengewebe kann Zug auf die Netzhaut ausüben, was, wie ich vermute, in diesem Fall schon passiert ist. Manchmal kann das Wachstum des Auges in der Adoleszenz Risse in der Netzhaut verursachen. Oder tatsächliche Ablösung. Was wir Late-Onset-Netzhautablösung nennen. Das wäre der schlimmste Fall. Dafür machen wir die Untersuchungen, um das zu verhindern.«

»Und das würde dann bedeuten …«

»Wenn man es unbehandelt lässt? Blindheit. Aber es gibt sehr vielversprechende Behandlungsmöglichkeiten. Ich bin mir sicher, ein guter Spezialist wird Ihnen das alles erklären. Natürlich, Sie sind ja nicht der leibliche Vater, also bin ich mir nicht sicher, wie viel Sie davon wissen wollen. Aber wenn er offiziell Ihr Pflegekind ist, wird der Staat von Kalifornien Ihnen vielleicht helfen. Wenn Sie sich der Bürokratie stellen wollen.«

»Also wird es sehr teuer.«

»Zu diesem Zeitpunkt«, sagte der Arzt, »bin ich mir nicht sicher, ob Sie das überhaupt so genau wissen wollen.«

* * *

Wir fuhren im Auto nach Hause, und Leonard hatte seine neue Brille auf. Er konnte sich gar nicht beruhigen, wie cool sie war.

»Sie ist so leicht«, sagte er. Er drehte den Kopf hin und her, dann hoch und runter. Sie hatte auch kein Gummiband. Die leichten Gläser halfen dabei, dass die Brille nicht runterfiel. Außerdem hatte der Arzt ihm Bügel verschrieben, die sich um seine Ohren legten und das Gestell fixierten. Er konnte den Kopf neigen, und die Brille zeigte zum Boden, und sie war nicht schwer, und sie fiel nicht runter. Ich wusste, dies war die Brille, die Pearl sich immer für ihn gewünscht hatte. Die Sache ist die, sie war teuer. Wirklich teuer.

»Jetzt kann ich Spiele auf dem Laptop spielen«, sagte er. »Jetzt kann ich mit Zonker spielen und nicht aus Versehen Pebbles bekommen. Bist du dir sicher, dass du sie dir leisten kannst?«

Aber ich war in Gedanken ganz woanders. »Was?«

»Bist du dir sicher, dass sie nicht zu teuer war?«

»Mach dir darüber keine Gedanken. Hab einfach Spaß damit.«

»Ja«, sagte er. »Das hab ich. Schon jetzt. Mitch? Mag Bar mich?«

»Natürlich tut sie das. Jeder mag dich. Du bist Leonard. Wie könnte irgendjemand dich nicht mögen? Ich frage mich, warum sollte man dich nicht mögen?«

»Weißt du, was das Beste an der neuen Brille ist? Ich kann Pearl an viel mehr Orten sehen.«

Ich öffnete den Mund, als wenn ich etwas sagen wollte. Ich denke, ich wollte ihn fragen, wovon zur Hölle er sprach. Aber dann machte ich den Mund wieder zu und ließ es einfach.

* * *

Ich lag flach auf dem Rücken, und sie war halb über mich drapiert. Ich versuchte, wieder zu Atem zu kommen. Vielleicht hatte Cahill recht. Irgendwann, wenn sie mit mir fertig war, würde man mich nur noch irgendwo verscharren können. Mir kam es immer noch wie ein ziemlich gutes Geschäft vor.

Als ich wieder genug Atem hatte, um sprechen zu können, sagte ich: »Als ich davon geträumt habe, von der Zeit, wenn du tatsächlich mit mir schlafen würdest …«

»Ja?«

»Ich dachte, dass auch etwas Schlafen vorkommen würde.«

»Du kannst morgen Nacht schlafen.« Ich hatte das Gefühl, dass sie dachte, wir wären noch nicht fertig. Ich war dabei, mir eine höfliche Art einfallen zu lassen, sie zu korrigieren. »Ich brauch einen Schluck Wasser«, sagte sie.

»Geh noch nicht«, bat ich. »Bleib noch für eine Minute.«

»Warum?«

»Ich weiß nicht. Tu's einfach.«

Ich rollte mich auf sie und hielt sie für eine Minute, auf meine Ellenbogen gestützt, um nicht zu schwer auf ihr zu liegen, die ganze Länge unserer Körper aneinandergepresst.

Irgendwie schien ich nie oben zu landen. Na ja, nicht nie. Aber nicht häufig. Nur im extremsten Stadium der Hingabe. Und sie musste immer gehen, wenn es vorbei war. Und sei es nur, um sich ein Glas Wasser zu holen. Irgendwie dachte ich, es könnte vielleicht nur dieses eine Mal anders sein. Irgendwie dachte ich, wir könnten neues Territorium betreten oder dass wir das zumindest könnten, wenn wir uns ein kleines bisschen mehr Mühe gaben. Aber ich bezweifle, dass ich das selbst mir gegenüber zu dem Zeitpunkt zugegeben hatte.

Sie strich mir für einen Moment über den Hinterkopf. Küsste mich auf die Stirn.

»Die Minute ist um«, erklärte sie. »Ich bin durstig.«

Sie rollte mich von sich runter, schlug die Decke zurück und stand auf. Ich lag da, die Hände hinter dem Kopf verschränkt, und sah ihr zu. Dachte, diese Nacht würde Wochen vorhalten, wenn sie es musste. Hoffte, sie müsste es nicht.

Der Mond war hell in dieser Nacht, ein oder zwei Tage vor oder nach Vollmond. Ich war verwundert, dass sie dort nackt in so hellem Licht vor mir stand. Sie hatte Wege, diese Dinge zu vermeiden.

Sie schnappte sich mein rotes Cordhemd vom Stuhl und streifte es über. Vielleicht hatte sie gehört, was ich dachte. Vielleicht sah sie mich, wie ich sie betrachtete, sie mir einprägte, um sie in den mageren Zeiten hervorholen zu können, wie diese Survivalists mit Vorräten für sechs Monate in der Garage. Vielleicht gefiel es ihr auch einfach nur, meine Hemden zu tragen. Ich hatte diese Theorie, dass es ihre Art war, mir näherzukommen, sich quasi meine Haut überzustreifen, aber auf eine sichere Art. Natürlich hatte diese Theorie als Ausgangspunkt, dass sie mehr von mir wollte, also war ich vielleicht zu optimistisch. Aber irgendwie denke ich das nicht. Sie hatte einen weiteren Level. Nur weil sie es nicht einfach offenbarte, bedeutete das nicht, dass es nicht irgendwo in ihr war.

»Bring dich nicht um, wenn du da unten rumläufst«, sagte ich.

»Das habe ich auf dem Weg nach oben schon fast getan. Was ist das ganze Zeug?«

»Wir räumen das Extrazimmer leer. Die Abstellkammer. Das geht alles in angemietete Lagerräume, und dann machen wir das Zimmer für Leonard fertig.«

Sie knöpfte sich gerade das Hemd zu, als ich das erklärte, hielt aber abrupt inne. Hielt einfach inne, mit einem Knopf in einer Hand und dem Knopfloch in der anderen, wie eingefroren. Dann begann der Film weiterzulaufen, aber ich wusste, was ich gesehen hatte. Ich wollte, dass es nicht so wäre, ich wollte denken, dass es nichts bedeutete, ich wollte es vergessen. Aber es fühlte sich nicht wie etwas an, das einfach von selbst wieder verschwinden würde.

Sie ging zum Fenster hinüber, öffnete eine der Jalousien und sah nach draußen, irgendwie ziellos, nicht als wenn sie wirklich erwartete, etwas zu sehen. Ein Streifen Licht von der Straßenlaterne fiel ihr übers Gesicht. Ihr Haar war wundervoll zerzaust auf diese Art, die verriet, dass sie gerade Sex gehabt hatte.

»Warum?«, fragte sie.

»Der Junge sollte ein Zimmer für sich selbst haben. Außerdem macht das den für ihn zuständigen Betreuer vom Jugendamt glücklich.«

»Aber warum sollte er es hier haben? Er ist nicht dein Junge.«

Ich antwortete nicht sofort. Ich kämpfte gegen eine plötzliche Kälte in mir, fast ein kleiner Schock. Ich erinnerte mich an Leonards Stimme, als er mich gefragt hatte, ob »Bar« ihn mochte. Ich glaube, das war der erste Moment, in dem mir klar wurde, dass Leonard mehr wusste als ich. Der erste von vielen, glauben Sie mir.

»Warum nicht hier?«, hielt ich dagegen.

»Warum nicht? Denk doch mal nach, Mitch. Denk darüber nach, wo du gerade in deiner Karriere stehst. Denk an all die Verantwortung, die gerade auf deine Schultern gelegt worden ist. Wer, denkst du, hat ihm gesagt, dass du das hinkriegen würdest? Dies ist eine verdammt schlechte Zeit, um sich zu entscheiden, plötzlich alleinerziehender Vater zu werden.«

»Ich kann damit umgehen«, sagte ich ihr. »Du hast ihm das gesagt, weil du gewusst hast, dass es stimmt.«

»Ich glaube, du weißt nicht, was es bedeutet, Vater zu sein.«

»Ich bin mir sicher, das tue ich nicht«, gab ich zu. »Aber ich kann damit umgehen.«

Sie stand einfach nur da, starrte durch die Jalousien ins Nichts. Die Spannung im Raum war fast greifbar, als wenn sie sich jederzeit zu irgendeiner erkennbaren Form materialisieren könnte. In einem ruhigen, nüchternen Sinn war dies ein Streit. Wir hatten noch nie einen gehabt, und ich hatte diesen hier nicht kommen sehen. Leonard hatte das.

»Ich bin mir nicht sicher, ob ich das kann«, sagte sie.

»Was?«

»Ich denke, du hast mich gehört.«

»Was willst du damit sagen?«

»Ich sage, ich habe zwei eigene großgezogen, und es war verdammt harte Arbeit, und ich habe das Gefühl, dass ich das Recht habe, mich nicht mehr um Kinder kümmern zu müssen.«

Ich schwang meine Beine über die Bettkante. Ich stand auf und ging durch den Raum in ihre Richtung, aber mir wurde klar, dass ich wütend war, und ich wollte nicht so aggressiv rüberkommen, wie ich mich fühlte. Ich wollte nicht so auf sie zugehen. Also setzte ich mich aufs Bett, nackt, und versuchte, herauszufinden, was sich zwischen uns verändert hatte.

»Du tust so, als würdest du verdammt noch mal hier wohnen«, sagte ich. »Was könntest du überhaupt irgendwie damit zu tun haben? Du kommst mitten in der Nacht, du bleibst für ein, zwei Stunden, und du gehst wieder. Er schläft, wenn du kommst und wenn du gehst. Schön wär's, wenn du genug hier wärst, um tatsächlich mit meinem Leben belastet zu werden.«

»Es tut mir leid, dass du das so empfindest«, erwiderte sie. Sie zog mein Hemd aus und ließ es zu Boden fallen, suchte dann ihre eigenen Sachen zusammen und begann sich anzuziehen. Ich wusste, dass sie ging, und ich fühlte mich zutiefst betrogen, weil sie nur dieses eine Mal eigentlich über Nacht hätte bleiben sollen. »Wenn es deinen Erwartungen so wenig entspricht, hättest du mir das sagen sollen.«

»Oh, Himmel, Barb, nicht. Mach das nicht. Ich kann nicht glauben, dass du gehst.«

»Tu ich aber«, erklärte sie. »Ob du es glaubst oder nicht.«

Ich hatte das schreckliche Gefühl, dass sie in einem dauerhafteren Sinn ging. Dass sie mir das sagte. Es war vorbei. Ich saß da, sah zu, wie sie sich anzog, dachte an ein Dutzend verschiedener Arten, zu fragen, aber nichts davon hörte sich richtig an. Wie auch immer ich die Frage stellte, ich fühlte die Gefahr, dass sie antworten könnte.

»Gib mir etwas Zeit, um darüber nachzudenken«, sagte sie und kletterte die Leiter hinunter, um zu gehen.

Ich saß für einen Moment wie erstarrt da. Dann wurde mir klar, dass sie ging, wirklich ging, und ich hatte noch so viel Kampf in mir. So viele Sachen, die ich fragen wollte, so viele Dinge, die ich sagen wollte.

»Barbara!«

Ich rief es laut, riskierte, Leonard aufzuwecken. Dann hüpfte ich herum und versuchte, beide Beine gleichzeitig in meine Jeans zu bekommen. Keine Antwort. Ich hatte plötzlich das Gefühl, als wenn der Fortbestand meiner geistigen Gesundheit davon abhinge, dass ich sie daran hinderte, die Wohnung zu verlassen. Dann hörte ich, wie die Tür zufiel. Ich nahm die Leiter zwei Stufen auf einmal, eine Art russisches Roulette für ein gebrochenes Bein, aber es funktioniert. Ich rannte zur Tür, riss sie auf.

»Barbara!«, rief ich wieder. Stille.

Ich stand da und starrte hinaus ins Mondlicht. Ich konnte nicht einmal sehen, in welche Richtung sie gegangen war.

»Verdammt!«

Ich knallte die Tür wieder zu, dann trat ich noch einmal dagegen. Nicht mit den Zehen, so dumm bin ich nicht. Ich trat mit der Fußsohle zu, die Hacke zuerst. Aber ich fühlte mich danach nicht besser, also warf ich mich mit meinem Körper dagegen, schrie »Scheiße« und glitt dann daran herunter, bis ich mit dem Rücken gegen die Tür gelehnt dasaß. Ich fühlte mich plötzlich wie leer, es gab nichts mehr, was ich treten konnte, und es ging mir kein Stückchen besser.

Ich sah hoch und bemerkte Leonard, der mit seiner neuen Brille auf der Nase auf dem Sofa saß und mich beobachtete.

»Mitch?«, fragte er. »Was ist passiert, Mitch?«

»Nichts. Nichts ist passiert.«

»Doch, ist es.«

Ich schwor mir, dass ich ihn nie wieder so gedankenlos und automatisch anlügen würde.

»Du musst dafür nichts in das Schimpfwörterglas tun«, sagte er. »Ich verstehe das.«

* * *

Ich lag auf dem Rücken im Bett, nur mit meiner Jeans bekleidet, und Leonard war neben mir.

»Kannst du eine Kerze anzünden?«, bat er mich, und ich tat es.

Er kuschelte sich an meinen Arm, umarmte ihn auf eine Art, wie ein Erwachsener einen ganzen Menschen umarmt, eine Art von Miniatur-Löffelchenposition. »Danke«, sagte er. »Es tut mir leid, dass du traurig bist.«

»Ist schon okay.«

Wir schwiegen eine Weile, und dann sagte er: »Weißt du, was Für-immer-Liebe ist?«

»Ich glaube nicht.« Ich konnte nicht denken. Aber wenn ich hätte denken können, glaube ich nicht, dass das geholfen hätte. Ich glaube, ich wusste es wirklich nicht.

»Pearl hat es mir beigebracht. Es ist, wenn du jemanden so sehr liebhast, dass sich das, egal was passiert, niemals ändern wird. Selbst wenn sie nicht mehr da sind. Es ist immer noch dasselbe. Selbst wenn du stirbst. Du stirbst, aber nicht die Liebe. Nicht Für-immer-Liebe. Weißt du, was ich meine?«

Ich dachte, dass er versuchte, etwas zwischen mir und Barb zu beschreiben, weil das das war, bei dem ich mit meinen

Gedanken war, und in dem Kontext, nein, verstand ich nicht, was er meinte.

Er streckte die Hand aus und legte sie mir auf die Brust, tastete nach meinem Herzschlag. Pearl musste das bei ihm gemacht haben, vermutete ich. Ein Kind, das so jung ist, erfindet solche Rituale nicht allein. Oder doch? Ich wusste es nicht.

Als er sich sicher war, dass er mein Herz gefunden hatte, hielt er seine Hand still, und sie fühlte sich warm auf meiner Haut an. »Das ist so sehr, wie ich dich liebe, Mitch. Okay? Fühlst du dich jetzt besser?« Dann, eine Sekunde später: »Ich wollte dich nicht zum Weinen bringen, Mitch.«

»Nein, es ist okay. Das ist eine gute Sache. Danke. Danke für die Für-immer-Liebe. Das hilft.«

»Ja«, erwiderte Leonard. »Ich weiß.«

* * *

Als ich mir sicher war, dass er eingeschlafen war, griff ich nach dem Telefon. Es gelang mir, mich vorsichtig zur Seite zu bewegen, ohne ihn zu stören.

Ich rief ihr Handy an, weil ich wusste, dass sie noch nicht zu Hause sein konnte.

Es klingelte zweimal. Sie antwortete mit »Hallo, Mitchell«. Dann: »Du hast ihn gerade wieder zum Einschlafen gebracht, nicht wahr?« Wir waren beide für ein oder zwei Augenblicke still, und dann fuhr sie fort: »Ich denke, ich verstehe nicht, warum du dieses Bedürfnis hast, ihn zu behalten.«

Ich konnte sein Gewicht auf meinem Arm spüren. Das Kerzenlicht flackerte über uns und ließ uns irgendwie wie Teile ein und desselben Wesens aussehen, ein komplexer, aber einzelner Organismus. Ich fragte mich, ob ich diese Frage beantworten konnte, ohne wieder zu weinen.

»Ich bin einsam«, erklärte ich. »Kannst du das verstehen?«

Stille am anderen Ende der Leitung, und ich dachte, vielleicht hätte ich sie verloren, auf mehr Arten als nur eine. Vielleicht war sie nicht mehr im Empfangsbereich.

»Natürlich kann ich das«, erwiderte sie schließlich. Ihre Stimme hörte sich sanft an. Sanfter als sonst. »Ich kann das nur nicht für dich lösen.«

Dann wurde die Verbindung schlechter, und ich verlor sie komplett, also legte ich auf und lag einfach nur da, hoffte, dass sie zurückrufen würde. Aber natürlich tat sie das nicht.

Ich nahm Leonard seine neue Brille ab, entfernte vorsichtig die Bügel von seinen kleinen Ohren. Ich hielt sie gegen das Kerzenlicht, um sie besser zu sehen. Die Gläser waren klar, neu und unzerkratzt. Und sie war so leicht im Vergleich zu der alten. So viel mehr das, was er verdiente. Ich legte sie auf den Nachttisch und sah ihm ein wenig beim Schlafen zu.

Er hatte seine Hand auf mein Herz gelegt und geschworen, mich für immer zu lieben. Und alles, was ich getan hatte, war, ihn zu einem Augenarzt mitzunehmen und ihm eine ordentliche Brille zu kaufen. Ich schuldete ihm immer noch ziemlich viel.

Nach einiger Zeit blies ich die Kerze aus und rollte mich in seine Richtung. Legte einen Arm um ihn, sodass ich ihn mehr oder weniger zurückumarmte.

Für-immer-Liebe.

Ich sagte: »Ich versprech's dir zurück, Kumpel.« Es war vermutlich nicht fair, es ihm zu sagen, während er schlief, aber zu dem Zeitpunkt war das alles, was ich hinbekam. Ich sagte: »Du wirst nicht blind, solange ich da ein Wort mitzureden habe, Kumpel. Nicht solange ich etwas dagegen tun kann.«

Bevor ich auch nur den letzten Satz beendet hatte, fragte ich mich wieder, was das kosten würde. In jeder nur denkbaren Währung.

* * *

In dem Moment, als sie durch die Tür unseres kleinen Büros kam, wurde es ganz still.

Niemand wusste, dass sie »weg« war, wusste es wirklich. Außer mir, und vielleicht Leonard, auch wenn wir nicht darüber gesprochen hatten. Aber da war eine Spannung im Raum, sie hatte sie mit sich gebracht, und es durchlief jeden wie Elektrizität, und niemand sagte etwas.

Cahill gab sich Mühe, meinem Blick zu begegnen, und Hannah gab sich Mühe, genau das zu vermeiden.

Mein Magen fühlte sich kalt und schockiert an, eine Art prähistorische Fluchtreaktion, und ich dachte darüber nach, und ich überlegte, wie schrecklich es wäre, wenn sie einfach wegen irgendeiner geschäftlichen Sache gekommen wäre und sich ihre Gefühle für mich nicht erwärmt hätten. Ich wusste, dies war der Moment, in dem ich herausfinden würde, ob es wirklich vorbei war. Ich fühlte mich schwindelig.

Sie ging durch all diese Stille mit ihrer üblichen Selbstsicherheit. Kam um meinen Schreibtisch herum und legte mir die Hände auf die Schultern. Sehr leise und nah an meinem Ohr fragte sie mich, ob sie einen Moment allein mit mir sprechen könnte. Wir gingen in die Küche. Auf der Galerie wäre es noch privater gewesen, aber da ist mein Schlafzimmer, und das wäre vielleicht etwas merkwürdig gewesen.

Ich lehnte mich gegen den Tresen, und sie stellte sich ganz dicht vor mich. Ich konnte ihr Parfum und ihr Shampoo riechen. Bitte lass es nicht wehtun, dachte ich.

»Wie kannst du Leonard nicht mögen?«, fragte ich. Ich dachte, es war mutig von mir, direkt damit herauszukommen.

»Ich mag Leonard. Natürlich mag ich ihn. Er ist ein tolles Kind. Wie könnte irgendjemand ihn nicht mögen?«

»Das ist es, was ich von dir wissen will.«

Sie warf einen Blick über die Schulter zur offenen Küchentür. »Wissen sie genug, um hier nicht reinzukommen?«

»Absolut«, erwiderte ich.

Und sie trat direkt an mich heran und legte die Arme um mich. Lehnte ihren Kopf gegen meine Schulter. Ich hielt sie, war mir meiner Hände auf ihrem Rücken merkwürdig bewusst. Meiner Atmung. Ich versuchte zu schlucken, aber das ging nicht so einfach. Ich musste mir richtig Mühe geben.

Nach einiger Zeit hob sie den Kopf und legte ihre Wange gegen meine. So waren wir fast Ohr an Ohr. »Ich will nicht, dass es vorbei ist«, flüsterte sie.

Ich versuchte, auch etwas zu sagen, aber da war so ein Wirrwarr in mir. Zu versuchen, die eine Sache zu sagen, war, wie zu versuchen, fünfzehn Meter verknotetes Seil ohne irgendwelche Zweifel oder Fehlgriffe zu entwirren.

»Ich kann nicht wieder zurück dazu, wie es war, bevor ich dich getroffen habe«, sagte sie. »Ich kann es nicht. Ich brauche das hier.«

Ich versuchte, meinen Kopf zurückzuziehen, sie anzusehen, aber sie hielt mich fest. Hielt mich mit einer Hand auf meinem Hinterkopf fest. »Nein«, sagte sie. »Bitte. Es ist schwer für mich, diese Dinge auszusprechen. Also sag nichts, und sieh mich nicht an, okay?«

Ein Moment der Stille, den sie als Zustimmung deutete. Musste sie wohl. Es war mir ja nicht erlaubt, etwas zu sagen. Ihr Körper, so eng an meinen gepresst, machte mich wahnsinnig. Es war keine sexuelle Sache, dafür ging es jetzt um zu viel. Es brachte mich nur dazu, näher zu treten, als wenn ich ihr unter die Haut dringen und diese verdammte Distanz überwinden könnte, die drohte, mich implodieren zu lassen.

»Ich habe mich benommen wie ein verwöhntes Kind«, sagte sie. »Und ich hoffe, dass du mir vergeben kannst. Ich denke immer noch, dass du nicht weißt, auf was du dich einlässt, aber das ist deine Sache. Ich habe so reagiert, weil …« Atmen, Mitch. Schlucken. Nichts sagen. »Ich denke, es hat mir Spaß gemacht, dir die Welt zu bedeuten. Sag es nicht. Sag mir nicht, wie selbstsüchtig und dumm das ist. Ich weiß es. Es tut mir leid.« Ein langer Moment, nur ihr Atem an meinem Ohr. Dann fuhr sie fort: »Du sagst ja gar nichts.«

»Du hast mir strikte Anweisung gegeben, dass ich das nicht soll.«

»Oh, stimmt. Also, sag was.«

Aber das war schwieriger, als es sich anhörte.

Ich wollte sagen: Nun, du bist menschlich. Stell dir mal vor. Ich wollte sagen: Wie unglaublich wundervoll, dass du eifersüchtig warst. Ich wollte sagen: Du bist zurück, alles andere ist egal. Ich wollte sagen: Mein Gott, du hast mir tatsächlich etwas Echtes gesagt.

Aber ich bekam nie die Chance dazu, denn genau in diesem Moment hörten wir Cahills Stimme aus dem vorderen Zimmer. Ich hatte Cahill noch nie etwas so laut sagen gehört.

»Hey! Marty!«, schrie er. Es hörte sich an, als hätte er diese Stimmlage von Harry gelernt. »Marty Broad! Wie geht's dir, Marty?«

Barb sprang einen Schritt zurück, und ich ließ meine Hände fallen.

Ich hörte Marty sagen: »Äh … Mir geht's gut.« Er war offensichtlich verwirrt wegen Cahills Enthusiasmus. Wie es jeder wäre. Jeder, der Cahill kannte, wusste, dass er nicht enthusiastisch war.

Ich blickte hoch, und Leonard stand in der Küche und betrachtete uns. Ich dachte über all die Dinge nach, die er möglicherweise vor Marty sagen könnte.

Ich machte mir im Geiste eine Notiz, ein sehr ernsthaftes Gespräch mit dem Kind zu führen.

Leonard, 5 Jahre alt: was Liebe nicht ist

Später an dem Abend, nachdem alle gegangen waren, sagte Mitch, er wolle mit mir reden. Es klang irgendwie ernst.

»Jap«, sagte ich. »Okay.«

»Es ist sehr wichtig«, begann er, »dass du niemals mit irgendjemandem über Barb sprichst. Dass du sie hier gesehen hast, über irgendetwas, was du gesehen hast, während sie hier ist. Du darfst niemals irgendjemandem sagen, dass sie über Nacht hier ist. Und vor allem erzähl das nie vor Harry oder Marty oder irgendjemandem aus Harrys Büro. Ich denke, am besten ist es, um sich nur nicht zu verquatschen, wenn du einfach überhaupt nicht über sie sprichst.«

»Cahill, Hannah und Graff wissen es schon«, erwiderte ich.

»Ja, das tun sie. Aber sie wissen es besser, als irgendwas vor dem Falschen zu sagen. Und ich möchte nur sichergehen, dass du das auch nicht tust. Verstehst du?«

»Nein«, antwortete ich. »Aber ich werde kein Wort sagen.«

»Was verstehst du nicht?«

Warum sollte Liebe ein Geheimnis sein? Das war's, was ich nicht verstand. Es war ziemlich verwirrend. Aber ich wollte auch nicht wirklich, dass Mitch es mir erklärte. Ich wollte eigentlich überhaupt nicht weiter darüber reden.

Alles, was ich fragte, war: »Ist es falsch?«

Er atmete mehrmals ein und aus und antwortete ungefähr eine Minute lang nichts. »Ich bin nicht sicher, wie ich dir das erklären soll«, erwiderte er schließlich. »Sie würden es für falsch halten.«

»Wer?«

»Ich weiß nicht. Alle.«

»Aber das ist es nicht?«

»Es ist kompliziert«, sagte er. »Vielleicht könnte auch jemand verletzt werden. Aber ich kann nicht behaupten, dass ich denke, dass es falsch ist.«

»Aber alle anderen würden das.«

»Manche«, entgegnete er. »Aber du kannst nicht vorher wissen, wer das würde und wer nicht, und dann ist es zu spät.«

Ich überlegte, vielleicht, wenn alle anderen etwas anderes dachten als ich, dann würde ich vielleicht glauben, dass sie recht hatten und ich nicht.

»Eines Tages, wenn du älter bist, wirst du's verstehen«, sagte er. »Für jetzt würde ich mich freuen, wenn du einfach tust, worum ich dich bitte.«

»Jap«, erwiderte ich. »Sicher, Mitch.«

Ich hatte keine Lust, noch mal mit irgendjemandem über irgendetwas so Verwirrendes zu sprechen.

Leonard, 17 Jahre alt: was Liebe nicht ist

Ich erinnere mich noch gut an meine erste Lektion über die Liebe. Nicht über die Für-immer-Liebe, sondern die andere, die die Leute jeden Tag benutzen. Die, die nur mit Erwachsenen funktioniert. Die, die sich immer nach einer Weile selbst zu zerstören scheint.

Eigentlich ist es das Gegenteil von Für-immer-Liebe, wenn man genauer drüber nachdenkt. Es ist mehr wie eine Zeitbombe, und die einzige wirkliche Frage ist, auf welche Zeit der Wecker eingestellt ist. Wie lange es ticken wird, bis sie explodiert.

Eines Morgens ging ich in die Küche, während Mitch mit Barb dort war. Ich wusste, sie war auch da, und ich denke, das ist der Grund, warum ich hineingegangen bin. Sie war gerade wieder zurückgekommen, nach dieser Zeit, in der, da bin ich mir ziemlich sicher, Mitch dachte, sie würde es nie mehr tun.

Auf gewisse Weise wusste ich, dass sie dort drin allein sein wollten. Aber andererseits konnte ich ihre Intensität wie Wellen aus der Küche spüren. Ich konnte sie riechen, wie etwas, das auf dem Herd kocht, dessen köstlicher Duft zu den Menschen im

Wohnzimmer weht und in ihnen den Wunsch weckt, zu kommen und sich etwas zu holen.

Ich musste einfach reingehen.

Mitch lehnte an der Arbeitsplatte, und sie hatte die Arme um ihn und ihren Kopf an seine Schulter gelegt, und sie beide hatten die Augen fest geschlossen. Dann hob sie den Kopf und hielt ihn dicht an seinen, sodass ihre Gesichter sich auf der einen Seite berührten.

Ich wusste, sie sprachen leise miteinander, aber sie müssen wirklich leise geredet haben, denn mein Gehör ist überdurchschnittlich gut.

Ich konnte seine Hände auf ihrem Rücken sehen, und darin lag etwas Hungriges.

Ich konnte nicht aufhören hinzuschauen, und ich konnte nicht aufhören, mich zu fragen, wenn das Liebe ist, warum sieht es aus, als täte sie weh?

Aber es sah wirklich wie Liebe aus, so sehr, dass ich mir nicht vorstellen konnte, was es sonst sein könnte. Es war so intensiv. Ich dachte mir, es ist einfach eine Art von Liebe, die ich nie zuvor gesehen habe. Daher wartete ich, ob ich Pearl darin erkennen könnte, aber sie war nicht da.

Komisch, dachte ich. Sie scheinen sich beide so sicher zu sein. Für eine kurze Weile hab sogar ich mich täuschen lassen. Aber es war nicht die echte Sache. Es hatte den einfachen Test nicht bestanden.

Dann kam Marty, und Cahill rief seinen Namen wirklich laut aus dem anderen Zimmer, und sie fuhren auseinander, als wären sie bei etwas Verbotenem ertappt worden. Also sind sie auch beim nächsten grundlegenden Test durchgefallen. Wie konnte Liebe etwas Verbotenes sein? Warum musste man dafür sorgen, dass niemand sie sah?

Dann schaute Mitch auf und bemerkte, dass ich dort stand. Und obwohl ich erkennen konnte, dass Marty ihn mehr störte als ich, wirkte er unbehaglich.

Damals war das alles sehr verwirrend.

Jahre später habe ich den einfachsten Test überhaupt entwickelt. Und entdeckte den einfachsten Weg, es zu formulieren. Wenn es einen zerreißt, dann ist es keine Liebe. Liebe macht einen wieder ganz.

Irgendwann habe ich diese Theorie auch Mitch erzählt, obwohl ich natürlich das Thema so vorsichtig und behutsam wie möglich angeschnitten habe.

Aber wie zu erwarten, konnte er mit meiner Theorie so wenig anfangen, als hätte ich sie ihm auf Latein erklärt.

Mitch, 25 Jahre alt: eine unelegante neue Sprache

Langzeitkomplikationen von Frühgeborenen-Retinopathie. Laserkoagulation. Kryotherapie. Netzhautablösung. Eindellende Chirurgie. Zug auf und Falten in der Netzhaut. Glaskörperchirurgie. Internationale Klassifikation von Frühgeborenen-Retinopathie. Intraokulare Gasinjektion. Pars-plana-Vitrektomie. Blindheit.

Blindheit.

Blindheit.

Das Schlimmste an meiner Liste neuer Wörter, abgesehen von der tatsächlichen Netzhautablösung: Sie war voll mit Behandlungsmöglichkeiten, die Leonard in einem früheren Stadium der Erkrankung schon hätten geholfen haben können. Außer Blindheit natürlich. Das war ein Gespenst, das uns noch bevorstand.

Leonard blieb auf dem Weg vom Augenarzt vollkommen still. Vielleicht war er panisch, aber das bezweifelte ich. Er hatte das alles schon vorher gehört. Ich war derjenige, der eine neue Sprache lernte. Ich war derjenige, dem die Wörter im Kopf umherwirbelten. Und hinter jedem neuen Wort mehr

Wörter. Verborgene Wörter. Wörter wie Versicherungsschutz. Vorbestehende Erkrankung. Krankenhausaufenthalt. Ich war derjenige, der aus dem Gleichgewicht war, und ich glaube wirklich, dass er nur still blieb, um mir Zeit zu geben, das alles zu verdauen.

In den meisten neonatalen Intensivstationen gibt es Screeningprogramme für Frühgeborenen-Retinopathie. Das war es, was uns die Augenärztin gesagt hatte. Sie überwachen das, weil viele von diesen Problemen mit früher Diagnose und Behandlung verhindert werden können.

Also was war passiert? Ich wollte es wissen.

Nun, hatte sie gesagt. Ich weiß es nicht. Ich war nicht dabei. Aber falls die Mutter Sozialhilfe bekam oder einfach nur ein niedriges Einkommen hatte … Wenn sie in einem kleinen Krankenhaus war. Ich hasse es, das sagen zu müssen, aber das ist ein Faktor. Ich kann nicht hier sitzen und so tun, als wenn es das nicht wäre, hatte sie gesagt. Und wenn die Krankheit diagnostiziert worden ist, selbst wenn die Mutter eine einfache Krankenversicherung hatte, nun, versuchen Sie einmal, eine einfache Krankenversicherung dazu zu bringen, für Laserkoagulation zu bezahlen. Wenn es keine Garantie gibt, dass es mehr werden wird als starke Kurzsichtigkeit. Sie würden ihm wahrscheinlich eine billige Brille kaufen und es dabei belassen.

Ich erinnerte mich an das erste Telefongespräch, das ich mit Leonard geführt hatte, erinnerte mich, dass er mir erzählt hatte, er hätte viel Zeit im Krankenhaus verbracht. In welchem Krankenhaus?, fragte ich mich. Wie gut war es gewesen? Was hatten sie wirklich für ihn getan? Alles, was ich getan hätte, wenn ich es auf meine Art hätte durchziehen können? Oder nur das absolute Minimum? Nur das, was die einfache Krankenversicherung bezahlte?

Visuelle Rehabilitation. Blitze und Floater. Traktive Netzhautablösung. Spaltlampenmikroskop. Ophthalmoskop. Ora serrata. Arteriovenöser Shunt. Neovaskularisationen.

Die mich umkreisenden Wörter verursachten mir langsam Kopfschmerzen.

* * *

»Hallo, Leonard«, sagte Hannah, als wir zurückkamen. »Wie war's beim Augenarzt?«

»Okay«, erwiderte er.

»Komm rüber, setz dich auf meinen Schoß, und erzähl mir davon.«

»Er hat vielleicht ein bisschen Schwierigkeiten, den Weg zu dir zu finden«, erklärte ich. »Seine Pupillen sind noch erweitert.«

Leonard tastete sich vorsichtig um die Schreibtische herum, bis er Hannahs gefunden hatte. Dann setzte er sich ihr wie vorgeschlagen auf den Schoß, wie immer fröhlich. »Hat alles gut geklappt«, sagte er.

Ich fragte mich, wie viel vom Grundriss des Büros er schon auswendig gelernt hatte, nur mit seiner alten Brille. Es war unmöglich für mich, mir vorzustellen, was es bedeutete, so kurzsichtig zu sein. Wie er sich anpassen musste. Wie sein Leben sich von meinem unterschied. Wie die Welt für ihn aussah.

»Also was hat die Ärztin wegen deiner Augen gesagt?«, erkundigte sich Hannah.

»Oh, du weißt schon. Das Übliche.«

Cahill sagte: »Also, Doc, willst du die Ergebnisse unserer ersten Wahlumfrage sehen?«

»Das kommt darauf an«, erwiderte ich. »Werden sie mir gefallen?«

»Das kommt darauf an«, gab er zurück. »Willst du, dass unser Mann gewinnt?«

»Natürlich will ich das, Cahill. Was für eine Scheißfrage ist das denn bitte?« Ich musste einen Dollar in unser Schimpfwortglas werfen.

»Dann nein«, stellte er fest. »Sie wird dir nicht gefallen.«

* * *

Barb kam an diesem Abend gegen zehn vorbei. Wir hatten eine Stunde lang Sex, verzweifelten, klammernden, unendlich befriedigenden Versöhnungssex.

Dann, nachdem sie ungewöhnlich lange geblieben war, stand sie auf und zog sich an, und ich streifte mir einen Bademantel über und brachte sie zur Tür. Wenigstens dachte ich, dass wir da hinwollten. Stattdessen setzte sie sich auf meine Couch, die – nun, da Leonard endlich sein eigenes Schlafzimmer hatte – angenehmerweise keinen schlafenden Jungen mehr beherbergte.

Sie fragte mich, ob ich entkoffeinierten Tee hätte. Sie sagte, wenn sie jetzt noch Koffein zu sich nehmen würde, würde sie die ganze Nacht nicht schlafen können. Ich stellte einen Kessel Wasser auf den Herd und setzte mich dann neben sie. Ich war mir nicht ganz sicher, was wir hier taten. Was auch immer es war, wir hatten es noch nie zuvor getan.

»Die Umfragen sind nicht besonders aussagekräftig«, stellte sie fest. »Vor allem nicht so früh. Viele Gewinnerkandidaten haben am Anfang keine guten Umfrageergebnisse.«

»Ich weiß nichts über den ganzen Prozess«, erwiderte ich. »Aber ich stimme dir zu, dass es zu früh ist, um es wirklich einschätzen zu können.«

»Also«, setzte sie an. »Was ist passiert, seit wir uns das letzte Mal gesehen haben?«

»Entschuldige bitte, was genau ist die Frage?«

»Ich frage dich, was du gemacht hast.«

»Oh. Okay. Ach so.«

Dann verstand ich plötzlich, was hier gerade passierte. Und ich fühlte mich dumm, weil ich so lange dafür gebraucht hatte. Sie blieb, um mit mir zu reden. Um etwas über mein Leben zu hören. Mit anderen Worten, sie reagierte auf meine frühere Beschwerde. Ich vermute, das bedeutete, dass ich sie damit irgendwie getroffen hatte. In dem Moment, in dem ich es gesagt hatte, hätte ich mir nicht vorstellen können, dass das natürlich so war. Aber man wusste nie, wann man jemanden verletzte.

»Nun, schauen wir mal. Leonard ist in sein neues Zimmer gezogen. Ich hab ein Büro zur Miete in der Innenstadt gefunden. Wir wachsen hier so schnell raus. Cahill ist zu einem Notverkauf gegangen und hat einen Haufen neuer Hardware besorgt. Was noch? Oh, und wir sind mit Leonard zur Augenuntersuchung gegangen.«

Der Kessel begann zu pfeifen, und ich stand auf, um mich darum zu kümmern.

Ich machte ihr einen Kräutertee, fragte mich dann, wie sie ihn wohl mögen würde. Ich wusste nicht, ob ich ihn lange ziehen lassen sollte, und ich wusste auch nicht, ob sie Honig oder Zucker nahm. Das kam mir auf einmal traurig vor. Ich hatte das Gefühl, dass ich das hätte wissen sollen. Ich beschloss, dass ich sie würde fragen müssen.

Aber sie war nicht mehr auf der Couch, wo ich sie zurückgelassen hatte. Ich sah im unteren Badezimmer nach, aber die Tür war offen und das Licht aus. Ich kletterte die Leiter zur Galerie hoch, steckte den Kopf hinein, um nachzusehen, aber da war sie auch nicht.

Als ich wieder runterkam, bemerkte ich, dass die Tür zu Leonards Zimmer offen war. Ich ging langsam daran vorbei, blieb nur kurz stehen, um einen schnellen Blick hineinzuwerfen.

Er schlief immer noch fest, und sie stand mit dem Rücken zu mir im Dunkeln am Fuß seines neuen Bettes. Ich fühlte mich wie ein Dieb, der versuchte, ein Stückchen dieses Moments zu klauen, was auch immer es war, also ging ich zurück in die Küche. Stellte die Teetasse auf ein Tablett, zusammen mit einem Glas Honig und einer Untertasse für den Teebeutel und einen Löffel. Sie konnte sich das alles selbst so machen, wie sie es wollte.

Als ich zurück ins Wohnzimmer kam, saß sie wieder auf der Couch, als hätte sie sie nie verlassen. »Danke«, sagte sie. »Lass ihn einen Augenblick ziehen.« Sie lehnte sich an mich, sodass ihr Rücken an meiner Brust lag. Ich schlang einen Arm um ihre Taille. »Also was ist bei seiner Augenuntersuchung herausgekommen?«

»Die lange oder die kurze Version?«

»Nur eine Zusammenfassung der wichtigsten Punkte.«

»Er hat diese Augenerkrankung, die Frühchen manchmal bekommen. Es gibt Behandlungsmöglichkeiten, aber die sind sehr teuer. Man muss entweder Geld oder eine gute Versicherung haben. Bei dem, was Pearl verdient hat, vermute ich, dass das nicht der Fall war. Wie auch immer, zu diesem Zeitpunkt besteht leider eine sehr reale Möglichkeit, dass seine Netzhaut reißt. Er müsste diese Kryotherapie bekommen, um es zu reparieren, und dann machen sie vielleicht ein Silikonband um sein Auge, um ihm eine neue Form zu geben. Um dafür zu sorgen, dass sich die Netzhaut wieder flach hinlegt. Sonst könnte das zu einer kompletten Ablösung führen. Selbst wenn er es ohne zu viele Probleme durch die Kindheit schafft, könnte das Narbengewebe in seinen Augen die Netzhaut reißen lassen, wenn er ein Teenager ist. Weil das Auge gewachsen ist. Wenn man es nicht repariert, und zwar schnell, wird er vielleicht blind.« Wir saßen für etwa eine Minute still da, ihre Finger streichelten mein nacktes Handgelenk. »Ich verstehe langsam, was du gemeint hast«, sagte ich. »Darüber, mir mehr aufzuladen, als ich schaffen kann.«

»Nun, du hast die Entscheidung getroffen, also musst du jetzt damit leben. Du wirst das Beste daraus machen. Du kannst genauso gut damit umgehen wie jeder andere auch. Wie stehen die Chancen, dass du ihn tatsächlich für immer behältst? Hast du vor, zu versuchen, ihn zu adoptieren?«

Darüber hatte ich ziemlich lange mit seiner Betreuerin beim Jugendamt gesprochen. Das Problem ist, hatte sie gesagt, dass sie es bevorzugen, wenn es zwei Elternteile gibt. Wenn ein gutes Adoptionspaar vorbeikäme, nun … Wie auch immer, das hatte sie gesagt. Nicht alle Kinder haben so viel Glück, also warten wir mal ab und sehen, was passiert.

»Es ist unklar, wie das ausgeht.«

»Nun, dann ist es eine Fünfzig-fünfzig-Chance. Vielleicht wird das alles dein Problem sein und vielleicht auch nicht.«

»Ich weiß, ich sollte das nicht fragen, aber ich kann nicht anders. Ich muss es einfach. Was genau hast du gerade in Leonards Zimmer gemacht?«

Für einen Moment breitete sich Stille aus. Ich wusste, sie hätte es vorgezogen, wenn ich es nicht gesehen hätte, und ich fühlte, dass ich die Frage vielleicht nicht hätte aussprechen sollen.

»Ich habe ihm einfach nur gesagt, dass es mir leidtut«, sagte sie.

Barb und ich haben viel gemeinsam. Auch meine selbstlosesten Momente mit Leonard passieren alle, wenn er schläft.

* * *

Als sie sich schließlich verabschiedet hatte und bevor ich wieder ins Bett zurückkehrte, ging ich in Leonards Zimmer und setzte mich auf seine Bettkante.

Ich dachte einen Moment darüber nach, was ich tun würde, wenn jemand ihn adoptieren würde. Wenn sie verantwortungsbewusst waren und die finanziellen Möglichkeiten hatten, okay. Dann konnten sie sich um seine Augen kümmern. Aber wenn sie es nicht taten, oder es nicht richtig taten, war es immer noch mein Problem. Weil ich ihm versprochen hatte, dass er, wenn ich irgendetwas tun konnte, nicht blind werden würde. Das war ein Problem. Das andere Problem war, dass es schon jetzt wehtat, daran zu denken, dass er bei jemand anderem leben könnte.

»Ich bin wirklich froh, dass Barb zurückgekommen ist«, sagte ich. »Aber ich hoffe, du hast bemerkt, dass ich dich nicht für sie verraten habe, und das werde ich auch nie tun.«

Dann beschloss ich, dass das unfair war und dass es lange genug so gelaufen war. Am Morgen beim Frühstück, wenn ich sicher sein konnte, dass Leonard wach war, würde ich ihm sagen, dass ich ihn immer lieben und dass ich ihn nicht erblinden lassen würde, wenn ich es irgendwie verhindern konnte, dass ich ihn niemals verraten würde.

Ein Junge verdient, diese Dinge zu hören, während er wach ist.

Leonard, 17–18 Jahre alt: Preflight-Check

Ich warte auf einen besonderen Moment. Er ist in genau drei Minuten. Es sind drei Minuten bis Mitternacht, und ich stehe auf der Auffahrt am Haus meiner Adoptiveltern, und um Mitternacht werde ich achtzehn. Und wenn ich achtzehn bin, werde ich für mich selbst verantwortlich sein. Und niemand kann mir mehr sagen, wo ich leben oder was ich tun soll. Und es sind nur noch drei Minuten bis dahin.

Heute Abend ist der Mond groß und wirkt kräftig, und ich sitze neben meinem fertigen Flugapparat und warte. Warte darauf, mir selbst zu gehören. Ich habe meine Adoptiveltern lieb. Das habe ich wirklich. Aber es fühlt sich nicht richtig an, zu ihnen zu gehören. Sie sind großartige Menschen, ehrlich, aber sie sind nicht Pearl, und sie sind auch nicht Mitch. Und sie sind auch nicht ich.

Ich habe Jakes Pick-up rückwärts auf die Auffahrt gefahren, bis dicht vor den Gleiter, der einfach dort steht. Der Pick-up, der Gleiter und ich hocken hier, ganz still.

Jake hat diesen Pick-up, den er für seine Baufirma braucht. Er hat eines dieser Metallgestelle über der Kabine und der Ladefläche, von Stoßstange zu Stoßstange, ein Gestell zum

Transport von Bauholz und so was. Von Gleitern und so. Ich habe eine riesige Abdeckplane gekauft, weil egal, wie gut ich es festzurre, egal, wie langsam ich fahre, ich habe Angst, dass der Wind drunterweht und es anhebt, genau das, wofür es gemacht ist. Ich habe Angst, wenn ich nicht vorsichtig bin, wird der ganze Pick-up abheben. Na ja, nicht wirklich. Aber es könnte schwer sein, ihn auf der Straße zu halten.

Okay. Jetzt ist es Mitternacht. Es ist so weit. Ich gehöre mir.

Es gelingt mir, den Gleiter anzuheben und auf das Gestell auf Jakes Pick-up zu legen. Es ist leicht. Er ragt ein ganzes Stück hinaus, ein verrückt großes Stück, sowohl vorne als auch hinten. Aber die Straßen sollten mehr oder weniger leer sein. Wenn die Polizei oder die Verkehrskontrolle mich sichtet, ist es vermutlich aus. Aber ich muss nicht lange fahren.

Ich ziehe die Abdeckplane drüber und befestige sie überall, an jeder nur denkbaren Stelle am Pick-up, die dafür geeignet ist. Für jede Öse in der Plane finde ich etwas, woran ich sie festmachen kann. Stoßstange vorne und Stoßstange hinten. Haken an der Ladefläche. Das Problem ist nur, dass ich vorne was freilassen muss, wo der Wind drunterkann, weil mir sonst die Plane die Sicht auf die Straße versperren würde.

Es ist okay. Ich werde langsam fahren.

Ich gehe zurück in die Küche und lasse eine Nachricht für Jake da. Sage ihm, dass es mir leidtut, dass ich wegen des Sturzhelms und des zusätzlichen Theorieunterrichts gelogen habe, obwohl ich glaube, dass ich genug davon gehabt habe, Jake denkt das aber nicht. Und wegen der fünfzig Stunden in der Luft, ehe ich von einer Klippe starte, und der professionellen Inspektion des Gleiters und all der anderen Dinge, die ich ihm versprochen habe. Ich sage ihm, ich werde so vorsichtig sein, wie es mir unter den gegebenen Umständen nur möglich ist, und dass ich wieder zurückkomme. Natürlich ohne Garantie, aber aller Wahrscheinlichkeit nach werde ich das tun können.

Und für den Fall, dass ich aus irgendeinem Grund ihn und Mona und die anderen Kinder nicht wiedersehe, schreibe ich ihm, dass sie bitte wissen sollen, dass ich sie alle liebe und ich ihnen sehr dankbar für alles bin, was sie für mich getan haben. Ich sage ihm, wenn ich zurückkomme, werde ich bei Mitch wohnen, was aber in keiner Weise diese Liebe und Dankbarkeit schmälert. Es ist nur, dass Mitch und ich einander auf besondere Weise brauchen, wie diese zerrissenen Spielkarten in den Spionagefilmen, die zwei Leute aneinanderhalten, um sicherzugehen, dass sie ihren Gegenpart gefunden haben.

Und dann sage ich ihm noch, dass er, falls irgendetwas schiefgeht, seinen Pick-up an den Klippen am Ende der unbefestigten Straße jenseits der Eisenbahnschienen finden kann. Ich werde die Schlüssel an dem magnetischen Schlüsselhalter unter dem Radkasten auf der Fahrerseite lassen. Mona kann ihn hinbringen, damit er ihn sich holt, oder er könnte sogar zu Fuß hingehen oder mit dem Fahrrad fahren, wenn er will. Es sind nur ein paar Kilometer.

Ich rolle von der Ausfahrt, ganz still und ohne Licht. Dann lenke ich den Pick-up die Straße entlang. Ungefähr an der Ecke drehe ich den Zündschlüssel, und der Motor springt an. Ich schalte das Licht ein und bin fort. Nur mit fünfzehn Stundenkilometern, aber ich fahre.

So also fühlt es sich an, nur sich selbst zu gehören, denke ich.

Ich könnte mich dran gewöhnen.

* * *

Ich bin oben auf den Klippen im Mondlicht, als ich erkenne, dass ich einen taktischen Fehler begangen habe, indem ich Jakes Pick-up genommen habe. Sich selbst zu gehören bringt viele neue Verantwortlichkeiten mit sich. Okay, einerseits habe ich Mitch angelogen, ich habe Jake und Mona angelogen, und ich werde gleich etwas tun, wovon sie alle wollen, dass ich es lasse. Aber ich kann tun, was ich tun möchte. Was ich tun muss. Ich gehöre mir. Aber Jakes Pick-up gehört mir nicht. Das ist was anderes. Ich kann mir nicht einfach nehmen, was mir nicht gehört.

Ich weiß, ich muss den Plan ändern.

Ich lade den Gleiter aus, der wunderbar leicht ist, aber ein bisschen schwer zu manövrieren. Balance ist wichtig und etwas schwierig, besonders bei der Art und Weise, wie der Wind darunterfährt. Ich befestige ihn an einem Telefonmast und decke ihn mit der Plane ab. Wenn ihn niemand stiehlt, wird er noch hier sein, wenn ich zurückkomme. Ich habe ihn zu fest verzurrt, als dass der Wind ihn umwerfen oder wegwehen könnte.

Ich sitze ein oder zwei Minuten auf den Fersen ganz am Rand der Klippen. Ich blicke hinaus auf das dunkle Meer. Ich schaue zu den Sternen, die vielleicht zu mir zurückschauen oder auch nicht. Dort unten fährt ein Zug, nur einen oder zwei Kilometer entfernt. Ich kann das Summen der Schienen und das Klackern der Bahnschwellen hören. Ich warte, bis er an mir vorbei ist. Ich drehe mich nur einmal um, um ihn anzusehen. Es ist ein glänzender silberner Amtrak-Personenzug. Ich frage mich für den Bruchteil einer Sekunde, ob irgendwelche von den Passagieren wach sind. Ob irgendjemand einen frisch befreiten achtzehnjährigen Mann im Mondschein auf den Klippen hocken gesehen hat und sich wundert, was er dort wohl will, wer er wohl ist. Und was das große, zugedeckte Gebilde ist, das hinter ihm an den Telefonmast gebunden ist.

Ich wünschte, ich würde es nicht brauchen. Ich wünschte, ich könnte allein fliegen, wie ich manchmal glaube, dass ich es können müsste. Ich würde gerne einfach die Arme ausbreiten und diese Klippen verlassen und direkt zu diesem Stern fliegen, diesem einen hell strahlenden Stern.

Aber erst muss ich Jakes Pick-up zurückbringen.

Leonard, 5 Jahre alt: was des Kaisers ist

An dem Tag, an dem ich in die Vorschule kam, änderte sich alles.

Ich stand am Fenster in meinem neuen Klassenzimmer und schaute Mitch hinterher, der die Straße entlangging. Und nur eine Minute lang glaubte ich, ich würde weinen müssen. Aber dann dachte ich an Pearl, und das lenkte mich ab. Das beschäftigte mich lang genug, dass ein anderer Junge anfing zu weinen. Die Lehrerin statuierte ein Exempel an ihm. Sie schickte ihn ins Nebenzimmer, das plötzlich das »Wein-Zimmer« geworden war, obwohl ich mir ziemlich sicher war, dass es vorher einfach ein Nebenraum gewesen war, und ich weiß sicher, nachher war es wieder der Nebenraum. Sie sagte uns, er könne rauskommen, wenn er ein großer Junge sein könnte, wie der Rest von uns.

Ich beschloss, überhaupt nicht zu weinen.

Dann gab uns die Lehrerin Perlen zum Aufziehen. Das Mädchen neben mir fand genau drei von jeder Farbe und zog sie auf, immer drei zueinanderpassende hintereinander. Ich hab mich gefragt, wer ihr das so beigebracht hat. Ich meine, ich konnte mir nicht vorstellen, dass sie so auf die Welt gekommen war. Ich nahm immer die Perlen in der Farbe, auf die ich gerade Lust hatte. Ich versuchte, sie so auf der Schnur aufzureihen, dass es am Ende, wenn es fertig war, wie Pearl sein würde.

Die Lehrerin trat hinter uns, stand als großer Schatten in unserem Rücken und sagte dem Mädchen neben mir, dass sie es richtig gemacht hätte. Und zu mir sagte sie, dass meine Perlen unordentlich seien.

»Stimmt nicht«, widersprach ich. »Das ist Quatsch«, sagte ich. »Wenn es eine Regel gibt, müssen Sie sie uns sagen, bevor wir anfangen. Sie können nicht einfach später kommen und behaupten, es gäbe eine Regel.« Wie konnte sie es wagen, Pearl unordentlich zu nennen?

»Das hier ist mein Klassenzimmer«, erwiderte sie. »Du wirst so mit mir nicht reden. Wer hat dir so was in den Kopf gesetzt?«

»Pearl hat das getan«, antwortete ich. »Gerade eben.« Ich zeigte auf die Stelle, an der ich Pearl das letzte Mal gesehen hatte. Auf die Perlen.

Ich wurde in das Zimmer des Direktors geschickt. Und sie haben Mitch angerufen. Glücklicherweise war er noch nicht ins Büro gefahren, weil sie ihm sagten, er sollte kommen und mich für den Tag abholen. Mein allererster Tag, und schon bekam ich Ärger.

Ich saß auf der Bank vor dem Büro und wartete auf Mitch. Ich konnte Pearl an einer Stelle gleich unter meinen Rippen spüren.

Mitch kam, und er nahm mich an die Hand und bat darum, mit meiner Lehrerin sprechen zu dürfen. Der Rektor ging und passte auf ihre Klasse auf, und die Lehrerin kam zu uns heraus, als gehörte ihr die Schule. Sie blickte Mitch an und dann mich und dann wieder Mitch und wieder mich. Als versuchte sie, etwas in ihrem Kopf zusammenzubringen.

»Was ist das Problem?«, erkundigte sich Mitch.

»Das Problem«, erwiderte sie und sprach sehr langsam, fast wie eine Schauspielerin auf der Bühne, »ist, dass dieser kleine Junge ein freches Mundwerk hat und aufsässig ist.«

Mitchs Gesicht verschwamm, als wäre er in einen Swimmingpool geworfen worden und noch nicht wieder oben, um Luft zu holen. *»Leonard?«*

»Dieser Junge hier«, antwortete sie. »Dieser da.« Sie zeigte auf mich. »Und noch was. Ich glaube, er ist ein bisschen zu alt, um noch eingebildete Spielkameraden zu haben. Finden Sie nicht?«

Mitch stand einfach nur da, mit offenem Mund, und dann stürmte sie zurück in ihr Klassenzimmer.

Wir machten uns zusammen auf den Heimweg, immer noch mit meiner Hand in seiner.

»Muss ich morgen wieder zurück, Mitch?« Ich wartete, bis wir draußen auf der Straße waren, bevor ich fragte.

»Ich fürchte schon. Was ist da drin passiert, Leonard?«

»Es ist alles Schwindel«, erklärte ich. »Es ist Quatsch. Und sie hat unrecht. Sie hat einfach unrecht.«

»Okay«, sagte er. Wir standen am Bürgersteig und warteten darauf, die Straße zu überqueren, weil der Schülerlotse für den Morgen schon aufgehört hatte. »Hier ist eine Strategie für morgen«, erklärte er.

»Was ist eine Strategie?«

»Ein Plan. Du denkst, sie hat unrecht. Aber egal, was du zu ihr sagst, sie wird nie auf die Idee kommen, dass das so ist. Niemals. Je mehr du versuchst, sie zu überzeugen, desto schwerer wird dein Leben werden. Also versuch einfach, nur zu wissen, dass sie unrecht hat, aber dich zu beschützen, indem du das für dich behältst.«

»Okay«, sagte ich. »Das werde ich versuchen. Warum hat sie uns so angeschaut?«

»Ich glaube, sie hat versucht, herauszubekommen, wie ich dein Vater sein kann.«

»Warum? Warum könntest du das nicht sein?«

»Nun, das kann ich«, antwortete er. »Ich bin es. Aber ich denke, sie hat sich gewundert, weil du asiatisch aussiehst und vielleicht noch ein bisschen was anderes, ich aber ganz und gar nicht.«

»So 'n Unsinn. Du kannst doch mein Vater sein, wenn wir möchten.«

»Stimmt«, sagte er. »Aber gewöhn dich besser dran. Und was war das über eingebildete Spielkameraden?«

»Ich hab nur was über Pearl gesagt, das ist alles.«

»Oh.«

»Schlechte Idee, was?«

»Wahrscheinlich. Versuch's einfach auf meine Weise. Wenn es dann immer noch nicht funktioniert und sie dir weiter das Leben schwer macht, sag's mir. Dann gehe ich hin und sag ihr mal deutlich die Meinung.«

»Danke, Mitch«, sagte ich. »Du bist ein echter Kumpel.«

Leonard, 18 Jahre alt: was des Kaisers ist

An dem Tag, an dem ich in die Vorschule kam, änderte sich alles. Ich lernte das genaue Gegenteil von Liebe kennen. Diese seltsame Imitation von Liebe, die ich in Mitchs Küche beobachtet hatte, war vielleicht das Gegenteil von »für immer« in »Für-immer-Liebe«. Aber an meinem ersten Tag in der Vorschule lernte ich das Gegenteil von Liebe kennen. An dem Tag wurde ich zwei Menschen. Begann in der Welt zu existieren, ohne ein Teil davon zu sein. Wie das Sprichwort sagt: Gebt dem Kaiser, was des Kaisers ist, und Gott, was Gottes ist.

Nach dem hässlichen Nebenraum-Vorfall blickte ich zu meiner Lehrerin hoch und verspürte eine ganz seltsame Mischung aus Hass und Mitleid, die in mir miteinander rangen. Ich dachte an Pearls Gesicht, wie sie mich mit all dieser freudigen, willkommen heißenden Liebe anschaute. Und ich wusste, dass diese gemeine, verärgerte Frau so etwas nie erfahren hatte.

Also, was macht man? Was macht man, wenn jemandem das grundlegendste Geburtsrecht jedes Kindes vorenthalten wurde und derjenige dann andere darunter leiden lässt? Hasst man sie, oder bemitleidet man sie, oder beides? Ich ahnte, die Antwort war vermutlich »beides«. Das war der Augenblick, in dem ich spürte, wie sich mein Innerstes in zwei Teile spaltete, die gegeneinander zu kämpfen begannen. Das war der Moment, als ich begriff, dass ich nicht mein ganzes Leben damit verbringen würde, an meinem kleinen Schreibtisch Computerspiele zu spielen und Toastkrümel an Manifestationen von Pearl zu verfüttern. Dieses Leben hatte mehr Schichten, und es war bei Weitem weniger perfekt, als ich es mir je hätte vorstellen können.

Nach dem hässlichen Zwischenfall mit dem Perlenaufziehen stand ich auf, drehte mich zu ihr um, und der Hass war größer als das Mitleid. Jetzt, wo ich das Opfer war.

»Stimmt nicht«, sagte ich. »Das ist Quatsch«, sagte ich. »Wenn es eine Regel gibt, müssen Sie sie uns sagen, bevor wir anfangen. Sie können nicht einfach später kommen und behaupten, es gäbe eine Regel.«

»Das hier ist mein Klassenzimmer«, erwiderte sie. Oh, darum also ging es. Besitz. Macht. Kontrolle. »Du wirst so mit mir nicht reden. Wer hat dir so was in den Kopf gesetzt?«

»Pearl hat das getan«, antwortete ich. »Gerade eben.« Ich zeigte auf die Stelle, an der ich Pearl das letzte Mal gesehen hatte. Die Perlen. Wie konnte sie es wagen, Pearl unordentlich zu nennen?

Jetzt sollte ich vielleicht anfügen, dass ich, seit Pearl tot ist, sie niemals wirklich etwas zu mir »sagen« gehört habe. Das hier ist wichtig, weil ich oft eindringlich dazu befragt worden bin, ob ich Stimmen höre oder nicht. Das tue ich nicht. Ich bin nicht schizophren. Pearl redet nicht mit mir. Das muss sie auch nicht. Es gibt nichts mehr, was ausgesprochen werden muss.

Es war mehr eine Melodie, die ich hörte, wenn ich die Farben der Perlen anschaute und lauschte. In ihnen klang etwas so echt wie die Erde, so alt wie die Luft. Einen Augenblick lang hatte ich Mitleid mit dieser gemeinen, verärgerten Lehrerin, nur für diesen Augenblick wurde das Mitleid größer als der Hass.

Es muss schrecklich sein, taub und blind zu sein.

Aber wissen Sie, was? Das war damals.

Höchste Zeit, wieder zur Gegenwart zurückzukehren.

* * *

Ich rolle im Leerlauf und mit ausgeschaltetem Licht an den Straßenrand. Ziehe behutsam die Handbremse.

Ich vergewissere mich, dass ich den Pick-up genau so abstelle, wie ich ihn vorgefunden habe. Ich tue die Schlüssel wieder zurück an den Haken in der Diele, genau dahin, wo sie immer sind. Dann gehe ich in die Küche und nehme die Nachricht an mich. Der Pick-up steht zu Hause, sie wissen, dass ich sie liebe, und außerdem wird nichts schiefgehen. Ich komme zurück.

Moon Pie ist wach und will mitkommen, und ich lasse ihn. Ich hole mein Fahrrad aus der Garage und fahre darauf wieder im Dunkeln zur Klippe. Ich kann seinen Atem hören, während er neben mir herläuft. Ich spüre den Wind in meinem Gesicht, wie er an meinem T-Shirt zerrt. So wird es sich anfühlen, wenn ich fliege, denke ich.

Nur besser.

Mitch, 37 Jahre alt: herzlichen Glückwunsch von Pearl

Es ist etwa zwei Tage nach meinem Gespräch mit Leonard in Jakes und Monas Garage, im Schatten seines großen Vogels, etwa zwei Tage nachdem er mir seine Tätowierung gezeigt und versprochen hat, jeder Hängegleiter-Sicherheitsregel zu folgen, die der Menschheit bekannt ist.

Es ist etwa Mitternacht.

Ich stehe vor der Tür meiner Nachbarin Mrs Morales. Ich fühle mich durch die Jahre zurückversetzt zum letzten Mal, als ich an ihre Tür geklopft habe. Kurz nachdem Pearl verschwunden war. Ich glaube nicht, dass das Leben damals wirklich so einfach war, aber es kann sehr gut einfacher gewesen sein, als es jetzt ist. Darüber denke ich nach, während ich darauf warte, dass Mrs Morales ihre Tür öffnet. Ich weiß, dass es zu spät ist, und ich weiß, dass ich sie wecke, aber es ist ihre eigene Schuld, wegen dem, was sie auf meinem Anrufbeantworter hinterlassen hat. Sie hat mir gesagt, ich solle in der Minute, in der ich diese Nachricht erhalte, rüberkommen. Also was hätte ich tun sollen?

Endlich höre ich von drinnen eine Stimme. »Mr Devereaux?«

»Ja, ich bin's«, sage ich.

Sie öffnet die Tür und steht in ihrem Bademantel vor mir, ihr Haar durch das Kopfkissen an einer Seite platt gedrückt.

»Es tut mir leid, dass es so spät ist«, erkläre ich, »aber ich habe jetzt gerade erst Ihre Nachricht erhalten.«

»Kommen Sie rein, kommen Sie rein«, erwidert sie und führt mich in ihr Esszimmer. Sie macht das Deckenlicht an, einen altmodischen Kristallleuchter. Auf dem Tisch liegt ein kleiner Briefumschlag, vielleicht zwölf mal achtzehn Zentimeter groß. Er sieht alt aus. Verblasst. Er hat Eselsohren. »Öffnen Sie ihn«, fordert sie mich auf. »Warten Sie, bis Sie es sehen.«

Meine Hände zittern, und ich frage mich, was so wichtig sein kann. Was das alles mit mir zu tun haben könnte. Aber auf irgendeine Weise weiß ich es, denn nur ein einziger Faden läuft durch unser beider Leben.

Während ich die Lasche öffne, die unter meinen Fingern abreißt, höre ich, wie sie sagt: »Ich habe das Apartment renoviert. Die Handwerker sind gekommen und haben die ganze alte Wandvertäfelung herausgerissen. Sie haben dies hinter einem der Bretter gefunden. Ich weiß nicht, ob es lose war oder ob man einfach eins herausziehen konnte. Sie wissen schon. Wenn man es dringend genug wollte.«

Ich lasse den Inhalt des Umschlags in meine Hand gleiten.

Zwei Geburtsurkunden. Eine für Pearl Renee Sung und eine für Leonard Sung.

Ein Streifen mit vier Schwarz-Weiß-Fotos von Pearl und Leonard, die Art, die man für einen Dollar oder zwei in einem Fotoautomaten machen kann. Leonard ist vielleicht drei, mit dieser schweren schwarzen Brille, in allen vier Fotos breit lächelnd und ohne einen einzigen Schneidezahn. In einem lehnt Pearl ihren Kopf auf seinen. In dem anderen küsst sie seine Schläfe. Sie sieht besorgt aus und irgendwie abgelenkt.

Das Letzte, was in meine Hand fällt, ist ein kleiner Haufen Geldscheine.

»Zweihundert Dollar in Zwanzigern«, erklärt Mrs Morales. »Also wenn Sie mich fragen, wenn sie ihren Sohn zurücklassen wollte und einfach weglaufen, wäre sie dann ohne ihre Geburtsurkunde und ihr Geld verschwunden?«

»Ich weiß es nicht«, sage ich. »Ich denke nicht. Ich habe gerade ein bisschen Probleme, das alles zu verdauen.«

»Ich sage Ihnen, mit diesem Mädchen ist etwas passiert.«

»Das sieht tatsächlich immer mehr nach einem vernünftigen Szenario aus. Wissen Sie, was? Jetzt, da wir ihren Namen kennen, können wir uns an die Polizei wenden. Vielleicht wissen die …«

»Vergessen Sie's«, winkt sie ab. »Das habe ich schon versucht. Ich habe den ganzen Nachmittag telefoniert, seit die Handwerker das hier gefunden haben. Von dem Moment an, wo ich die Nachricht für Sie hinterlassen habe, bis alle Ämter geschlossen haben. Es gibt keine Aufzeichnungen, dass sie verhaftet wurde, und keinen Beweis dafür, dass sie gestorben ist. Es ist merkwürdig. Es ist so, als wäre sie einfach vom Erdboden verschwunden. Es ist, als wäre sie einfach losgegangen und weggeflogen, wenn Sie wissen, was ich meine. Ich gebe Ihnen das Ganze hier, damit Sie es dem kleinen Jungen geben können. Sie wissen doch, wo der kleine Junge ist, oder?«

»Natürlich«, sage ich. »Aber er ist nicht mehr so klein. Morgen wird er achtzehn.« Ich werfe einen Blick auf die Uhr und denke, tatsächlich ist er jetzt schon achtzehn. Und er kommt zurück, um bei mir zu leben. »Er wird sterben, wenn er diese Sachen sieht. Auf gute Weise, meine ich. Das, was er am meisten in seinem Leben bedauert, war immer, dass er keinen Nachnamen hatte, keine Bilder von Pearl und keine Möglichkeit, zu erfahren, wer sein Vater war. Oh, übrigens …«

Ich nehme Leonards Geburtsurkunde zur Hand. Auf dem Feld für den Vater steht: »Mutter weigert sich, Angaben zu machen«.

Es ist merkwürdig, so etwas auf eine Geburtsurkunde zu schreiben, finde ich. Schreiben sie normalerweise nicht »unbekannt«, wenn sie diesen Platz nicht füllen können?

Dann trifft mich plötzlich ein prägnantes Bild, eine Erinnerung an Pearl. Und ich verstehe, wenn sie gewusst hätte, wer der Vater war, hätte sie nicht zugelassen, dass sie sagen, er wäre unbekannt. Da ist Schande in »unbekannt«. »Unbekannt« bedeutet, dass man mit so vielen Männern Sex hatte, dass man sich nicht sicher sein kann. Nein, ich kann mir sehr gut vorstellen, dass sie diesen Punkt dem Krankenhauspersonal sehr deutlich klargemacht hat. Ich weiß, wer der Vater ist. Ich werde es Ihnen nur nicht sagen.

Das jagt mir einen Schauer über den Rücken, weil es so zu Pearl passt. Es bringt die Erinnerung an sie so klar zurück. Es ist, als würde sie mir über die Schulter sehen.

»Das wird ein verdammt krasses Geburtstagsgeschenk«, sage ich laut. »Ein Nachname und Bilder von Pearl. Mein Gott, das sind zwei von drei Dingen, die er sich wünscht, die dann auf einmal erfüllt sind.«

»Ich bin froh, dass er diese Sachen bekommt«, sagt Mrs Morales. »Der Junge tut mir so leid. Es ist furchtbar, es nicht zu wissen.«

»Gleich morgen früh«, sage ich. »Sobald ich denke, dass er wach sein könnte.«

* * *

Auf dem Weg nach Hause werfe ich einen Blick auf die Uhr. Es ist nach halb eins, aber ich bin versucht, jetzt gleich rüberzufahren und ihn aufzuwecken. Lass mich der Erste sein, der dir zum Geburtstag gratuliert, könnte ich sagen. Aber sie haben so viele andere Kinder, und Jake muss um sechs Uhr aufstehen. Es scheint nicht fair.

Ich fahre tatsächlich bei ihnen vorbei, denke, dass vielleicht jemandes Licht an sein wird. Aber das Haus ist dunkel, still. Die Garage ist zu. Jakes Pick-up steht vor dem Haus, genau wie immer. Einige Fahrräder liegen auf der Seite in der Nähe der Garage. Sie liegen dort immer, und niemand scheint sie je zu klauen. Es ist eine so friedliche Szene.

Ich werde einfach morgen wiederkommen.

* * *

Als ich wieder zu Hause bin, mache ich mir ein Bier auf und sitze da und schaue mir den Inhalt des Umschlags an.

Und ich denke, Pearl muss wirklich etwas zugestoßen sein.

Würde er sich bestätigt fühlen, weil er die ganze Zeit versucht hat, mir das zu sagen? Oder ist da ein gewisser Trost in dem Gedanken, dass sie irgendwo da draußen sein könnte, irgendwie in Ordnung? Die einfache Freude, dies mit ihm zu teilen, wird verkompliziert durch all diese möglichen emotionalen Reaktionen. Es wird viele Gefühle in ihm aufwirbeln. Das muss es. Das hat es bei mir getan, und sie war ja nicht einmal meine Mutter.

Für den Bruchteil einer Sekunde denke ich darüber nach, es ihm nicht zu sagen, aber ich verwerfe den Gedanken sofort wieder. Er ist ein erwachsener Mann. Jung, aber erwachsen. Dies ist seine Wahrheit. Es ist nicht an mir, sie ihm vorzuenthalten.

Vielleicht gehe ich mit ihm einkaufen, und dann kann er die zweihundert Dollar ausgeben, und es wird fast wie ein Geburtstagsgeschenk zum Achtzehnten von Pearl sein.

Dieses Mädchen hatte eine unheimliche Art, sich immer darum zu kümmern, dass Leonard gut versorgt war. Ich gehe in dieser Nacht nicht ins Bett, weil ich weiß, dass ich ohnehin nicht schlafen könnte.

* * *

Ich klopfe an die Tür, und Mona öffnet mir. Glücklicherweise steht sie früh auf.

»Du wolltest der Erste sein, der ihm gratuliert, was? Er ist noch nicht wach. Er muss noch immer im Bett sein.«

Ich gehe hoch zu seinem Zimmer, klopfe an. Keine Antwort. Ich öffne die Tür. Das Zimmer ist leer, das Bett perfekt gemacht. Kein Leonard. Kein Moon Pie.

Ich gehe in die Küche zu Mona, die in einem Topf Haferbrei rührt, der aussieht, als wäre es genug für zwanzig Personen.

»Dann muss er in der Garage sein. Und an diesem schrecklichen, gefährlichen Ding arbeiten, das wir ihm nicht ausreden können.«

»Dann schau ich mal dort nach«, sage ich.

Ich gehe in die Garage, und sie ist leer. Wirklich leer.

Kein gigantisches Dinosaurier-Vogel-Flugzeug.

Kein Leonard.

Nur ein Sonnenstrahl fällt durch das Oberlicht, ähnlich dem, der ihn so magisch erleuchtet hat, als ich ihn das letzte Mal sah. Heute Morgen beleuchtet er nichts. Ein Viereck auf dem Betonfußboden.

Wie in Gottes Namen hat er das Ding hier rausbekommen?

Einer meiner wenigen tröstlichen Gedanken in den letzten zwei Monaten war, dass es fast unmöglich für ihn sein würde, den Gleiter zu bewegen. Er hat ihn nicht so gebaut, dass man ihn zum Transport auseinandernehmen kann. Was hat er getan? Hat er ihn auf seinem Rücken balanciert und ist auf seinem Fahrrad damit in den Sonnenuntergang gefahren? Und niemand hätte ihm geholfen, ihn zu bewegen, denn niemand außer ihm mochte diese Idee auch nur das kleinste bisschen.

Ich sitze mit angezogenen Knien auf dem Beton, meinen Rücken an der Garagenwand, den Umschlag in den Fingern. Ich schließe die Augen. Ich bin mir nicht sicher, warum.

Es scheint wie etwas ohne logische Erklärung.

Es scheint, als wäre er einfach verschwunden.

Es scheint nur für einen Moment, als ob Leonard einfach losgegangen und weggeflogen wäre.

Leonard, 7 Jahre alt: Dinge, an die man sich gewöhnt

An dem Tag, an dem sie mich Mitch weggenommen haben, war ich sieben. Beinahe acht. Und sie haben mich ihm nicht wirklich weggenommen, daher waren sie die Angeschmierten. Ich musste mich zusammenreißen, weil es Mitch wirklich naheging.

»Ich wollte dich behalten.« Das sagte er an dem Tag ungefähr dreißig Mal. Ich sagte ihm, das wüsste ich, aber ich wies ihn nicht darauf hin, dass er sich wiederholte, weil ich wollte, dass er es tat. Ich wollte, dass er es immer wieder sagte.

»Alles wird gut«, sagte ich immer wieder. »Wir werden uns oft sehen.« In Wahrheit war es nicht wirklich so okay. Es war Mist. Aber ich wollte, dass Mitch sich besser fühlte.

Direkt bevor ich auf den Rücksitz von Jakes und Monas Auto kletterte, zog ich Mitch beiseite und erklärte: »Ich muss dir ein Geheimnis verraten.«

Er ging mit mir ein paar Schritte von Jake und Mona weg. Diese vollkommen Fremden, die plötzlich besser sein sollten, weil sie zu zweit waren, ein Mann und eine Frau. So, wie die Welt sein soll.

Er beugte sich zu mir herunter, sodass ich ihm ins Ohr flüstern konnte.

»Wie lautet das Geheimnis?« Ich glaubte, er würde gleich weinen.

»Das hier ist so ein Moment, wo Für-immer-Liebe wirklich, wirklich nützlich ist«, sagte ich.

* * *

Jake und Mona zeigten mir mein Zimmer, das im ersten Stock lag. Sie zeigten mir alles. Den Schrank, wo ich meine Sachen einräumen konnte, das kleine Badezimmer, das mir allein gehörte. Für den Augenblick jedenfalls. Ich war eines von nur drei Kindern zu der Zeit. Es gab eine Kommode mit einem großen holzgerahmten Spiegel obendrauf. In der Ecke war ein Baseballschläger. Ich spielte nicht Baseball. Ich hasste Baseball. Mitch hätte das gewusst.

»Wir lassen dich jetzt hier allein, damit du auspacken kannst«, sagten sie.

Nachdem sie gegangen waren, nahm ich den Baseballschläger und zertrümmerte jede Scheibe in beiden Fenstern und auch den Spiegel über dem Waschbecken im Badezimmer. Dann nahm ich den großen Spiegel von der Kommode. Er war nicht fest angeschraubt. Ich warf ihn durch eines der kaputten Fenster und zerbrach dabei den Holzrahmen. Ich hörte ihn in der Auffahrt unten aufschlagen.

Und ich hörte, wie einer von ihnen die Treppe hochrannte.

Ich legte mich aufs Bett und wartete.

Mona kam hereingelaufen und blickte sich um und dann zu mir. Sie kam und setzte sich auf die Bettkante. Versuchte aber nicht, mich zu berühren, was gut war.

»Du bist wütend«, bemerkte sie. »Weil du von Mitch wegmusstest.« Es war keine Frage.

»Jap«, antwortete ich.

* * *

Ich musste auf eine neue Schule.

Ich ging über den Flur, nichts Böses im Sinn, als plötzlich ein Fuß aus dem Nichts kam und mich stolpern ließ. Ich flog hin und landete hart, und alle Luft wich aus meinen Lungen. Meine Brille schlitterte über den Boden. Die vierte Brille, die Mitch mir gekauft hatte. Ein Geschenk von ihm. Außer Reichweite. Ich konnte hören, wie sie wegrutschte, aber ich konnte nicht sehen, wohin. Nicht ohne meine Brille.

Ich hörte ein paar Kinder lachen.

Dann setzte sich jemand auf mich, und ich bekam keine Luft mehr. Ich hatte Angst, ich würde davon einen Asthmaanfall bekommen, weil Stress manchmal einen auslöst. Ich wusste nicht, ob mein Inhalator immer noch in meiner Tasche war, und ich konnte meine Tasche nicht erreichen, um nachzusehen. Ich konnte immer noch Kinder lachen hören.

Ich dachte, wo ist ein Lehrer, wenn ich mal einen brauche? Ich mochte Lehrer grundsätzlich nicht, aber in dem Moment hätte ich gegen einen nichts einzuwenden gehabt.

Ich dachte, diese Kinder kennen mich nicht mal. Was kann ich getan haben, dass das hier passiert? Was kann ich tun, damit es aufhört?

Ich dachte, gibt es denn außer mir niemanden, dessen Mutter ihn mit einem Gesicht voll freudiger Liebe in der Welt willkommen geheißen hat? Ich meine, eine einzige Person außer mir selbst?

Ich würde bald atmen müssen.

Ich fragte mich, was Pearl von mir erwarten würde. In dem Moment, in dem ich das dachte, hörte ich auf, mich zu wehren, und hörte auf, zu versuchen, Luft in meine Lungen zu bekommen. Ich hielt ganz still. Beinahe, als wäre ich tot, damit ich weniger Sauerstoff brauchte. Vermutlich hat das das große Kind gelangweilt, das auf mir saß, weil es aufstand und wegging.

Ich lag einfach da und wartete, bis meine Atmung wieder funktionierte. Ich bekam keinen Asthmaanfall, aber ich glaube, das hätte ich, wenn ich nicht an Pearl gedacht hätte. Dann spürte ich eine Hand auf meiner Schulter, und ich hörte die Stimme eines Mädchens.

»Hier«, sagte sie und gab mir meine Brille zurück.

Ich setzte sie auf und schaute sie an. Es war einfach ein ganz normal aussehendes Mädchen, aber ich wusste, sie hatte mehr willkommen heißende Liebe erfahren als die meisten anderen.

»Danke«, erwiderte ich.

Ich blickte über meine Schulter zurück, und da waren vier von ihnen, und sie schauten mich über ihre Schultern an. Und sie waren alle größer als ich. Ich glaube, das war das erste Mal, dass mir bewusst wurde, wie klein ich in Wahrheit bin. Sie kicherten höhnisch, und einer von ihnen zeigte mir den Mittelfinger. Dann gingen sie um die Ecke im Flur und verschwanden.

Ich hatte sie nie zuvor getroffen, und sie wollten mir bereits wehtun.

Ich erinnerte mich an Mitchs Stimme, als wir darüber gesprochen hatten, dass wir unterschiedlichen Rassen angehörten. Ich erinnerte mich, wie er gesagt hatte: »Gewöhn dich dran.« Ich fragte mich, ob das auch jetzt sein Rat für mich sein würde.

Mitch, 34 Jahre alt: wir könnten einfach kuscheln

In meiner vierten Sitzung mit dieser Therapeutin sagte sie Folgendes zu mir: »Über wessen Probleme sprechen wir hier eigentlich? Leonards oder Ihre?«

Es war nicht so sarkastisch, wie sich das jetzt vielleicht anhört. Es mag eine überspitzte Frage gewesen sein, aber ich glaube, sie erwartete wirklich eine Antwort.

»Aber das ist doch genau der Punkt«, erwiderte ich. »Verstehen Sie das nicht? Ich gebe mir die Schuld an Leonards Problemen. Das ist mein Problem. Dass ich mir die Schuld für seine gebe.«

»Und haben Sie kein einziges eigenes?«

Ich glaube, ich saß einfach nur mit einem dummen Gesichtsausdruck da.

Ihr Name war Isabel. Sie war etwa fünfzig. Sie hatte ihr Haar zurückfrisiert, aber nicht streng, und sie trug Kostüme. Ich saß da, sah zu, wie sie die Beine übereinanderschlug, hörte, wie sich ihre Nylons aneinander rieben, und dachte: War mir wirklich nicht aufgefallen, wie sehr sie mich an Barb erinnerte, als ich sie ausgesucht hatte? Und wie konnte ich das damals nicht wahrgenommen haben, wenn es mir jetzt ständig so bewusst war?

Die großen Mysterien des Lebens.

»Hier ist eine Übung für Sie«, sagte sie. »Es ist etwas, wovon ich denke, dass es uns heute helfen kann. Denken Sie an etwas, das im letzten Jahr passiert ist, das sie wirklich gestört hat. Und das nichts mit Leonard zu tun hat.«

»Okay.«

Wir warteten beide einen Moment.

»Oh«, sagte ich. »Genau jetzt?«

»Jetzt scheint mir ein guter Zeitpunkt zu sein«, erwiderte sie.

Sie ließ mich nie über die Sachen reden, über die ich reden wollte. Zum Beispiel die Tatsache, dass ich bei dem Kind versagt hatte, weil ich niemals ein Gespräch über seine vermisste Mutter angefangen hatte. Nun, das ist nicht ganz richtig. Sie ließ mich drei Sitzungen lang darüber reden. Dann hatte sie das Gefühl, dass es Zeit wäre, sich etwas Neuem zuzuwenden, aber ich wusste nicht, was dieses Neue sein sollte, was sie sich vorstellte. Ich hing immer noch fest bei: Was hatte ich mir dabei gedacht, nicht mit ihm über Pearl zu reden, ob er es wollte oder nicht? Und außerdem ist das über mich. Oder nicht?

Ich meine, das ist nicht gesund. Er hat nie gesagt, hey, Mitch, ist dir aufgefallen, dass Pearl jetzt seit ein paar Jahren weg ist? Was ist damit? Und ich hatte nie ein Wort gesagt, das darauf abzielte, dass er sich dafür öffnete.

Ich vermute, man braucht ziemlichen Mut, um einen Haufen von Fragen zu provozieren, von denen man weiß, dass man sie nicht beantworten kann.

Wie auch immer, ich wollte Isabel erzählen, dass er jetzt mit Autorität Probleme hatte und dass er in der Schule immer in Prügeleien geriet und seine ganze Wut bei Jake und Mona abließ und dass das alles meine Schuld war.

Aber nein. Diese Frau mit ihren Beinen ließ mich nicht darüber reden. Und das war doch der einzige Grund, warum ich überhaupt herkam. Das und der offensichtliche Barb-Vergleich schienen Grund genug, sie loszuwerden und jemand Besseren zu suchen. Ein Mann wäre nett. Sonst hatte ich hier ganz schnell einen schweren Fall von Übertragung. Als wenn mein Leben nicht schon kompliziert genug wäre. Und es war nicht so, als wären wir ewig zusammen oder so was. Es war erst die vierte Sitzung. Wir haben noch nicht wirklich zusammengefunden, dachte ich.

»Ich habe etwas«, sagte ich. Ich denke, ich erwartete, dass sie irgendwie stolz auf mich sein würde. Wie auch immer, hier ist, was ich hatte.

Irgendwann während der zweiten Wahlkampagne, die, die letztendlich funktioniert und genug Geld auf mein Konto gespült hatte, um diese teure Therapeutin aufzusuchen, hatte ich zu Barb gesagt: »Versprich mir, dass du nie einen dieser Werbespots machen wirst. Du weißt, welche ich meine. Die liebende Ehefrau sieht anbetend zu ihrem Ehemann auf, dem Kandidaten, während er in die Kamera blickt und den Wählern erklärt, wie er für mehr Sicherheit sorgen wird und sie mehr von ihren Steuergeldern in ihren eigenen Taschen behalten lässt, was genau der gleiche unmögliche Mist ist, den all die anderen Kandidaten sagen, aber da ist die Ehefrau, die ihn anstrahlt, als wäre er ein Genie. Versprich mir, dass du das nicht tun wirst«, hatte ich gesagt.

»Jetzt geht das wieder los«, hatte Barb geantwortet.

»Jetzt geht was wieder los?«

»Du weißt, dass ich das nicht versprechen kann.«

Irgendwie war das nicht das, was ich als Antwort von ihr erwartet hatte. Ich hatte gedacht, ich würde mich nach unserem kleinen Gespräch besser fühlen.

Für einige Zeit konnten wir nicht darüber reden, ohne dass wir uns total stritten. Dann schlossen wir eine Art Waffenstillstand, indem ich zustimmte, dass ich mir die Spots nicht angucken würde. Was im Prinzip bedeutete, nicht den Fernseher einzuschalten außer sehr spät nachts, was ohnehin die einzige Zeit war, in der ich dazu kam. Im Zweifelsfall immer in die andere Richtung gucken. Man muss das erst lernen, aber wenn man es mal kann, ist es wie Radfahren. Man verlernt das nicht mehr.

Aber dann, in einer Nacht etwa ein Jahr vor dieser schrecklichen Sitzung mit der Übergangstherapeutentussi, saß ich zu Hause und sah spätnachts fern, und die Lokalwerbung startete, und da war es. Harold Stoller und sein liebendes Eheweib für den Kongress. Ich wollte abschalten, aber ich war wie gelähmt. Es war zu schrecklich, es anzusehen, aber nicht ansehen ging auch nicht. Ich war gefangen.

Zwei Tage lang sagte jeder, den ich traf, dasselbe. »Was hast du denn?«

»Nichts«, erwiderte ich immer. Nicht auf eine Art, dass sie es glauben würden, aber in einem Tonfall, der klarmachte, dass das Thema für mich abgeschlossen war.

Aber hier ist, was ich hatte: Es störte mich nicht so sehr, dass ihre Ehe tatsächlich real sein könnte, als Sache existierte und etwas bedeutete, weil ich das immer noch nicht glaubte. Was mich einfach fertigmachte, war die Tatsache, dass Tausende diesen Wahlspot sehen und es glauben würden. Sie würden denken, dass es eine echte Ehe war, eine tatsächliche Sache, die existierte und etwas bedeutete, und selbst wenn ich diese Tausende von Leuten finden könnte, die diesem Irrtum aufgesessen waren, war es mir nicht erlaubt, dieses offensichtliche Missverständnis aufzuklären.

Vielleicht leugnete ich hier ein kleines bisschen. Vielleicht. Aber so fühlte ich mich nun mal.

Dann, nachdem ich zwei Tage lang »Nichts« gesagt hatte, kam sie zu mir, ließ sich selbst ins Haus und stieg nachts in mein Bett, so wie immer.

Und ich konnte nicht mit ihr schlafen. Wahrscheinlich zum ersten Mal. Wir lagen nebeneinander in der Dunkelheit, und ich wartete auf das, was sie schließlich sagen würde.

Ich glaube, die korrekte Version ist: »Mach dir keine Sorgen, das passiert jedem mal.« Und dann, glaube ich, ist meine Antwort: »Nun, mir ist es noch nie passiert.« Aber bei uns verlief es nie auf die vorgeschriebene Weise.

Es mussten gut zwei oder drei Minuten in Stille vergangen sein. Dann endlich war dies ihr großer Satz: »Du hast mir versprochen, dass du dir die verdammten Spots nicht angucken würdest.«

Ich würde mir so was ja nicht ausdenken.

Also, ich vermute, dass das die Art von Sache ist, die diese Therapeutin hören will.

»Okay«, sagte ich wieder zu Isabel. »Okay. Ich habe auf jeden Fall etwas.«

Wir warteten schweigend für eine ziemlich lange Zeit. Immer das gleiche Muster.

»Ja?«, sagte sie schließlich. Da verstand ich, sie wollte, dass ich es laut aussprach. Das konnte ich nicht. Ich kannte sie ja nicht einmal. Das war alles streng geheim. Ich konnte es nicht einfach irgendjemandem erzählen.

»Sie haben gesagt, ich solle an etwas denken. Sie haben nicht gesagt, dass ich es laut aussprechen sollte.«

»Vielleicht können wir nächste Woche über Ihre Vertrauensprobleme reden«, erwiderte sie.

Aber ich dachte, dass ich mir nächste Woche einen Therapeuten suchen würde, der mich ihm erzählen lassen würde, dass ich mir die Schuld an Leonards Verhaltensproblemen gab. Wer bezahlte schließlich für diese Sitzungen?

Leonard, 14 Jahre alt: Kontaktlinsen bis in alle Ewigkeit

Ich hatte im Grunde genommen nur eine einzige wichtige private Unterhaltung mit Barb, aber es war eine gute. Sie fand statt, nachdem Harry die Wahl in den Senat der Vereinigten Staaten gewonnen hatte. Den ersten Versuch für den Kongress hatte er nicht geschafft, aber den zweiten Anlauf schon, hatte drei Amtszeiten gehabt und dann den Senat ins Visier genommen und machte groß Karriere. Das war zum Teil das, was zu meiner Unterhaltung mit Barb führte. Im Nachgang eines solchen Erfolges, das wusste ich, schwamm Mitch förmlich im Geld.

Ich rief sie an und erkundigte mich, ob wir uns treffen könnten. Sie fragte mich nicht mal, warum. Sie nannte mir einfach den Namen eines Restaurants. Sie behandelt das Leben wie ein Geschäft. Sie vertraute darauf, dass ich ihr sagte, was ich von ihr wollte, wenn wir uns dort trafen. Und ich vermute, sie konnte ihre Neugier bis dahin beherrschen.

Das Restaurant war ein bisschen eleganter, als ich gedacht hatte. Nicht wirklich chic, aber nett genug, dass ich mich in Jeans und T-Shirt etwas underdressed fühlte.

Sie kam drei Minuten zu spät hereingeeilt, entschuldigte sich, und ich entschuldigte mich dafür, dass ich nichts Besonderes angezogen hatte.

»Hier gibt es keine Kleiderordnung«, erwiderte sie. »Alles ist gut. Vergiss es.«

Sie setzte sich mir gegenüber und sah mich zum ersten Mal an. Ich wartete auf ihre Reaktion zum Zustand meines Gesichts. Aber sie schaute mich einfach nur an, mehr nicht.

»Bist du hungrig?«, fragte sie. »Kann ich dich zum Lunch einladen?«

Ich hatte nicht vorgehabt, von ihr zusätzlich auch noch ein Essen spendiert zu bekommen, und fühlte mich ein bisschen schuldig. Ich musste mich immer wieder daran erinnern, dass sie sich das hier mühelos leisten konnte. Bei Jake und Mona ist auswärts zu essen eine große Sache.

»Warum sagst du's nicht einfach?«, forderte ich sie auf.

Sie blickte wieder zu meinem Auge, und ihre Miene wurde weich. Anfangs sagte sie gar nichts, streckte nur die Finger aus, sodass sie es beinahe berührte. Sie legte sie dann aber auf eine Stelle direkt darunter, auf meiner Wange. Ganz am Ende meiner Augenbraue war die Haut aufgeplatzt, es gab eine große Schwellung, und ich bin sicher, es sah zu wund aus, um es zu berühren. Und das war es auch.

»Mitchell hat mir erzählt, dass du dich in der Schule viel prügelst.«

Ich lachte. Und vermutlich klang es etwas bitter. »Das ist es, was ich ihm sage.«

»Wohingegen in Wirklichkeit …«

»Ich beziehe Prügel, ohne Ende. Jeden Tag. Wobei, nein, nicht jeden Tag. Aber es kommt einem so vor. Es kommt mir so vor, als wäre es jedes Mal, wenn ich mich umschaue. Sieh mich an, Barb. Gegen wen könnte ich mich in einer Rauferei behaupten? Hast du irgendeine Vorstellung davon, wie viel ich wiege?« Ich wollte es ihr nicht verraten, daher redete ich einfach weiter. »Sagen wir einfach, ich bin ungefähr fünf Zentimeter kleiner und zehn Kilo leichter als jeder andere Junge in meiner Klasse. Dann habe ich noch diese dicke, große Brille, und ich laufe mit einem Asthma-Inhalator in der Hosentasche herum. Ich könnte genauso gut ein Schild tragen, auf dem steht: ›Verhaut mich, dafür bin ich auf der Welt.‹«

»Wolltest du darüber mit mir sprechen?«

»Ja«, antwortete ich. »Mehr oder weniger.«

Da kam der Ober, und Barb sagte zu mir, die Kalbspiccata sei wirklich gut hier, und ich erinnerte sie daran, dass ich Vegetarier bin. Sie hatte diesen verwirrten Gesichtsausdruck und erwiderte, das hätte sie nicht gewusst, und entschuldigte sich. Als hätte sie es verdammt noch mal wissen sollen. Der Ober erklärte, eines der Tagesgerichte sei Gemüselasagne mit Spinat und Ricotta. Ich antwortete, das wäre gut.

Nachdem er gegangen war, blickte ich Barbara an, als hätte ich sie noch nie zuvor gesehen. Ich denke, ich versuchte sie einzuschätzen. »Danke, dass du mich zum Essen einlädst«, sagte ich. »Das ist wirklich nett.« Sie winkte ab. »Es kommt mir erstaunlich vor, dass das mit dir und Mitch so lange anhält. O Mist. Das war eine wirklich dumme Bemerkung, was? Es tut mir leid, wenn es das war. Ich sollte wirklich erst nachdenken, bevor ich rede.«

»Vergiss es«, entgegnete sie. »Es ist okay. Wir sind vermutlich beide ein wenig überrascht.«

»Es ist nur so, dass da immer so viel Stress ist.«

Sie nahm einen Schluck von ihrem Wasser. »Vielleicht ist es gerade der Stress, der uns zusammenhält«, erwiderte sie.

»Das ist so verwirrend.« Ich hielt meinen Kopf, als würde er sonst herunterfallen. »Ich würde davon Kopfweh bekommen, wenn ich nur versuchte, darüber nachzudenken. Daher tue ich das nicht.« Außerdem tat mir der Kopf bereits davon weh, dass ich mit der Schläfe gegen eine Spindtür gestoßen worden war.

»Wie kann ich dir mit deinem Problem in der Schule helfen?«

»Ich hatte gehofft, Mitch könnte mir Kontaktlinsen kaufen.«

»Natürlich wird er das, das weiß ich. Du musst ihn nur fragen. Das weißt du auch.«

»Da ist nur eine Sache. Er darf nicht erfahren, dass ich in der Schule verprügelt werde.«

»Er ist ein großer Junge, Leonard.«

»Es geht nicht. Er darf das nicht erfahren, Barb. Du darfst es ihm nicht sagen, das ist wichtig. Das würde ihn zu sehr verletzen. Es tut ihm weh, wenn mir wehgetan wird. Ihm zu erzählen, dass ich verprügelt werde, wäre das Gleiche, als würde man ihn verprügeln. Das kann ich ihm nicht antun. Ich dachte, es könnte vielleicht deine Idee sein. Du könntest sagen: ›Ich hab heut zufällig Leonard getroffen, und ich dachte, wäre sein Leben nicht vielleicht einfacher, wenn er keine Brille mehr tragen müsste?‹ Und erinnere ihn daran, dass es keine Sache ist, die Monas und Jakes Krankenversicherung übernimmt. Und wenn du irgendetwas sagen musst, dann achte darauf, dass es ihm nicht das Herz bricht.« Einen Moment lang saßen wir einfach nur da, dann fügte ich hinzu: »Ich verlasse mich darauf, dass du ihm nicht das Herz brichst.«

Ich schob nicht nach: »oder du wirst mir Rede und Antwort stehen müssen«, aber das lag praktisch zwischen uns auf dem Tisch, für uns beide offensichtlich.

Einen Augenblick schwiegen wir und schauten einander in die Augen. Ich denke, wir wussten beide, es war uns beiden bewusst, dass es eine mehrdeutige Bemerkung war, die ich da gemacht hatte. Die meisten Erwachsenen hätten mich gar nicht so mit ihnen reden lassen. Aber Barb hatte viele gute Eigenschaften.

Dann nickte sie ein paarmal, und ich wusste, wir waren uns einig. Jedenfalls in Bezug auf die Kontaktlinsen. »Ich verspreche dir was. Entweder ich bringe ihn dazu, dir Kontaktlinsen zu besorgen, ohne ihm den Grund zu nennen, oder ich kaufe sie dir selbst.«

»Wow«, sagte ich. »Das würdest du für mich tun?« Ich war gerührt. Ehrlich.

»Natürlich würde ich das.«

»Wow. Das ist wirklich super. Weißt du, früher habe ich mir immer gewünscht … Nein, weißt du, was? Das ist unwichtig. Ich denke, ich habe genug dumme Sachen für einen Tag gesagt.«

»Ist schon in Ordnung, red nur, wenn du willst«, antwortete sie.

»Ich hab mir immer gewünscht, dass du und Mitch, dass ihr heiraten könntet, und dass ich dann ein Zuhause mit zwei Eltern hätte und dort bleiben könnte. Ich wusste, das konntest du nicht tun. Selbst damals wusste ich das irgendwie. Es ist nur eins von diesen Dingen, die man sich wünscht, weißt du? Eine von diesen dummen Sachen, die man sich, wenn man nur ein Kind ist, einfach wünscht, weil man es nicht besser weiß.«

Sie lächelte, doch ich wusste, ich hatte sie traurig gemacht. Aber vielleicht war es nicht die schlimmste Art von traurig, die es gibt. Ich weiß nicht.

Später, als wir das Restaurant zusammen verließen, sagte ich ihr, dass ich sie lieb hätte.

Erst schaute sie mich gar nicht an, aber dann schon. Ich konnte erkennen, sie versuchte etwas zu sagen, und dass sie sich wirklich unbehaglich fühlte. Und ich denke nicht, dass es daran lag, dass sie mich nicht auch lieb hatte. Denn ich denke, das hatte sie. Und ich denke, daher kam das Unbehagen, genau daher.

»Danke«, sagte sie. »Das ist wirklich nett von dir.« Und sie berührte mein Gesicht noch einmal und ging dann zu ihrem Auto.

Ich stand da für einen Moment und fragte mich, warum es so schwer sein sollte, das auszusprechen. Woran bleibt es hängen in manchen Leuten, während es versucht, herauszukommen? Wie würde es sich anfühlen, in einer Haut zu leben und nicht imstande zu sein, es einfach so rein- und rauszulassen? Das konnte ich mir nicht vorstellen.

Ich fragte mich, ob sie jemals Mitch gesagt hatte, dass sie ihn liebte. Denn ich wusste ganz sicher, sie tat es. Auf diese seltsame, unzureichende Weise, die die einzige Form von Liebe zu sein schien, zu der sie imstande war. Auf diese Weise, wusste ich, tat sie es.

* * *

Als ich nach Hause kam, war da ein Zettel mit einer Nachricht auf meinem Bett. Mitch wollte, dass ich ihn zurückrief. Also wählte ich die Nummer von seinem Büro. Er sagte, er hätte einen großen Bonusscheck erhalten und wollte mir ein Geschenk kaufen. Was wünschte ich mir mehr als irgendetwas anderes auf der Welt?

»Nun«, sagte ich. »Ich hab mir schon Weile wirklich gewünscht, zu Kontaktlinsen zu wechseln.«

»Erledigt«, antwortete er.

Er kam mich in einem brandneuen mitternachtsblauen Mercedes-Cabrio abholen. Er fuhr mit mir in die Stadt und ließ mir nicht nur Kontaktlinsen anpassen, sondern eröffnete auch ein Konto auf seinen Namen bei diesem Augenoptiker, sodass ich nur hingehen musste, jederzeit, um ein frisches Paar Kontaktlinsen zu bekommen, und die Rechnung würde an Mitch gehen. Kontaktlinsen bis in alle Ewigkeit.

»Sonst wäre es kein ausreichend großes Geschenk«, erklärte er.

Das war wirklich wichtig, denn ich würde trotzdem weiter verprügelt werden, und ich hatte keine Ahnung, wie lange mir ein Paar reichen würde.

Ich wusste, Harry hatte ihm dieses Mal einen Haufen Geld gegeben.

Ich rief Barb an und hinterließ ihr eine Nachricht auf der Mailbox. Ich sagte, ich würde ihre Hilfe doch nicht brauchen, aber es täte mir nicht leid, dass wir das Gespräch geführt hätten.

Mitch, 37 Jahre alt: Blitze und Floater

Ich kann mich nur an zwei Gelegenheiten erinnern, bei denen Leonard mich gebraucht hat. Nur zwei Gelegenheiten, bei denen er wirklich ängstlich gewirkt hat und zu mir gekommen ist, wollte, dass ich ihm ein Vater bin. Die meiste Zeit hatte er die Sache mit dem Leben perfekt drauf, aber es gab diese zwei Gelegenheiten.

Sie lagen ein Dutzend Jahre auseinander, fast auf den Tag genau. In beiden Fällen hatte ich gerade Sex mit Barb, als er mir auf die Schulter tippte – wortwörtlich oder im übertragenen Sinne –, um mich wegzurufen. Ich vermute, ich wollte beide Male nicht unterbrochen werden. Ich war mir damals sicher, dass das, was ich tat, unglaublich wichtig war. Aber wenn ich zurückblicke, habe ich Hunderte Male mit Barb geschlafen. Aber ich durfte Leonard nur zweimal ein Vater sein. Also gehe ich davon aus, dass es die Störung wert war.

Das erste Mal tippte er mich auf die Schulter, weil er nicht atmen konnte. Das zweite Mal, weil er nicht sehen konnte.

Das Telefon klingelte, und es war mir egal.

»Nimm nicht ab«, bat ich. Ich war unten, und sie sah so aus, als wollte sie abheben. »Lass es einfach weiterklingeln.«

»Mein Telefon ist auf Aufrufweiterleitung geschaltet«, erwiderte sie. »Es könnte Harry sein. Ich muss rangehen.«

Glücklicherweise war mir die Störung nicht mehr so wichtig, denn nachdem sie das Wort »Harry« benutzt hatte, war mir die Lust sowieso gründlich vergangen.

»Hallo«, meldete sie sich, während sie immer noch auf mir saß. Dann: »Ja, er ist direkt hier, Süßer.« Sie legte eine Hand über die Sprechmuschel. »Es ist Leonard«, sagte sie. »Er hört sich aufgewühlt an.«

* * *

Als ich bei Jakes und Monas Haus ankam, saß er im Dunkeln auf der Veranda. Am Anfang habe ich ihn nicht einmal gesehen. Im Haus waren keine Lichter an, die ganze Welt schlief, außer uns beiden. Dann bemerkte ich, wie er den Gartenweg herunterkam.

Die zwei Wörter, die er am Telefon gesagt hatte, wirbelten mir immer noch durch den Kopf. Blitze und Floater. Zwei große rote Warnsignale seiner Augenerkrankung.

»Leonard«, sagte ich, als er in mein neues Auto stieg. »Wie lange hast du sie schon?«

»Die Blitze ein paar Tage. Die Floater etwa genauso lang. Aber heute Nacht hatte ich plötzlich den schwarzen Vorhang in meinem linken Auge, und da habe ich Angst bekommen.«

»Warum hast du es nicht irgendjemandem gesagt?« Meine Stimme wurde immer lauter. »Warum hast du es nicht mir gesagt?«

Ich hatte nicht vorgehabt zu schreien. Aber der schwarze Vorhang. Das bedeutete, dass sich die Netzhaut tatsächlich ablöste. Der Vorhang war die Netzhaut selbst, die herunterkam.

Ein schmerzloser Abstieg in die Blindheit. Und schnell zu handeln war unsere einzige Chance. Und niemand hatte es mir bis jetzt erzählt.

Leonard saß sehr still, starrte geradeaus. Ich fragte mich, was er durch seine beschädigten Augen sah. »Bitte schrei mich nicht an, Mitch.« Er klang, als würde er gleich weinen. Leonard weinte nie. Jedenfalls nicht, soweit ich wusste.

Ich zog die Handbremse an und legte die Arme um ihn.

»Ich habe Angst, Mitch«, sagte er.

Ich wollte ihm sagen, dass es mir genauso ging. Dass all dieses Gebrüll nur von meiner Angst herrührte. Aber es kam nichts aus meinem Mund. Auch wenn ich glaube, dass ich es versuchte.

Leonard fuhr fort: »Ich habe es Jake und Mona gesagt, und sie haben eine Kostenübernahme beantragt. Sie haben der Krankenkasse mitgeteilt, dass es ein Notfall sei. Aber es ist trotzdem nicht so ein Notfall wie eine Herztransplantation oder so etwas. Wie auch immer, wir warten immer noch. Ich wollte Jake und Mona nicht erzählen, wie viel Angst ich habe, denn es wäre so, als hätte ich Probleme, und sie könnten mir nicht helfen. Sie machen sich sowieso schon so viele Sorgen, also habe ich es ihnen nicht gesagt, als es wirklich schlimm wurde. Stattdessen habe ich dich angerufen. Es tut mir leid, Mitch.«

Er hatte nur seine Jeans und ein kurzärmliges T-Shirt an, und er fühlte sich so dünn und klein an.

Ich wollte etwas von meiner überbordenden Liebe in ihn hineinatmen und ihn groß genug machen, dass er sich mit jedem anderen Kind in der Schule anlegen konnte. Ich wollte aus ihm einen großen, starken Jungen mit perfekten Augen machen. Ich dachte an die Geschichten, die er mir erzählt hatte, wo er es so klingen ließ, als wenn er die Prügeleien in der Schule provozierte. Ich wünschte, er würde mir genug vertrauen, um mir die Wahrheit zu sagen.

Denn ich kannte die Wahrheit. Ich lebte in der wahren Welt, mit echten Schulhofschlägern. Als ich in Leonards Alter war, war ich der dicke Junge. Sie haben mich windelweich geprügelt. Jeder hatte es auf mich abgesehen. Jeder ging auf mich los, entschlossen, den letzten Rest meiner Würde, den ein anderer übersehen hatte, zu finden und mir zu entreißen. Ihn mir wegzunehmen, ihn herumzuzeigen und zu lachen, während ich nackt und zitternd dastand.

Ich zog meinen Mantel aus und legte ihn ihm um die Schultern. Dann sagte ich ihm, er solle sich anschnallen, und wir fuhren los. Und wir fuhren richtig schnell.

* * *

Nachdem ich das Auto verkauft hatte, kam ich zurück ins Krankenhaus, und Jake und Mona und ich saßen im Warteraum und sahen unsere Hände an, dann uns gegenseitig, dann wieder unsere Hände. Einmal blickte ich zu Mona hoch und wollte etwas sagen, aber sie öffnete zur genau gleichen Zeit den Mund.

Wir ließen dem jeweils anderen den Vortritt wie nervöse Fahrer an einer Vierfachkreuzung, jeder zu höflich, die Vorfahrt für sich zu beanspruchen. Dann war der Moment vorbei. Was immer ich hatte sagen wollen, war verschwunden, und Stille legte sich wieder über den Raum. Nun, tatsächlich hatte es nie etwas anderes als Stille gegeben. Es war nur das Versprechen, etwas zu sagen, wie eine Oase, die sich als nichts als eine Fata Morgana herausstellt. Es verschwand zurück in die Wüste.

»Wir wissen es wirklich zu schätzen, Mitch«, sagte Jake und überraschte mich. Ich zuckte tatsächlich zusammen. »Glaub keinen Moment, dass wir das nicht tun.«

Das »aber« hing in der Luft, und jeder gab sich große Mühe, es nicht anzusehen oder irgendetwas zu tun, um es noch zu ermutigen.

Leonard hatte die Operation gut überstanden, war aber noch nicht wieder aufgewacht. Die Ärzte meinten, den Umständen entsprechend sei alles ganz gut gelaufen, aber wir alle waren ziemlich ernüchtert, als man uns sagte, dass es mehrere Monate dauern könne, bis sich zeigen würde, ob der Eingriff geglückt war. In einem Film würden sie die Bandagen abnehmen, und Leonard könnte sehen. Ich glaube, uns begann allen langsam klar zu werden, dass dies kein Film war.

»Ich weiß, ihr wolltet diejenigen sein, die sich um alles kümmern«, sagte ich.

»Das ist egal«, sagte Mona. »Was wichtig ist, ist, dass für ihn gesorgt wird.«

Sie hatte recht, und sie log, beides zur gleichen Zeit, und ich erkannte, dass wir das alle wussten.

»Ich weiß, ihr wolltet, dass er zu euch kommt, wenn es schlimm wird«, sagte ich.

In dem Moment, in dem ich es aussprach, brach Mona in Tränen aus.

Jake trat zu ihr, um sie zu trösten, und gab ihr ein Taschentuch aus seiner Jeanstasche. Ein weißes Stofftaschentuch. Ich bin mir nicht sicher, ob ich je zuvor eins im wahren Leben gesehen hatte. Ich hatte nur von ihnen gehört. Ich wusste nicht, dass irgendjemand sie tatsächlich noch mit sich herumtrug.

Ich sah zu, wie Jake in ihrer Nähe blieb, verzweifelt versuchte, sie zu trösten, und ich fühlte mich irgendwie fehl am Platz. Ich sah seine rauen Hände und stellte mir vor, wie er nach einem harten Arbeitstag erschöpft nach Hause kam, während ich in meinem mitternachtsblauen Mercedes-Cabrio herumfuhr und mit dem Senator Cocktailpartys besuchte und dabei meine jahrelange Affäre mit seiner Frau weiterführte.

Jake war ein Mann, der hart arbeitete und es nicht verdiente, dass man ihn bestahl, und ich machte mir Sorgen, dass ich auf irgendeine kleine Weise genau das getan hatte. Ich hatte seinen

Anspruch, Leonard ein Vater zu sein, gestohlen, nicht nur in der Nacht seiner Einweisung ins Krankenhaus, sondern die ganze Zeit. Ich war der Komplize in einem Plan, ihn zu einem Vater nur dem Namen nach zu machen, während Leonard und ich in einem geheimen Pakt weiter unsere Verbindung hielten, ohne dass jemand etwas davon wusste oder etwas dabei tun konnte. Und noch schlimmer, obwohl ich das erkannte, war ich nicht bereit, damit aufzuhören.

»Was erzählt er euch über seine Probleme in der Schule?«, fragte ich. Es schien aus dem Nichts zu kommen, selbst für mich.

»Er hat Probleme, sich anzupassen«, sagte Jake. »Er ist klein. Er trägt eine Brille und hat Asthma, also ist er ein leichtes Ziel für größere Kinder.«

»Das erzählt er euch?«

»Natürlich tut er das. Warum sollte er das nicht tun?«

Ich atmete tief ein. »Weil er es *mir* nicht erzählt«, erklärte ich. »Er erzählt es mir nicht, weil er denkt, es würde mir das Herz brechen. Derselbe Grund, aus dem er euch nicht erzählen wollte, warum er nicht länger auf seine Augenoperation warten konnte. Er will niemandem das Herz brechen.«

Mona atmete bebend ein und putzte sich mit dem Taschentuch die Nase. »Die Leute müssen die verdammte Wahrheit hören«, sagte sie. »Ob es einem das Herz bricht oder nicht.«

»Ich weiß«, sagte ich. »Und ich stimme dir zu.«

Mir wurde klar, wenn Leonard aus dem Krankenhaus entlassen wurde, war es Zeit, mit ihm ein langes Gespräch über Pearl zu führen.

* * *

Als ich das erste Mal zu ihm rein- und ihn sehen durfte, lag Leonard auf dem Bauch im Bett, sein Gesicht auf einer wie ein

Donut geformten Vorrichtung, um die Position etwas angenehmer zu machen. Er hatte ein dünnes Laken bis zu den Hüften hochgezogen. Sein Krankenhaushemd war hinten am Nacken zusammengebunden und fiel über seinen Schulterblättern auf.

Ich fragte ihn, ob ihm kalt war.

Statt die Frage zu beantworten, bewegte er die Arme hoch und vor und dann zurück, als wenn er schwimmen würde.

»Leonard Devereaux Kowalski gewinnt die Goldmedaille im Hundert-Meter-Brustschwimmen«, erklärte er. Zu leise, dachte ich. Es war zu früh, um Witze zu machen, aber er tat es trotzdem.

Es war ein Gedanke aus dem Nichts, aber ich musste dennoch lachen.

Ich setzte mich auf die Bettkante und strich ihm mit der Hand über die dünnen Schulterblätter. Ich denke, ich hatte das Bedürfnis, etwas in Ordnung zu bringen, was nicht meiner Kontrolle unterlag.

Ich zog das Hemd über seinem Rücken zusammen, weil alles andere nicht in Ordnung zu bringen war.

Er sagte: »Ich denke, ich werde den ganzen Rest des Schuljahres verpassen.«

»Das denke ich auch. Selbst wenn deine Sicht vorher zurückkommt. Du musst dich besonders gut um deine Augen kümmern. Mit deinem Temperament und so, wie du immer in Auseinandersetzungen gerätst … Ich bin mir nicht sicher, ob ich dir zutraue, dich zu beherrschen.«

»Dazu muss ich dir noch was sagen«, setzte er an.

Er hatte Metallschalen über seine Augen geklebt. Darunter Verbände, dann den Metallschutz, mit Schlitzen, um Luft durchzulassen, dann Klebeband, um alles zu fixieren. Ich konnte die Kante von einer sehen, gerade sichtbar unter dem wie ein Donut geformten Kopfteil.

»Nein, musst du nicht«, widersprach ich ihm. »Du musst mir nichts erzählen, was du nicht willst.«

Wir saßen für einen Moment stumm da, und ich zog das Laken weiter seinen Rücken hoch.

Nach einiger Zeit sagte ich: »Jake und Mona und ich dachten, dass es vielleicht eine gute Idee wäre, wenn du während deiner Genesung bei mir wohnen würdest. Weil ich von zu Hause aus arbeiten kann. Ich kann auf meinem Laptop neben deinem Bett arbeiten, und du hast dann immer jemanden bei dir.«

»Und Jake und Mona haben sich darauf eingelassen?«

»Sie denken, es ist eine gute Idee, ja.«

»Ich bin überrascht.«

»Sie lieben dich«, sagte ich.

»Das müssen sie wohl«, sagte er. »Das müssen sie wohl wirklich.«

* * *

Am Tag seiner Entlassung half ich Leonard vor dem Krankenhaus in ein Taxi.

»Was ist das?«, fragte er.

»Was ist was?«

»Das hier. Wo steige ich ein? Das ist nicht dein neues Auto.«

»Nein«, bestätigte ich. »Ist es nicht. Es ist ein Taxi.«

»Wo ist dein neues Auto?«

»Das ist egal«, erwiderte ich. »Es war nie wichtig.«

Ich gab dem Fahrer meine Adresse. Leonard saß mit dem Gesicht zum Fenster, als wenn er hinaussehen würde. Als wenn er durch die Bandagen und den Metallschutz etwas erkennen und die bekannten Straßen vorbeirauschen sehen könnte.

»Es tut mir leid, Mitch«, sagte er.

»Das muss es nicht.«

»Es war dein neues Auto.«

»Es war nichts«, widersprach ich ihm. »Es hat mir nicht das Geringste bedeutet. Ich habe es nicht einmal für mich selbst gekauft. Ich habe es gekauft, um Harry einen Gefallen zu tun. Scheiß auf Harry. Denk keine weitere Sekunde darüber nach.«

»Gut, dass wir das Schimpfwortglas abgeschafft haben«, sagte er.

Leonard, 18 Jahre alt: Ring um den Mond

Ich hocke noch einen Augenblick länger am Rand der vertrauten Klippen und blicke in die Nacht. Vielleicht werde ich das nie wieder tun können. Vielleicht wird dieser Blick mir reichen müssen. Ich denke darüber nach, was mir fehlen wird, wenn ich gehe. Wie Mitch. Nur, dass ich Mitch nie wirklich verlassen würde.

Ich habe ihm ein Versprechen gegeben. Ich habe es ihm ehrlich versprochen.

Ich schaue hinaus aufs Meer.

Heute Nacht ist da ein Ring um den Mond. Das habe ich schon einmal gesehen. Es selbst gesehen und es beschrieben bekommen, als ich es nicht sehen konnte. Ich weiß, was es in Wahrheit ist: Eiskristalle in der oberen Atmosphäre. Aber ich stelle mir gerne vor, dass es mehr ist. Als ob Gott unterstreicht, was wirklich wichtig ist. Wie Pearl mit einem Heiligenschein. Wie mein neues Ziel.

Der Ring um den Mond, an den ich mich am besten erinnere, war der, den ich selbst nie gesehen habe. Ich war in Mitchs Haus und erholte mich von meiner Augen-OP.

Ich hatte so lange im Haus bleiben müssen, dass ich ihn anbettelte, mit mir spazieren zu gehen.

Ich erinnere mich an seine Hände an meinem Ellbogen, und ich erinnere mich an das Geräusch von Moon Pies Atem, während er hinter uns hertrottete. Und ich erinnere mich daran, Angst gehabt zu haben.

Ich dachte immer, dass ich Mitch vertraue. Vollkommen. Und ich vertraute ihm, aber vielleicht nicht vollkommen. Mehr, als ich irgendjemandem sonst traute, aber eben nicht vollkommen. Wenn es hart auf hart kam, wurde mir verblüfft klar, dann waren es im Grunde genommen nur Pearl und ich.

»Vertrau mir«, sagte er.

»Das tue ich«, erwiderte ich.

Aber dann blieb ich doch abrupt stehen. Bewies, dass ich ein Lügner war.

»Vor dir ist nichts«, erklärte er.

Also machte ich einen Schritt. Aber ich stellte mir immer vor, vor mir stünde etwas. Vor meinen geschlossenen Augen sah ich einen herunterhängenden Ast. Oder ein fliegendes Objekt, einen Vogel oder einen Stein. Und meine Augen fühlten sich so verletzlich an. Darum blieb ich jäh stehen. Den Arm gehoben, um sie zu beschützen.

»Sollen wir heimgehen?«, wollte Mitch wissen.

»Nein«, antwortete ich. »Nein.«

Ich war so lange nicht draußen gewesen. Und es war nur diese Vertrauenssache, die drohte, mich zurück ins Bett zu treiben. Ich hasste das Bett. Dort war ich wochenlang gewesen. Daher ließ ich Mitch meinen Ellbogen halten, und ich ging geradewegs durch diesen eingebildeten Ast, und natürlich war da nichts. Genau wie Mitch es gesagt hatte.

Es fühlte sich komisch an, in seiner Hand zu sein, und ich begriff, ich hatte mich nie zuvor in den Händen von irgendjemandem befunden. Außer bei Pearl. Zu dem Zeitpunkt, als sie starb, war ich imstande, mich um mich selbst zu kümmern und Mitch auch noch quasi mitzuretten. Ich habe mich nie bei viel auf ihn verlassen. Ich meine, in materieller Hinsicht, ja. Da schon. Das ist richtig. Und ich vergesse nicht, dass er mich mit Essen versorgt hat und Kleidung und sonst allem, mir eine Brille gekauft hat und für meine Augen-OP mit seinem brandneuen Auto bezahlt hat. Es ist nur, dass ich, seit ich fünf war, in einem tieferen Sinne das Gefühl hatte, als wäre ich auf mich allein gestellt.

Ich spürte die Luft dieses kühlen Abends auf meinem Gesicht und dachte da zum ersten Mal, dass die OP am Ende nicht erfolgreich sein würde. Dass ich besser lernen sollte, Mitch zu vertrauen, wenn er sagte, vor mir sei nichts und ich würde nicht in irgendetwas hineinrennen. Weil das am Ende nicht nur vorübergehend so sein würde. Es könnte sein, dass ich mich in diesen Dingen für den Rest meines Lebens auf sein Wort würde verlassen müssen.

Es hätte ein Furcht einflößender Gedanke sein sollen, aber ich fühlte mich seltsam ruhig. Ich verspürte ein Gefühl von Frieden, von dem Wissen, dass ich weiterleben würde und es mir gut gehen würde, was auch immer geschah.

Wir blieben in dem kleinen Park in der Nähe von Mitchs Haus stehen und setzten uns auf eine Bank. Moon Pie kam vor mich und stupste meine Hand mit seiner Nase an, und ich kraulte ihn hinter seinem linken Ohr. Aus irgendeinem Grund mag er es besonders, hinter seinem linken Ohr gekrault zu werden. Lieber als hinter dem rechten. Keine Ahnung, warum.

»Was ist heute Abend anders?«, fragte ich Mitch.

»Was meinst du?«

»Einfach, was ich gesagt habe. Was ist heute Abend besonders?«

»Nichts«, erwiderte er. »Es ist einfach nur eine Nacht wie jede andere.«

»Unmöglich. Das ist falsch. Keine Nacht ist genau wie die andere. Du schaust nur nicht genau genug hin.«

»Ich schaue, so gut ich kann«, erklärte er. »Nichts ist anders als sonst.«

»Wenn ich sehen könnte«, antwortete ich, »dann würde ich etwas entdecken. Du weißt, das würde ich.«

»Ja«, sagte Mitch. »Das würdest du vermutlich.«

»Also sieh so, wie ich es tun würde. Komm schon, Mitch. Es wird gut für dich sein.«

Er schwieg eine volle Minute oder zwei. Dann sagte er: »Heute Nacht ist da ein Ring um den Mond.«

»Gut«, erwiderte ich. »Das ist ein guter Anfang.«

»Woher kommt das?«, fragte er. »Weißt du das?«

»Eiskristalle in der oberen Atmosphäre.«

»Oh.«

Dann schwiegen wir ein paar Minuten, und ich kraulte Moon Pie weiter hinter dem linken Ohr. Ich hörte für eine Sekunde oder so auf, aber dann stieß er mich wieder mit der Schnauze an, damit ich weitermachte.

Mitch sagte: »Ich denke, ich habe dir keinen guten Dienst erwiesen, indem ich nicht über Pearl reden wollte. Du musstest darüber reden. Ich hätte dich dazu ermutigen sollen.«

»Da war nichts zum Reden«, stellte ich fest. »Sie ist gestorben. Es ist nicht so, als hätte ich nicht gewusst, wo sie war, oder so.«

Ich konnte hören, wie er einatmete. Das Gespräch hatte eine verquere, unbehagliche Wendung genommen. Als wäre alles am rechten Ort gewesen, bis Mitch entschied, es durcheinanderzuschütteln und seitwärts zu drehen.

»Ich weiß, es ist sehr schwer, sich vorzustellen, dass deine Mutter dich einfach irgendwo zurücklässt und verschwindet.«

»Das wäre es«, antwortete ich. »Wie gut, dass ich nie so etwas über Pearl denken musste.«

»Also ist es vielleicht einfacher, zu glauben, dass sie gestorben ist.«

»Sie ist tot.«

»Das können wir nicht wissen, Leonard.«

»Doch«, sagte ich. »Wenn jemand anfängt, irgendwo ohne seinen Körper aufzutauchen, dann kann man ziemlich sicher sein, dass er tot ist.«

Ich denke, wir redeten noch ein wenig darüber, aber es fällt mir schwer, mich genau daran zu erinnern. Ich weiß, Mitch sprach mehr davon. Es war, als hätte er ein Dutzend Jahre Zeug, das er sich von der Seele reden musste, und er schien es so zu sagen, wie er es sich aufgespart hatte zu sagen.

Ich bin mir nicht sicher, wie Leute das tun. Meine Gedanken ändern sich die ganze Zeit. Ich könnte Worte nie so lange an einem Ort halten.

Armer Mitch. Was er dachte, was Pearl getan hatte, war so furchtbar. Kein Wunder, dass er sich solche Sorgen machte.

Ich wette, er glaubte nicht daran, dass ich bei ihm bleiben könnte, nachdem ich gestorben bin.

Ich werde den Armen zu diesem Glauben bekehren müssen.

Ich erschaudere leicht, aber nicht so sehr aus Angst, sondern vor Aufregung, und ich frage mich, ob dies mein Augenblick sein wird. Ob dies meine Chance ist.

Ich richte meine Aufmerksamkeit wieder auf den Hängegleiter. Und die Klippen.

Ich nehme die Plane ab und schlüpfe in das Gurtzeug. Hake es ein.

Dann stehe ich am Abgrund, in jedem nur möglichen Sinn der Worte. Ich balanciere den Gleiter mit dem Steuerholm, spüre, wie der Wind die Tragfläche leicht anhebt. Es fühlt sich bereits an wie Flügel. Es fühlt sich bereits an wie *meine* Flügel.

Moon Pie springt hinter mir herum, bellt, wie er es tut, wenn wir zusammen am Strand sind und gleich in die Wellen laufen wollen. Er scheint es immer zu spüren, wenn ich irgendwohin gehen will, wohin er mir nicht folgen kann. Er hasst Augenblicke wie diese.

Ich vermute, das tun wir alle.

Ich mache drei oder vier schnelle Schritte, um Anlauf zu nehmen. Ich springe nicht, ich mache einfach noch einen Schritt. Dann habe ich keinen Boden mehr unter den Füßen, und ich fliege. Sieh mich an, Moon Pie. Ich fliege. Sieh mich an, Mitch. Nein, besser nicht. Hab ich vergessen. Das hier ist etwas, das du nicht würdest sehen wollen.

Ich blicke nach unten und sehe nichts als das Meer. Schwarz. Ich sehe den Mondschein auf der Wasseroberfläche glitzern, der am Horizont beginnt und sich wie flüssiges Licht darüber ergießt, wie eine schimmernde flüssige Folie.

Ich spüre den Wind, der an meinem Shirt zerrt, über meinen Kopf strömt und meine bloßen Füße kalt werden lässt.

Ich blicke hoch und sehe diesen Stern. Aus irgendeinem Grund sieht er heller und funkelnder aus als irgendeiner von den anderen Sternen. Ich habe das Gefühl, als könnte ich bis zu ihm hinfliegen. Vielleicht bittet er mich sogar darum, das zu tun.

Also wende ich mich von den Klippen ab und hinaus aufs offene Meer. Und das ist die Richtung, in die ich mich zu fliegen traue.

Mitch, 37 Jahre alt: freiwillige Blindheit

Die Nacht, in der wir schließlich zusammenbrachen und über Pearl sprachen, war unsere Nacht draußen, nach Leonards Operation.

Bis zu diesem Zeitpunkt hatte Leonard das Bett nicht verlassen, und ich hatte mich um ihn gekümmert.

An diesem Abend kam ich herein und fand ihn auf der Matratze sitzend. Er wirkte rastlos. Die Bandagen waren vor einigen Tagen entfernt worden. Er konnte Formen, Licht und Schatten erkennen, aber nicht viel mehr.

»Warum bist du auf?«, fragte ich. »Solltest du nicht lieber liegen bleiben?«

»Warum?«, erwiderte er. »Warum sollte ich mich hinlegen? Ich bin nicht krank, ich bin vollkommen gesund. Ich kann nur nichts sehen.«

»Ich dachte einfach, dass es bequemer für dich wäre.«

»Versuch du mal einige Wochen im Bett zu liegen, wenn du vollkommen gesund bist«, antwortete er. »Und dann sag mir, wie es für dich am bequemsten ist.«

Ich setzte mich neben ihn auf die Bettkante. »Was kann ich für dich tun, Leonard?«, fragte ich, weil wir ganz deutlich eine Grenze überschritten hatten und meine normale Pflege ihm nicht länger weiterhalf.

»Mach einen Spaziergang mit mir«, bat er.

Also tat ich das.

Es dauerte eine lange Zeit, bis er mir vertraute. Aber dann, als ich schon dachte, er würde es nie tun, tat er es plötzlich, und ich hatte dieses merkwürdige Gefühl, dass Leonard mir erlaubte, ihn auf eine Art zu führen, wie er das noch nie zuvor getan hatte.

So ein merkwürdiger Moment, und ich bin mir nicht ganz sicher, wie ich ihn beschreiben soll. Ich vermute, es war ein bisschen so, wie wenn man plötzlich von einer Behinderung geheilt wird, von der man gar nicht wusste, dass man sie hatte. Ich war noch nie jemandes Vater gewesen, wie sollte ich also wissen, wie es sich anfühlen sollte? Und da ich nicht wusste, wie es sich anfühlte, wie sollte mir auffallen, dass etwas fehlte?

Aber in dieser Nacht war es plötzlich da. Dieses Gefühl, der Anführer zu sein. Dass mir vertraut wurde.

Ich hatte es zuvor noch nie bewusst wahrgenommen, aber vorher, selbst als er erst fünf Jahre alt gewesen war, war Leonard immer neben mir gelaufen, und sehr häufig hatte er sogar die Führung übernommen.

Ich musste wohl ein zu großes Gefühl meiner eigenen Macht bekommen haben, denn ich wählte diesen Moment, um zu versuchen, über Pearl zu reden.

Leonard glitt einfach wieder in die Anführerrolle zurück, und schon nach wenigen Minuten fühlte ich mich dumm, weil ich nicht glaubte, dass sie gestorben, aber immer noch hier irgendwo um uns herum war.

Vielleicht wollte ich Leonards Version der Dinge glauben, aber es war schwierig. Ich vermute, ich bin einfach kein so großer Idealist. Es ist eines dieser Dinge, die sich einfach zu gut anhören, um wahr zu sein. Die Liebe, die niemals zerstört werden kann. Die Hingabe, die keine Macht, keine Umstände entzweibrechen.

Die Welt war voller Paare, die sich scheiden ließen, die schworen, dass sie Freunde bleiben würden, und die sich dann nicht mal mehr einen Blick gönnten. Die Welt war voller Mütter, die ihre Kinder zurückließen und einfach weggingen.

Das war die wahre Welt. Ob es uns nun gefiel oder nicht.

Leonard saß still dort und hörte diesem unendlichen Monolog von mir zu. All diese Sachen, die ich jahrelang aufgespart hatte. Zu diesem Zeitpunkt klang es alles viel zu eingeübt. Voller Schuld, weil ich ihm die Realität beibringen musste. Aber er hörte geduldig zu.

Wir saßen auf einer Parkbank, und er kraulte Moon Pie hinter dem Ohr. Aus dem Augenwinkel sah ich diesen geisterhaften Ring um den Mond, und es machte mich traurig, dass Leonard es nicht erkennen konnte.

Eiskristalle in der oberen Atmosphäre. Das ist es, was er mir sagte. Und er hatte ohne Zweifel recht. Warum hatte ich das nicht gewusst? Warum gab es nichts, was ich ihm beibringen konnte?

Als ich endlich zum Schluss kam, erwiderte er: »Armer Mitch. Es tut mir so leid, dass du das glauben musst.«

Das war es. Die Gesamtheit seiner Reaktion. Empathie für mich, weil ich die Welt nicht auf seine Art sah.

Und das wirklich Verrückte an dieser ganzen Sache ist, dass es nicht nur Leonard war. Plötzlich tat ich mir selbst auch leid.

* * *

Am Morgen stand ich auf und traf eine merkwürdige Entscheidung. Ich beschloss, dass ich für einen Tag blind sein würde.

Ich kletterte von der Galerie und sah mich nach etwas um, das ich als Augenbinde benutzen konnte. Ich nahm schließlich ein sauberes Geschirrhandtuch, der Länge nach gefaltet. Ich band es mir um die Augen, und dann stand ich in der Küche und fragte mich, was ich als Nächstes tun sollte.

Normalerweise würde ich Kaffee aufsetzen, die Zeitung lesen, meine E-Mails checken und ein Kreuzworträtsel machen. Schon jetzt schien die ganze Sache merkwürdig aus dem Gleichgewicht zu sein. Es war wie nach einer großen Katastrophe, wenn man noch unter Schock steht. Nichts geht so weiter wie zuvor. Keine Routine bleibt unverändert.

Ich kletterte wieder nach oben und ging zurück ins Bett.

Nach einer Stunde oder so wurde das Fehlen von Kaffee wichtig. Also beschloss ich, dass ich welchen würde machen müssen. Außerdem würde Leonard bald aufwachen und irgendeine Form von Frühstück brauchen. Wenigstens Müsli. Ich würde zurück in die Küche gehen müssen.

Aber, wissen Sie, diese verdammten Leiterstufen waren viel einfacher hochzuklettern als runter. In meinem jetzigen blinden Zustand, meine ich. Die Angst, zu fallen, beherrschte meine gesamte Aufmerksamkeit. Ich hätte schon vor Jahren lernen sollen, wie viele Stufen es waren. Ich hätte in der Lage sein müssen, sie im Schlaf zu bewältigen. Aber ich tastete mit meinem Fuß nach dem Fußboden, als wenn er mich beißen würde, wenn ich ihn fand, oder als wenn ich in den Tod stürzen würde, wenn ich ihn nicht dort fand, wo ich ihn vermutete.

Als ich im Wohnzimmer ankam, verstand ich Leonards Probleme in der Nacht zuvor besser. Während ich mich durch den Raum bewegte, dachte ich die ganze Zeit, dass ich gleich in etwas hineinlaufen würde. Auch wenn mir meine Logik sagte, dass auf dieser Höhe nichts war. Dennoch hielt ich mir beim Gehen schützend die Hände vors Gesicht. Und stieß mir prompt das Schienbein am Kaffeetisch.

Etwa als mein Zeh schmerzhaft mit der Küchentür kollidierte, beschloss ich, dass Schuhe eine gute Idee wären. Also stieg ich wieder hoch, schlüpfte in meine ledernen Seglerschuhe und musste die ganze gefährliche Kletterei nach unten noch einmal hinter mich bringen.

Ich fand schließlich den Weg in die Küche, aber es fühlte sich an, als wäre ich gerade während eines Kriegs durch feindliches Territorium gerobbt.

Ich ertastete die Kaffeemaschine, aber ich konnte mich nicht erinnern, wo ich die Filter gelassen hatte. Es schien, dass ich sie jeden Tag in eine andere Schublade oder einen anderen Schrank stellte. Ich hätte sie suchen müssen, was ich im Moment nicht tun konnte. Ich wusste, der Karton würde sich wie jeder andere Karton anfühlen. Ich wusste, sie konnten überall sein. Ich gab schnell auf.

Ich fand das Küchenkrepp auf dem Regal über der Spüle. Etwas, was ich jeden Tag an dieselbe Stelle legte. Und ich benutzte ein Blatt davon als Filter.

Ich habe den Kaffee immer im Gefrierschrank. Ich fand ihn leicht, weil er in einer auffällig geformten Tüte war, aber der Gefrierschrank war sehr voll, und eine Menge gefrorenes Essen regnete auf mich herab, auch auf meinen Fuß. Ich verbiss mir den Aufschrei, weil Leonard immer noch schlief, oder wenigstens hoffte ich das. Ich versuchte, alles aufzuheben, was mir runtergefallen war, aber ich war mir nicht sicher, wie weit die Sachen gerollt waren. Dann stieß ich mir die Stirn am Küchentisch und beschloss, einfach den verdammten Kaffee zu machen und alles andere auf dem Boden auftauen zu lassen.

Den Kaffee zu kochen funktionierte eigentlich ziemlich gut. Ich benutzte meine Hände, um mir zu merken, wie voll die Sachen waren. Ich benutzte einen Finger im Topf, um festzustellen, ob genug Wasser drin war, dann goss ich es in die

Kaffeemaschine, wobei ich mit einer Hand den Einlauf markierte. Ich begann, mich stolz zu fühlen.

Ich öffnete den Schrank, um mir eine Tasse zu nehmen, und stieß etwa ein halbes Dutzend Gläser und Porzellantassen auf den Küchenfußboden, wo sie um mich herum zerbrachen.

Ich hörte ein leises Geräusch, ein Scharren in der Küchentür.

»Mitch?«, fragte Leonard. »Was zur Hölle machst du? Eine Alien-Invasion abwehren?«

»Komm nicht rein«, wies ich ihn an. »Komm nicht rein, wenn du barfuß bist. Hier liegt überall zerbrochenes Glas.«

»Ach«, erwiderte Leonard. »Das hätte ich dir schon aus dem Nebenzimmer sagen können.«

Wir standen beide für einen Moment still da, schätzten uns gegenseitig auf die Arten ab, die man noch hat, wenn man sich blind begegnet.

»Was machst du, Mitch?«, fragte er wieder, leise, und ich fühlte mich getadelt. Als wenn ich etwas falsch gemacht hätte. Beschämt. »Komm her«, sagte Leonard.

Ich ging knirschend über die Glasscherben und trat etwas beiseite, was sich wie eine Packung gefrorener Orangensaft anfühlte.

Als ich an der Tür ankam, streckte Leonard die Hände aus und berührte das Küchentuch auf meinem Gesicht.

»Oh, Mitch«, sagte er und band es hinten auf, zog es mir runter.

Ich blinzelte ins Licht. »Ich wollte nur sehen, wie schwierig es sein würde.«

»Oh, Mitch«, sagte er wieder. »Versteh das jetzt nicht falsch – du weißt, ich liebe dich und all das –, aber das ist jetzt wirklich das Dümmste, was du je getan hast.«

Seine Bemerkung tat mir weh, und ich konnte das in meiner eigenen Stimme hören, als ich meine Idee verteidigte. »Warum? Warum ist es dumm?«

»Weil du Augen hast. Wenn du sie nicht hättest, würdest du damit umgehen. Du würdest zurechtkommen. Aber du hast sie. Also verwende sie.«

»Ich dachte, ich würde mich dir dann näher fühlen.«

»Wann haben wir uns einander am nächsten gefühlt, Mitch?«

»Ich weiß nicht. Wann denn?« Ich hatte eine Meinung zu dem Thema, aber dies war die Gelegenheit, seine zu hören.

»Wie wäre es mit letzter Nacht, als wir draußen spazieren gegangen sind? Weil du sehen konntest und ich nicht. Wir haben uns ergänzt. Es ist nichts Falsches daran, etwas zu haben, das ich nicht habe.«

»Ich wollte einfach die Welt durch deine Augen sehen.«

»Oder den Mangel an selbigen«, sagte er. »Freiwillige Blindheit wird sich niemals durchsetzen. Glaub mir. Einige Dinge macht man einfach nicht mit Absicht.«

»Möchtest du etwas Müsli?«, fragte ich. Vermutlich wollte ich nur schnell das Thema wechseln.

»Sicher. Danke.«

»Ich bringe es dir ans Bett. Lass mich nur erst die Scherben wegräumen.«

»Mit offenen Augen«, sagte er. »Oder du wirst dich verletzen.«

Nachdem er gegangen war, stand ich in der Küche und sah mich um.

Es waren tatsächlich ein Dutzend Tassen und Gläser kaputt. Porzellanbecher lagen mit abgebrochenen Henkeln auf der Seite. Eine Packung Hähnchenbrustfilet war halb unter den Ofen geklemmt, und zwei Packungen gefrorener Cranberrysaft waren unter den Tisch gerollt.

Ich goss den Kaffee in die einzige Tasse, die noch heil im Schrank stand. Gab etwas Kaffeesahne dazu und beobachtete, wie es sie herumwirbelte.

Dann machte ich mich daran, das Chaos zu beseitigen.

* * *

Gegen drei Uhr nachmittags kam Cahill mit seinem Sohn, John junior. JohnBoy nannten wir ihn. Sie waren auf ihrem Weg zum Baseball-Training.

Ich weiß, es ist schwer zu glauben, aber vor acht Jahren hatte Cahill Hannah geheiratet.

Ich weiß. Glauben Sie mir, ich weiß.

Zuerst einmal war Cahill der Typ, von dem alle am wenigsten erwartet hatten, dass er sesshaft werden, eine Familie gründen und seinen Sohn zum Baseball fahren würde. Zweitens hatte ich immer gedacht, dass Hannah insgeheim in mich verliebt sei. Und vielleicht war sie das auch. Ich weiß es nicht mehr.

Ich weiß nur, dass es mir gefiel, sie als eine Art Sicherheitsnetz zu betrachten. Was bedeutet, dass ich die letzten acht Jahre ohne Netz gearbeitet hatte.

Vielleicht ist es nicht einfach, jemandes Sicherheitsnetz zu sein. Vielleicht war ihre Verliebtheit einfach nicht groß genug gewesen. Vielleicht hatte ich Hannah schlecht behandelt, einfach dadurch, dass ich dachte, sie wäre es.

Leonard saß im Schneidersitz auf einem Stuhl beim Fenster. Er sah aus wie Buddha oder so. Er sah auch so aus, als würde er nach draußen schauen. Vielleicht tat er das auch. Zu diesem Zeitpunkt konnte er bereits mehr erkennen, aber wir versuchten, nicht darüber zu reden, wie viel. Zu viel Druck. Zu schwierig zu erklären. Er hatte einen Flaum von Bart, seidig weich, und ich hatte mich gefragt, ob ich ihm helfen sollte, sich zu rasieren.

JohnBoy ging in einer geraden Linie mitten durchs Wohnzimmer direkt zu Leonard.

»Hi, Doc«, sagte er, als er an mir vorbeilief, aber es war rein mechanisch. Leonard war das, was ihn anzog. »Hi, Leonard.«

JohnBoy betete Leonard an. Natürlich behaupte ich nicht, dass er damit falschlag.

»Hey, JohnBoy«, sagte Leonard, streckte die Hand aus und strich ihm mit den Fingern durchs unordentliche Haar.

»Kannst du schon was sehen?«

»Ein bisschen.«

»Wie viel?«

»Ein bisschen, aber nicht alles.«

»Wie ist das so?«

Leonard seufzte. Ich weiß, es ermüdete ihn, es zu erklären, aber das sagte er nicht.

»Es ist, als ob man in einem dunklen Raum ist und nur die Umrisse von den Dingen erkennen kann. Nur dass es nicht wirklich dunkel ist. Aber das ist, was man zu sehen bekommt.«

»Ist es schrecklich?«

»Nein«, sagte er.

»Also ist es okay?«

»Nun. Es ist nicht etwas, was man sich freiwillig aussuchen würde.« Dann wandte Leonard das Gesicht mir zu. Sah mich direkt an, auch wenn ich mir nicht sicher bin, wie viel er erkennen konnte. Schenkte mir ein kleines ironisches Lächeln. »Richtig, Mitch?«

»Ach, sei still, Leonard«, sagte ich.

* * *

Als ich am nächsten Morgen aufwachte, war Leonard nicht in seinem Schlafzimmer. Ich habe ihn überall gesucht. Selbst draußen.

Ich fragte Moon Pie. Laut.

Ich sagte: »Moon Pie. Wo ist Leonard hingegangen?«

Der Hund lag ausgestreckt auf dem Boden am Fuß der Leiter zum Schlafbereich. Bei dem Klang von Leonards Namen sah er hoch zur Galerie.

»Danke«, sagte ich. »Das war sehr hilfreich.«

Ich kletterte wieder nach oben und fand Leonard schlafend auf dem Fußboden neben meinem Bett.

Es sah unbequem aus, also hob ich ihn hoch und legte ihn aufs Bett. Seltsamerweise lag er ganz still in meinen Armen und wachte nicht auf.

Drei Nächte lang schlief Leonard auf dem Boden neben meinem Bett oder auf der Couch am Ende der Galerie oder am Fußende des Bettes wie ein treuer Hund. Er hat mir nie erzählt, warum, und ich habe nicht gefragt.

In der vierten Nacht kam Barb vorbei, und wir mussten nach unten in Leonards Zimmer schlüpfen und uns dort bei abgeschlossener Tür auf den Boden legen.

Es war eine heiße Sommernacht, und die einzige Klimaanlage war oben auf der Galerie. Leonard machte die Hitze nichts aus, aber er hasste die künstlich gekühlte Luft.

Als Barb und ich danach still beieinanderlagen, ich ausnahmsweise mal oben, merkte ich, dass ich vor Anstrengung schwitzte. Ich spürte, wie mir ein Tropfen über die Nase lief, und sah ihn im Halbdunkel auf ihrem Schlüsselbein landen.

»Er gibt zu, dass er dich braucht«, sagte sie.

Es war das Erste, was wir an diesem Abend über Leonard – oder über irgendetwas anderes – gesprochen hatten.

Es kam aus heiterem Himmel, es setzte nichts fort, der Abschluss einer Konversation, die wir nie begonnen hatten, und trotzdem passte es genau, als wenn ich es schon erwartet hätte, und ich war überhaupt nicht überrascht, es zu hören.

»Ich weiß«, erwiderte ich.

»Du solltest dich geschmeichelt fühlen.«

»Tue ich«, sagte ich.

Leonard, 18 Jahre alt: Wage es bloss nicht

Zuerst flog ich dicht am Rand der Felsküste entlang. Auch gar nicht mal so hoch. Nicht so viel höher als das Kliff, von dem ich gestartet war.

Ich wusste, ich sollte den Gleiter vorne hochbekommen und an Höhe gewinnen, aber ich machte es einfach so. Es war, als wäre ich gleichzeitig feige und tollkühn. Dicht an der Küste zu fliegen gab mir das Gefühl, als könnte ich jederzeit landen. Und das stimmte. Irgendwie theoretisch. Und es gab mir auch das Gefühl, als könnte ich abstürzen. Und das stimmte auch.

Dann sah ich ihn wieder, diesen einen großen Stern, direkt vor mir. Wie er über dem Meer hing.

Es mochte eine optische Täuschung sein, aber das war es, was ich sah: Da war ein Lichtstrahl von diesem Stern, und der streckte sich mir entgegen. Von dem Wind tränten mir die Augen, und je mehr ich sie zusammenkniff und durch die Tränen hindurch blinzelte, desto stärker pulsierte das Licht von diesem Stern, strahlte mich an. Griff nach mir. Und ich dachte, wenn ich nur ein wenig schneller werden könnte, dann könnte ich mich ihm entgegenrecken, und ich und das Licht, wir könnten uns in der Mitte irgendwo treffen. Obwohl ich nicht wusste, wo. Aber Pearl würde dort sein, sogar noch mehr, als sie es jetzt ist, und es würde zu Hause sein.

Ich dachte, woraus bist du gemacht, Leonard? Wessen Sohn bist du?

Und ich lenkte den Gleiter raus aufs Meer.

Der Wind bläst mir heftig in die Augen. Ich habe wieder diese Windtränen, und ich blicke zu dem Stern, warte darauf, dass er wieder nach mir greift. Seine Strahlen zu mir ausschickt und mich nach Hause holt. Aber er steht nur dort, und der Mond mit dem Ring aus Licht sieht nicht länger wie ein Ziel aus. Sondern vielmehr wie ein großes Stoppschild.

Und das Meer ist ganz weit unter mir.

Falls dieser Stern irgendetwas zu mir sagt, dann ist es nichts, was mich willkommen heißt. Wenn er etwas sagt, dann höchstens, wage es bloß nicht.

Wage es bloß nicht, dein Leben wegzuwerfen.

Darum weiß ich, dass ich dieses Mal wirklich knapp davor bin, und das erschreckt mich. Es erschreckt mich sehr, und ich bekomme Angst. Ich vergesse, wie sehr ich mir gewünscht habe, das hier zu tun, und ich beginne mich wie jeder andere zu fühlen. Ich möchte einfach nur leben. Das ist alles.

Falls Pearl irgendwo hier ist, dann in diesem Stern oder im Mond mit dem Heiligenschein. Oder noch wahrscheinlicher in beidem. Und sie will verdammt unmissverständlich, dass ich zurückkehre. Und weil ich das nie zuvor wusste, darum weiß ich jetzt, dass ich dieses Mal knapp davor bin.

Das trifft mich heftig, und ich verreiße. Viel zu heftig. Und ich bin immer noch viel zu nah am Kliff, dichter, als ich gedacht hätte. Es hat sich angefühlt, als wäre ich ewig aufs Meer hinausgeflogen – zu diesem Stern dort. Aber die Zeit hat mir einen Streich gespielt. Die Küste ist nicht so weit entfernt.

Ich gehe in den Sinkflug und steuere auf das Kliff zu, aber es kommt viel zu schnell näher, und ich versuche, wieder zu steigen. Doch ich zerre zu stark am Lenkholm, und ich lasse die Strömung abreißen. Weil ich erschrocken bin. Und ich versuche, das Absacken abzufangen, wie ich es gelernt habe, aber da ist kein Platz. Und man braucht Platz, um das abzufangen. Und ich habe keinen. Alles, was ich habe, ist ein zerklüftetes Kliff, das viel zu schnell näher kommt.

Ich weiß, da kann man vielleicht etwas tun, aber was?

Es gibt keine Zeit dafür, nachzudenken.

Die Nase des Gleiters kommt zuerst auf, und zwar hart. Ich möchte, dass er den Aufprall für mich dämpft, aber das Gestell ist ganz leicht und wenig stabil. Ich fühle und höre, wie das Gestänge knirscht, spüre die Aluminiumrohre nachgeben. Der gesamte Gleiter verzieht sich, verbiegt sich und zerbricht, und ich hänge in dem Gurtzeug und pralle gegen die Felsen. Mit dem Kopf, der Brust und den Knien, und dann falle ich. Im Sturz drehe ich mich um die eigene Achse, weil der Gleiter so verbogen ist.

Da unter mir sind entweder Felsbrocken oder Meer, die auf meinen Aufprall warten, was beides nicht schön ist. Während ich also durch die Luft wirbele, trifft mich die Erkenntnis – auf diese plötzliche, verkürzte Art und Weise, mit der einen Erkenntnisse treffen, wenn man gar nicht glauben würde, dass Zeit für irgend so was wäre –, was für ein ironischer Augenblick dies ist, um zu begreifen, dass ich leben möchte.

Felsen. Es sind Felsen.

Und eine Schwärze kommt wie ein Schock, nimmt mich mit.

Eine Weile nachdem ich aufgekommen bin – wie lange, das kann ich nicht sagen –, öffne ich meine Augen und sehe die Sterne und die Klippen über mir, allerdings verschwommen und irgendwie milchig, weil ich meine Kontaktlinsen verloren habe.

Dann wird wieder alles schwarz.

Und ich denke, ich bin blind. Ich denke, ich hätte all das kaputtgemacht, was Mitch für mich getan hat, dass meine Netzhaut abgerissen ist oder irgendwie all das ruiniert ist, was Gutes getan wurde, und dass ich nie wieder sehen werde. Ich versuche immer noch, zu atmen. Ich glaube, ich habe mir ein paar Rippen gebrochen, und ich weiß verdammt sicher, dass ich mir ein Bein gebrochen habe, und ich muss trotzdem atmen. Aber es ist alles schwarz, ohne Luft, und dann wird mir für einen Moment schwindlig. Ich öffne die Augen und sehe wieder die milchigen Sterne.

Und ich begreife, dass ich dabei war, bewusstlos zu werden, nicht blind. Es gelingt mir, etwas Luft in meine Lungen zu holen, aber meine Rippen sind angeknackst oder gebrochen, und es tut höllisch weh.

Aber ich bin am Leben, und ich kann sehen.

Moon Pie ist über mir auf den Klippen. Ich kann ihn nicht ausmachen, aber ich kann ihn bellen hören. Guter Junge, denke ich. Belle. Mach Krach. Aber es ist ein oder zwei oder vielleicht auch drei Uhr morgens, und ich weiß, da ist niemand, der auf den Krach aufmerksam werden kann.

Also liege ich auf den Felsen und atme.

Ich habe Blut im Mund. Ich berühre die Stelle an meinem Kopf. Die Stelle, an der ich mich verletzt habe, als ich gegen die Felsen geprallt bin. Als ich sie wegziehe, sind meine Hände ganz rot. Da ist eine Menge Blut. Es überrascht mich, wie viel. Da ist noch eine andere Stelle an meinem Hinterkopf, die ich mir gestoßen habe, als ich auf den Felsen aufgekommen bin. Mein Bein schmerzt wirklich heftig, und ich versuche den Kopf zu heben, um es anzusehen, aber irgendwas geht schief.

Dann öffne ich meine Augen, ich weiß nicht, wie viel später, und ich sehe nur, wo ich bin, und ich erinnere mich daran, dass ich mir mein Bein anschauen wollte, aber ich bin nicht sicher, was damit passiert ist.

Moon Pie bellt immer noch, und ich atme flach und schnell, weil es wehtut. Ich blicke hoch, und Pearl sitzt auf den Felsen, sieht zu mir herunter.

Ich bin mir ziemlich sicher, selbst jetzt, während es passiert, dass sie nicht da sitzt. Nur dass sie es doch tut. Ich meine, ich hab mir wirklich den Kopf angeschlagen. Pearl geht nicht in ihrem Körper an irgendwelche Orte. Nicht mehr. Aber ich hab mir so heftig den Kopf angeschlagen, dass ich sie nun mal so sehe.

»Pearl«, sage ich. »Ich hab dich so vermisst.«

»Leonard«, antwortet sie. »Versteh mich nicht falsch. Du weißt, ich liebe dich und all das. Aber das war wirklich, wirklich dumm.«

Sie ist genau in dem Alter, in dem sie war, als ich sie das letzte Mal gesehen habe, ungefähr achtzehn, und ihr Haar ist frisch gekämmt und sieht aus wie ein schwarzer Wasserfall. Über dem Meer weht heute Nacht eine steife Brise, zerrt an mir, aber ihr Haar bewegt sich nicht. Es fliegt nicht. Daran erkenne ich, dass sie nicht wirklich da ist. Bis auf den Umstand, dass sie es ist.

»Warum?«, will ich wissen. »Warum ist es dumm?«

»Weil du ein Leben hast«, sagt sie. »Wenn du's nicht hättest, würdest du damit fertigwerden. Aber du hast es. Also wirf es nicht weg.«

»Ich wollte dir einfach nur nahe sein«, erwidere ich.

Und dann trifft es mich in meinem Delirium, dass ich eine Unterhaltung wiederhole, die ich mit Mitch hatte, als er versucht hat, einen Tag lang blind zu sein, um sich mir näher zu fühlen. Aber ich wiederhole es mit vertauschten Rollen.

»Freiwilliger Tod wird sich nie durchsetzen«, sage ich laut. »Es ist einfach nichts, wofür man sich freiwillig entscheiden würde.«

Ich sage das. Ich übernehme jetzt beide Seiten. Ich sage auch die Pearl-Sachen. Und dann öffne ich meine Augen, und Pearl ist weg.

Oder vielleicht war sie auch nie da.

Ich atme mehrmals hintereinander flach und hebe meinen Kopf, um auf mein Bein zu schauen, und es ist verdreht. Ich glaube, es tut immer noch weh, aber es wird schwerer, sich da sicher zu sein. Ich lege meinen Kopf zurück und schließe die Augen, und ich weiß Dinge über mich, die ich nie zuvor wusste.

Ich weiß, dass ich einfach nur ein Mensch bin, wie jeder andere. Ich bin kein Geistwesen, das wie von Zauberhand dieses Leben verlassen und dorthin gehen kann, wo ich hingehöre. Ich gehöre genau hierhin, zusammen mit all den anderen Menschen, und der einzige Grund, weshalb ich etwas anderes gedacht hatte, ist, dass Pearl tot ist und ich sie mir zurückwünsche.

Jetzt kommt die Flut.

Eine Welle spült über die Felsen, und das Wasser ist erschreckend kalt, es ist, als wäre ich in Eiswasser geworfen worden. Es schmerzt mich an den Rippen und an meinem Bein, und ich schreie laut auf, und Moon Pie bellt verzweifelter.

Ich werde einen Weg finden müssen, die Felsen hochzukriechen und hier wegzukommen. Weil es kalt ist.

Aber dann, ein paar Wellen später, erkenne ich, dass es schlimmer ist. Das Wasser wird mich erfassen und mich gegen die Felsen schleudern und dabei meine gebrochenen Knochen durchschütteln.

Gerade, als ich das denke, tut es genau das.

Es trägt mich einen Felsen weiter und setzt mich ab. Da ist etwas Schmerz, aber jetzt werde ich von der Kälte des Wassers taub.

Ich erkenne den wahren Ernst der Lage erst, als die größte Welle bislang über mich hinwegspült, mich gegen die Felsen wirft und mich dann hinaus aufs Meer trägt. Ich klammere mich an einem Felsen fest, aber die Oberfläche ist glitschig und die Strömung zu stark. Ich versuche zu schwimmen, dagegen anzukämpfen, aber meine Rippen sind gebrochen, und ich habe mir den Kopf so fest angeschlagen, und das Meer ist stärker.

Ich greife nach dem, was der letzte Felsen sein könnte, aber meine Hände rutschen ab, und ich werde raus aufs Meer getragen.

Und ich denke, das war's. Ich habe gerade eben erst herausgefunden, wie verzweifelt ich leben möchte, und jetzt habe ich den Kampf verloren.

Mein Gesicht durchbricht die Oberfläche, und ich öffne die Augen und sehe wieder Pearl, wie sie auf den Felsen am Wasserrand sitzt. Sie wirkt nicht besorgt oder wütend. Ich will gerade meine Hand heben, um ihr zum Abschied zu winken, als ich von etwas festgehalten werde.

Das Gurtzeug.

Der verbogene, abgestürzte Hängegleiter steckt zwischen zwei Felsen fest. Und ich bin daran festgebunden, mit diesen Gurten. Das Gurtzeug gewinnt. Das Meer verliert. Es zieht und zieht und weicht zurück, und ich warte darauf, dass der Gleiter freikommt, aber das passiert nicht. Er hält mich fest. Dann spült mich eine weitere große Welle hoch auf die Felsen, schüttelt meine gebrochenen Knochen durch. Ich versuche, nach dem Gleiter zu greifen, aber ich verfehle ihn. Und ich muss alles noch einmal durchmachen.

Wieder hält der Gleiter.

Erneut öffne ich die Augen und sehe Pearl da sitzen, mich beobachten. Und mir wird klar, dass die Flut gerade erst zu steigen beginnt. Es sind noch Stunden bis zum Morgen. Die Schlacht, die ich gegen diese beiden Wellen ausgefochten habe, wird nur ein kleiner Teil eines sehr langen Krieges sein. Ich begreife, wenn ich mein Leben behalten will, werde ich mit Klauen und Zähnen darum kämpfen müssen.

Eine Welle presst mich abermals gegen die Felsen. Ich fasse eine Aluminiumstrebe des Gleiters, schlinge meinen Arm darum und halte mich daran fest, wie ich mich noch nie zuvor an irgendetwas festgehalten habe.

Pearl sitzt immer noch – oder sitzt eben nicht, wie der Fall auch liegen mag – direkt neben meinem linken Ellbogen.

Sie sagt: »Denkst du, ich wollte sterben?«

»Nein«, sage ich. »Ich denke, du wolltest bei mir bleiben.«

»Verdammt richtig«, erwidert sie. »Ich hatte keine Wahl. Aber du, du hast eine.«

»Ich möchte auch nicht sterben.«

»Es wäre dir fast gelungen, mich zu täuschen.«

»Ich möchte nicht jetzt sterben.«

»Gut«, sagt sie. »Wird auch Zeit.«

Die Wellen steigen höher, und ich bin so sicher, dass jede von ihnen den Gleiter anheben wird, ihn zwischen den Felsen rausholen und das Wrack – und mich mit ihm – ins Meer hinausspülen wird.

Aber ich halte mich weiter fest.

»Du bist mein Sohn«, erklärt sie. »Darum bist du stark.«

Ich bin überall taub von der Kälte, und mein ganzer Körper tut weh. Ich möchte wirklich nicht reden, aber es ist Pearl, und nachher wird sie vielleicht nicht mehr da sein. Und außerdem, wenn ich nicht rede, gebe ich auf.

»Hast du gekämpft?«, will ich von ihr wissen.

Pearl antwortet: »Nein.«

»Warum soll ich es dann tun?«

»Weil deine Würde nicht auf dem Spiel steht«, erklärt sie. »Um am Leben zu bleiben, gibt man der Welt alles außer der eigenen Würde. Das ist das Einzige, was man besitzt, wofür es sich lohnt, zu sterben. Jetzt sei still, und halt dich fest«, sagt sie.

Als ich meine Augen öffne, ist sie fort.

Ich bin allein hier draußen. Ich kann nicht einmal mehr Moon Pie bellen hören.

Ich mache mir Sorgen, dass ich das Bewusstsein verliere, und ich mache mir Sorgen um meine geistige Gesundheit. Wegen der Art und Weise, wie die Zeit sich ausdehnt. Daher beschließe ich zu singen. Oder, ich weiß nicht, vielleicht beschließe ich das auch nicht wirklich. Vielleicht fange ich einfach an. Es ist komisch, dass ich das Lied singe, das Pearl mir immer beim Zubettgehen vorgesungen hat. Ich wünschte, Pearl wäre hier bei mir, um es mit mir zu singen, aber ich kann ehrlich nicht behaupten, dass ich denke, sie ist es.

Dann, nach einer Weile, kann ich nicht mehr singen.

Ich bemerke, dass ich irgendwie weniger in meinem Körper bin als sonst. Ich kann mich dort unten auf den Felsen sehen, wie ich mich am Gleiter festklammere. Nicht weit unten. Aber trotzdem. Ich sorge mich, was das wohl bedeutet, wenn ich so aus mir rausgehe.

Dann, ein paar Minuten oder eine Stunde später – ich bin nicht länger in der Lage, Zeit einzuschätzen –, kommt eine große Welle, und ich kann spüren, wie sie den Gleiter anhebt, und ich kann das Kratzen hören, mit dem er sich von den Felsen löst. Dann fließt die Welle wieder zurück und nimmt uns mit. Ich bin jetzt wieder in mir drin. Ich hoffe, dass das ein gutes Zeichen ist.

»Ich hab's wirklich versucht«, sage ich in meinem Kopf zu Pearl, aber ich weiß, sie ist nicht mehr da. Schlimmer noch, ich weiß, dass sie es nie war. Ich meine, nicht so. Ich glaube immer noch, dass ich sie in einer Kerzenflamme und in einem Spatz gesehen habe, aber ich glaube nicht, dass sie auf den Felsen gesessen und mit mir gesprochen hat.

Ich fühle mich, als ob ich unter der Oberfläche des Wassers dahinwirbele. Blasen steigen aus meiner Nase auf, und ich kann den Atem nur noch kurze Zeit anhalten. Dann taucht mein Kopf auf, und ich bin außerhalb der Brandung. Und der Krieg scheint vorbei zu sein. Ich habe vermutlich verloren, aber wenigstens ist der Krieg vorbei. Es ist seltsam ruhig. Statt dem wilden Rumgezerre ist da nur noch eine sanfte Dünung.

Ich fühle mich, als könnte ich jetzt das Bewusstsein verlieren und mich ausruhen.

Ich kann nicht entscheiden, ob der Gleiter eher dafür sorgen wird, dass ich hinaus aufs Meer treibe, oder dafür, dass ich an den Strand gespült werde. Aber ich denke, ich sollte mich bald entscheiden, weil ich das Bewusstsein verlieren werde. Ich habe nur einen Schuss, und der muss treffen.

Ich löse das Gurtzeug. Ich habe beschlossen, dass ich versuchen werde, an den Strand zu schwimmen.

Ich fühle keine Kälte. Mir ist seltsam warm, und ich spüre keine Schmerzen. Ich bin ganz ruhig.

Ich mache einen kräftigen Schwimmzug, und sogleich ist der Schmerz wieder zurück. Er packt mich. Kommt hoch durch die Taubheit, und ich kämpfe und sinke beinahe, und dann halte ich sehr still und warte, dass er wieder nachlässt.

Ich rufe Pearl ein letztes Mal in meinem Kopf.

Ich blicke zum Mond, und alles wird schwarz und bleibt es auch.

Mitch, 37 Jahre alt: was Erwachsene tun

Ich komme von Jake und Mona nach Hause und denke, ich sollte nicht hier sein. Ich sollte ihn suchen. Aber ich weiß nicht, wo ich anfangen soll.

Wir wissen noch nicht einmal sicher, dass er irgendwo da draußen ist und mit dem Gleiter fliegt. Es ist diese offensichtliche, schreckliche Angst, aber wir wissen es nicht wirklich.

Aber sagen wir mal, er ist damit losgezogen, um zu fliegen. Er würde ihn ziemlich weit wegbringen, würde ich denken. Wie viele Hügel liegen in einem Fünfzig-Meilen-Radius von hier? Ein Teil von mir möchte zu jedem einzelnen persönlich hinfahren. Aber vermutlich ist es praktischer für alle Beteiligten, wenn ich einfach beim Telefon bleibe.

Ich versuche, meinen Schlüssel ins Schloss zu stecken, aber die Tür geht einfach auf. Was wirklich merkwürdig ist. Ich bin mir ziemlich sicher, dass ich abgeschlossen hatte. Ich schließe immer ab.

Sie öffnet sich mit einem leichten Knarren, und ich trete ein.

Kurz kommt mir der Gedanke – mit einem kleinen Zusammenziehen des Magens –, dass jemand im Haus sein könnte. Aber ich schiebe die Idee schnell beiseite.

Es wird gerade erst hell. Es ist so früh am Morgen, dass immer noch Dämmerung herrscht.

Ich schließe die Tür hinter mir und sehe mich um. Und tatsächlich, da ist jemand, sitzt in der Ecke. Für den Bruchteil einer Sekunde bin ich schreckensstarr. Aber dann beschließe ich, dass er wie Harry aussieht. Ich beschließe, dass es vermutlich nur Harry ist.

»Harry?«, frage ich. »Bist du das?«

»Gottverdammt, ja, ich bin es«, antwortet er.

Seine Stimme hört sich nicht richtig an. Ich meine, es ist Harry. Kein Zweifel. Aber da ist etwas in seiner Stimme, das nie zuvor da war.

Und da ist etwas auf dem Couchtisch vor ihm, das nie zuvor da war. Etwas, das mir nicht gehört. Der Couchtisch war wunderbarerweise leer. Ich hatte gestern Abend alles aufgeräumt, damit ich etwas Arbeit ausbreiten konnte. Dann habe ich die ganze Arbeit zusammengepackt und ins Büro gebracht.

Ich lege Pearls alten Umschlag auf den Couchtisch, neben das, was Harry mitgebracht hat. Ich kann einen großen Umschlag erkennen, und es sieht wie ein Stapel Fotos aus, vielleicht zwanzig mal fünfundzwanzig Zentimeter groß, leicht aufgefächert. Vielleicht Schwarz-Weiß-Aufnahmen. Aber Fotos von was – das kann ich nicht erkennen.

Ich drehe mich zur Lampe und mache sie an, um etwas Licht in die Situation zu bringen, die sich mehr und mehr wirklich falsch für mich anfühlt.

Als ich mich umdrehe, ist alles, was ich sehe, Harrys Faust. Sie füllt mein gesamtes Blickfeld aus, kommt auf mein Gesicht zu und trifft mich direkt auf den Nasenrücken.

Der Schmerz explodiert wie ein farbiger Blitz hinter meinen Augen, und dann sitze ich auf dem Boden.

Meine Güte. Wer hätte gedacht, dass Harry so zuschlagen kann?

»Du kleiner Mistkerl«, sagt er. »Ich habe dir alles gegeben.«

Der Schmerz in meiner Nase ist ein erstaunliches, strahlendes Ding, wie eine Mischung zwischen einem scharfen Brennen und den schlimmsten vorstellbaren Kopfschmerzen. Die Mutter aller Kopfschmerzen. Die Original-Kopfschmerzen.

Ich halte mir die Hände unter die Nase. Instinktiv möchte ich sie anfassen, aber ich traue mich nicht. Also befinden sich meine Hände einfach nur erstarrt unter meinem Gesicht, und mir wird langsam bewusst, dass sie sich mit Blut füllen.

Ich fühle eine Welle von Schwindel über mich kommen. Als sie vorbei ist, krieche ich hinüber zum Sofa und schaffe es, mich daraufzuziehen. Ich lege mich auf den Rücken, mit meinem Kopf über der Armlehne. Ich hoffe, dass die Blutung aufhört. Ich weiß, dass ich Blut auf allem habe. Dem Boden, dem Perserteppich, meiner Jeans, dem Sofa. Aber es scheint etwas zu sein, worüber man sich erst später Sorgen machen sollte.

Ich bin mir im Moment nicht sicher, wo Harry ist oder was er als Nächstes tun wird oder was ich zu ihm sagen soll. Es scheint nur, dass ich etwas sagen muss.

Ich will sagen: Mann, Harry, das ist aber eine ziemlich fiese Rechte, die du da hast. Aber es hört sich vielleicht zu flapsig an, und ich denke, das sollte ich im Moment besser nicht sein.

Ich sage: »Wie hast du es herausgefunden?«

Aber ich sage es leise, und niemand antwortet. Ich liege still und lausche, frage mich, ob er vielleicht schon gegangen ist. Aber dann höre ich ihn in der Küche rumoren.

Eine Minute später kommt er mit einem Plastikbeutel voller Eiswürfel zurück. Er legt ihn mir aufs Gesicht, und ich schreie. Wortwörtlich. Schreie.

»Mir ist klar, dass es brennt«, stellt er fest. »Aber das wird die Schwellung reduzieren.«

»Brennen trifft es nicht wirklich, Harry«, sage ich, als ich wieder sprechen kann. »Himmel. Ich glaube, du hast mir die verdammte Nase gebrochen.«

»Gut«, erwidert er.

Dann setzt er sich wieder in die Ecke. Nimmt seinen Drink zur Hand, der, wie mir jetzt klar wird, die ganze Zeit neben ihm gestanden haben muss. Neben dem Glas ist eine Flasche, und es ist meine. Es ist mein Scotch aus dem Schrank, und da ich selten Scotch trinke, war die Flasche am Anfang des Abends noch fast voll. Aber jetzt ist sie das nicht mehr. Und zum ersten Mal wird mir klar, in einem klaren mentalen Bild, dass Harry einige Zeit hier in meinem Wohnzimmer gesessen, meinen Scotch getrunken und auf mich gewartet hat, bis ich nach Hause kam, damit er mir die Nase brechen konnte.

Ich beschließe, nicht zu fragen, wie er hereingekommen ist.

Nach einer Minute greift er herüber, nimmt die Fotos vom Couchtisch – die, die ich immer noch nicht gesehen habe – und wirft sie mir auf die Beine.

Ich fühle eine Welle der Übelkeit, als ich sie hochhebe, und ich kann nicht sagen, ob sie von dem körperlichen oder dem emotionalen Schmerz kommt.

Es sind drei. Sie sind körnig, in Schwarz-Weiß, von schlechter Qualität, und nachdem ich sie einige Sekunden betrachtet habe, wird mir klar, dass sie durch mein Oberlicht gemacht worden sind. Wie, weiß ich nicht. Vielleicht von dem Baum oder von dem Telefonmast oder der Straßenlaterne auf dem Hügel. Ich weiß nicht, was jemand auf sich nehmen würde, wenn ein reicher und einflussreicher Mann willens ist, ihn zu bezahlen, um Fotos zu bekommen.

Was wirklich traurig ist, sind die Fotos selbst. Denn in ihnen haben wir keinen Sex. Ich sitze einfach nur nackt am

Fußende des Bettes und sehe ihr zu, wie sie sich anzieht. Das Einzige, was man wirklich erkennen kann, ist, dass meine Schultern gebeugt sind. Sie zieht sich den BH an und sieht über ihre Schulter zurück zu mir, als wenn sie sich gerade erst daran erinnert hat, dass ich überhaupt da bin.

Es ist, als wenn Harry jemandem sehr viel Geld bezahlt hätte, um diese Fotos von einer heißen Affäre zu schießen, und was er wirklich eingefangen hat, ist eine durchdringende Einsamkeit. Eine semi-erotische Trennung.

»Du hast sie überwachen lassen?«

»Ja«, erklärt er. »Ich habe sie überwachen lassen. Um zu beweisen, dass es nicht du warst.« Harrys Stimme hat jetzt ihre Angespanntheit verloren. Sie hört sich tiefer an als vorher. Sie hört sich an, als wenn er gleich anfangen würde zu weinen. »Denkst du, ich bin dumm? Ich bin nicht dumm. Ich wusste, dass da jemand war. Ich habe mich entschieden, es zuzulassen. Zugegeben, ich hätte nicht gedacht, dass es so lange dauern würde. Ich dachte, vielleicht zwei Jahre. Maximal vier. Marty hat versucht, mir zu sagen, dass du es bist. Ich habe es gemacht, um zu beweisen, dass er falschlag. Ich habe gesagt, Mitch ist wie ein Sohn für uns. Natürlich steht er ihr nah. Er gehört praktisch zur Familie.«

In der folgenden Stille kann ich meine Nase pulsieren fühlen. Das Eis sorgt dafür, dass es wehtut, also nehme ich es ab, aber das ist noch viel schlimmer. Es tut ohne viel mehr weh. Also lege ich es mit einem unabsichtlichen kleinen Wimmern wieder zurück.

»Warum hast du mir das angetan?«, fragt er. »Warst du eifersüchtig auf meinen Erfolg? Ist es das? Ist es, weil ich mehr Geld habe als du?«

Ich seufze. Und wünschte, wir müssten das hier nicht tun.

Ich frage mich, wo Barb ist und ob sie überhaupt weiß, dass er es weiß. Ob sie irgendwo ist, glücklich in ihrer Unkenntnis, dass das hier überhaupt passiert.

»Geld bedeutet dir viel mehr als mir, Harry.«

»Nun, dann sag es mir. Was habe ich gemacht, was dazu geführt hat, dass du mir das hier antun willst?«

»Ich weiß, dass es schwer für dich ist, das zu begreifen«, erwidere ich. »Aber es geht nicht immer nur um dich. Ich habe dir das nicht angetan.«

»Bullshit«, sagt er und nimmt einen weiteren tiefen Zug von meinem Scotch. Ich kann hören, wie er schluckt. »Bullshit. Jedes Mal, wenn du mit ihr geschlafen hast, hast du es mir gezeigt. Sei ein Mann, und gib es zu.«

»Ich bin ein Mann«, antworte ich. »Aber ich sehe das anders. Es war zwischen ihr und mir. Wir haben versucht, nicht damit anzufangen. Wir haben versucht, nicht mal allein zusammen zu sein, aber dann ist diese Grenze überschritten worden, und wir konnten nicht wieder zurück. Ich wusste nicht, wie ich aufhören sollte.«

»Du wolltest nicht aufhören.«

»Ich konnte nicht aufhören.«

»Bullshit. Du kannst alles tun, was du willst. Du hast nicht aufgehört, weil du es nicht wolltest.«

Ich liege einen Augenblick mit geschlossenen Augen da und denke über diese Aussage nach. Ich denke, es ist nicht fair, zu behaupten, ich hätte nicht aufhören können. Ich vermute, ich hätte es gekonnt. Es hat sich zu der Zeit zwar nicht so angefühlt, aber trotzdem. Ich war bereit, es für Leonard zu beenden. Ich habe sie lieber zur Tür rausgehen lassen, als Leonard aufzugeben. Aber für Harry war ich nicht willens, es zu beenden.

»Ich habe dich heute ruiniert«, fährt Harry fort. Er hört sich nicht glücklich an. Er hört sich fast an, als wenn er es bereut. »Ich habe rumerzählt, dass dir und deiner kleinen Firma nicht zu trauen ist. Am Ende des heutigen Tages wirst du keinen einzigen verdammten Kunden mehr haben. Pass nur auf. Denkst du, sie werden mir nicht zuhören? Wart's nur ab.«

Er steht auf, um zu gehen, und ich bin erleichtert. Ich will im Büro anrufen. Feststellen, ob die Kunden wirklich alle verschwinden. Ich möchte Jake und Mona anrufen und nachfragen, ob sie etwas Neues von Leonard gehört haben. Ich will Barb anrufen und rausfinden, ob sie es weiß. Ob es ihr gut geht. Ob der Bastard ihr auch die Nase gebrochen hat. In diesem Fall würde ich ihn leider töten müssen.

»Wenn du willst«, sagt er, »bring ich dich ins Krankenhaus. Du kannst dir die Nase richten lassen. Mit einem Taxi nach Hause fahren. Wenn du willst.«

»Ich verzichte. Ich muss beim Telefon bleiben.«

»Deine Entscheidung, Devereaux.«

Er bleibt mit der Hand auf der Türklinke stehen. Ich wünschte, er würde einfach gehen. Ich will ihn in Gedanken zwingen zu gehen. Aber natürlich hat er noch mehr zu sagen. Und mir kommt der Gedanke, als er den Mund öffnet, dass das vielleicht das Mindeste ist, was ich tun kann: ihm zuhören. Dass ich ihm das vielleicht schulde.

Dass ich ihm auf jeden Fall etwas schulde.

Er wischt sich die Augen mit dem Ärmel seines Sakkos. Als wenn ich nicht wüsste, was das bedeutet. Es ist merkwürdig, zu denken, dass Harry weint. Wie ein echter Mensch oder so was. Was, wenn er tatsächlich die ganze Zeit ein echter Mensch mit echten Gefühlen gewesen ist? Dann muss ihm das Ganze jetzt ganz schön wehtun.

Himmel, was habe ich getan?

»Warum magst du mich nicht?«, fragt er.

An jedem anderen Tag hätte ich das einfach beiseitegewischt, aber dies ist nicht jeder andere Tag. Dies ist heute, und ich schulde ihm was.

»Ich denke, ich habe dich immer etwas … unehrlich gefunden.«

Harry schnaubt vor Lachen. »Oh, das ist gut«, sagt er. »Das von dem Mann, der bei uns praktisch zur Familie gehört hat und dem ich alle geschäftlichen Möglichkeiten gegeben habe, die ich meinem eigenen Sohn geben würde, während er zur selben Zeit dreizehn Jahre lang hinter meinem Rücken meine Frau fickt. Und er denkt, *ich* bin unehrlich. Lass mich dir etwas sagen, Devereaux. Ein kleiner Junge nimmt sich, was er will, wann er es will. Ein erwachsener Mann weiß, wie viel Schmerz er willens ist, für seinen eigenen Spaß zu verursachen. Es ist ein Zeichen von Erwachsensein. Den Schmerz eines anderen über die eigene Befriedigung zu stellen.«

Ich beschließe, aufzustehen.

Ich schwanke einen Moment, versuche, das Gleichgewicht zu finden. Und es funktioniert. Ich stehe.

Ich sehe Harry in die Augen, den Eispack an der Seite, und ich sage: »Ich bin vielleicht nicht der Mann, der du möchtest, dass ich bin, Harry, aber ich bin ein Mann. Hör auf, zu versuchen, mir das wegzunehmen.«

Wir starren uns für ein Moment an, und dann sieht er zuerst weg.

»Wenn du versuchst, sie noch einmal zu treffen«, teilt er mir mit, »lass ich dir beide Knie brechen. Glaub nicht, dass ich nicht weiß, wie ich das arrangieren kann, weil ich es tue. Es ist vorbei, seit gestern. Ich hoffe nur, dass du das verstehst.«

Dann lässt er sich selbst raus.

* * *

Ich liege auf der Couch, den Kopf im Nacken, und warte, dass das Telefon klingelt. Ich wage es nicht, im Büro anzurufen, denn Leonard könnte sich melden, oder Jake und Mona mit

Neuigkeiten von Leonard, und dann würden sie hier niemanden erreichen. Ich frage mich, wie lange ich so weitermachen kann, ohne die Nase richten zu lassen. Frage mich, ob ich Aspirin habe und ob es es wert ist, das Haus dafür zu durchqueren, und ob mein Magen, obwohl mir schon schlecht ist, vier oder fünf vertragen würde.

Was ich nie vorhatte, war, einzuschlafen. Das Seltsame ist, ich fühle mich wach, aber jetzt habe ich diesen Traum. Diese merkwürdige lebhafte Art von Traum, die man im Halbschlaf hat, wobei es sich nicht wirklich wie Schlaf anfühlt.

Ich träume, dass ich Leonard auf einer belebten Straße sehe. Er läuft schnell weg. Ich habe Pearls Umschlag in der Hand, und ich will zu ihm, also renne ich ihm hinterher, um ihn einzuholen. Ich muss Leute aus dem Weg schieben. Aber Leonard ist wie eine Traumfigur oder ein Geist. Er verschwindet immer wieder, bevor ich ihn fassen kann. Und erscheint weiter weg wieder. Er erfindet sich ein Stück die Straße runter immer wieder neu.

Als ich ihn endlich einhole, lege ich ihm meine Hand auf die Schulter, und er dreht sich um.

Und es ist gar nicht Leonard. Es ist Pearl. Sie sieht nicht sehr glücklich aus.

»Ich wollte das hier Leonard geben«, sage ich. »Es ist seine Geburtsurkunde. Ich muss ihm das bringen, damit er weiß, wer er ist.«

Sie schüttelt nur den Kopf.

»Leonard weiß, wer er ist«, sagt sie.

Das Telefon klingelt, und ich schrecke hoch. Ich recke mich danach und hebe ab, wodurch mein Kopf nur noch mehr wehtut.

»Leonard?«, sage ich.

Es ist Cahill. »Was zur Hölle ist hier los, Doc? Es ist ein Massenexodus. In den letzten drei Stunden haben uns fünf

Kunden angerufen und gesagt, dass sie beschlossen haben, mit jemand anderem zusammenzuarbeiten. Was weißt du darüber? Was ist passiert, Doc? Was ist verdammt noch mal passiert?«

Ich halte meinen Kopf für einen Moment fest.

Dann sage ich: »Ich muss diese Telefonleitung frei halten.«

»Fick die verdammte Leitung«, sagt Cahill. »Wir haben das verdammte Armageddon hier unten.«

»Es gibt nichts, was ich tun kann«, erkläre ich. »Es gibt nichts, was du tun kannst. Schreib dir einfach einen Lebenslauf. Sieh zu, ob du irgendwo Arbeit finden kannst. Ich muss die Leitung frei halten, damit Leonard anrufen kann.«

Dann lege ich auf. Ich kann ihn immer noch wüten hören, als der Hörer die Gabel berührt.

* * *

Einige Minuten später, gerade als ich mich erneut hinsetze, klingelt das Telefon wieder. Und wieder stürze ich hin.

»Leonard?«, frage ich, verzweifelter als beim letzten Mal.

Es ist Barb.

»Ich weiß, ich sollte dich nicht anrufen«, sagt sie, »und ich weiß, dass dies dir weiter schaden kann, aber ich musste hören, ob es dir gut geht. Es tut mir leid, dass ich nicht früher angerufen habe, bevor er zu dir gekommen ist. Aber er hat mich keine Sekunde aus den Augen gelassen. Wenn du weißt, was ich meine. Frag mich nicht, wie er es herausgefunden hat, weil ich es nicht weiß. Vielleicht hat er uns überwachen lassen. Es schien keine gute Idee, ihn zu fragen.« Eine Pause. Ich will sagen, dass ich nicht erwartet hatte, je wieder von ihr zu hören. Aber die Worte kommen nicht. Also wird die Stille länger. »Ist er weg? Bist du allein?«

»Ja.«

»Ich komm nur für eine Minute rüber. Nur um mich mit meinen eigenen Augen zu überzeugen, dass es dir gut geht. Er wird so wütend sein. Aber ich werde ihm die Wahrheit sagen, und ich sage ihm, dass es meine Idee war, und dann kann er auf mich wütend sein. Okay?« Bevor ich antworten kann, fährt sie fort: »Ich muss dich einfach noch ein letztes Mal sehen.«

Ich öffne den Mund, um etwas zu erwidern, aber sie hat schon aufgelegt.

Ich sitze für einen Moment mit dem Wählton im Ohr da, und die Worte »letztes Mal« hallen in meinem Kopf nach. Nicht, dass ich nicht gewusst hätte, dass es vorbei ist. Nicht, dass ich gedacht hätte, dass ich sie mit viel Glück vielleicht noch ein letztes Mal sehen könnte.

Letztes Mal. Ein letztes Mal.

Es ist nur einfach die Endgültigkeit dieser Worte.

* * *

Ich setze mich auf der Couch auf, als sie kommt. Die Tür ist nicht abgeschlossen, und sie kommt einfach rein. Ich wünschte, ich hätte geduscht. Ich bin die ganze Nacht wach gewesen, und ich bin erschöpft und blutig, ich fühle mich nicht sauber. Mein Haar fühlt sich dreckig an. Mein Gesicht ist unrasiert. Ich hasse das Gefühl, dass dies ihr letzter Blick auf mich ist. Das ist nicht die Art, auf die ich in Erinnerung bleiben möchte.

»O Mitchell«, sagt sie. »O armer Mitchell. Sieh dich an. Warum hast du nicht zurückgeschlagen? Hast du nicht versucht, dich zu wehren? Mein Gott, Mitchell, du bist halb so alt wie er. Ich kann nicht glauben, dass du dich nicht gegen ihn verteidigen konntest.«

Ich weiß nicht, wie ich das beantworten soll, also versuche ich es gar nicht erst.

Ich sitze mit geschlossenen Augen da und fühle, wie ihre Hand leicht über meinen Haaransatz gleitet.

»Du hast Blut im Haar«, stellt sie fest.

»Tatsächlich?«

»Ja, genau hier.« Ein Streicheln ihrer Finger. »Getrocknetes Blut.«

»Oh.« Ich frage mich, wie Blut in mein Haar gekommen ist. Da es normalerweise ja nicht aufwärts fließt. Ich denke, es muss aus meiner Nase geflossen sein, während ich den Kopf in den Nacken gelegt habe.

»Komm mit«, sagt sie.

»Komm mit wohin? Komm mit, und tu was?«

»Ich will dir das Haar waschen.«

Ich folge ihr in die Küche. Setze mich auf einen Stuhl vor der Spüle, lehne den Kopf nach hinten. Sie gibt mir ein Geschirrtuch, damit ich es mir übers Gesicht lege, damit meine Nase nicht nass wird. Auch wenn ich nicht genau verstehe, warum das wichtig sein soll.

Ich fühle, wie warmes Wasser über meine Kopfhaut läuft, und dann ihre Finger in meinem Haar. Ich versuche das hier nicht als potenziell erregende Erfahrung zu nehmen.

»Es ist einfach so schnell passiert«, erkläre ich. »Es war nicht wirklich Zeit, mich gegen ihn zu wehren.« Ich muss das Handtuch ein Stück zur Seite bewegen, um das zu sagen.

Sie wäscht für ein oder zwei Momente mein Haar still weiter. Dann sagt sie: »Ist es das? Wirklich? Oder hattest du das Gefühl, du hättest nicht das Recht?«

»Das ist eine sehr komplexe Frage«, stelle ich fest. »Ich bekomme Kopfschmerzen, wenn ich nur darüber nachdenke. Bitte zwinge mich nicht, darüber nachzudenken, okay? Mein Kopf tut auch so schon genug weh.«

»Ich hasse es einfach, zu sehen, dass dir wehgetan worden ist«, sagt sie.

»Harry ist wehgetan worden.« Ich überrasche mich selbst damit, dass ich das sage. »Ich hab Harry jede Menge wehgetan.«

Sie antwortet nicht. Sie spült nur vorsichtig meine Haare aus. Drückt das überschüssige Wasser raus und trocknet sie ab. Dann macht sie ein Stück Küchenkrepp nass und wischt mir vorsichtig das getrocknete Blut aus dem Gesicht.

»Das ist besser«, sagt sie. »Ich habe es nicht ertragen, dich mit Blut im Haar zu sehen.«

»Das ist es also? Ich meine, du gehst einfach?« Sobald ich es sage, merke ich, dass etwas von ihrer Wärme verschwindet.

»Welche Wahl habe ich?«

»Du hast die Wahl. Du hast mindestens zwei Möglichkeiten, die mir einfallen.«

»Bitte fang damit erst gar nicht an, Mitchell«, sagt sie mit dieser Stimme, bei der ich normalerweise immer sofort aufgehört habe. Aber sie wird in einer Minute zur Tür hinaus sein und verschwinden, zum letzten Mal. Also warum sollte ich mich zurückhalten?

Mir fällt plötzlich auf, dass das letzte Mal, dass wir miteinander geschlafen haben, jetzt tatsächlich das letzte Mal sein wird, dass wir miteinander geschlafen haben. Das scheint nicht fair. Ich denke, ich hätte es vorher wissen sollen. Vielleicht hätte ich es mehr schätzen sollen. Wenn ich es nur gewusst hätte.

»Dreizehn Jahre«, sage ich. »Wie kannst du dem einfach den Rücken kehren?«

»Ich bin länger als dreizehn Jahre mit ihm zusammen«, stellt sie fest. Ernst. So wie ein Fremder mit mir reden würde. »Und wir haben zwei Kinder. Wie kann ich dem einfach den Rücken kehren?«

Sie bewegt sich zur Tür und lässt mich dort sitzen, mit einem Handtuch um meinen nassen Kopf. Ich stehe auf und folge ihr, weiß, dass irgendwas verzweifelt gesagt werden muss, weiß, dass ich es besser schnell ausspreche. Ich weiß, dass ich fast keine Zeit mehr habe.

»Hast du mich geliebt?«, frage ich.

Sie hält in der Mitte meines Wohnzimmers inne. Hält inne im Laufen. Hält inne mit allem. »Was?«

»Ich denke, du hast mich gehört. Ich frage dich, ob du mich je geliebt hast.« Ich überlege, warum ich in der Vergangenheitsform rede. Ich denke, es fühlt sich einfacher an, weniger aufgeladen, aber ich weiß nicht genau, warum.

Dann macht sie etwas Merkwürdiges. Oder mir scheint es zumindest merkwürdig. Sie läuft um mich herum und nimmt das Handtuch, das ich habe fallen lassen, und fängt an, das Blut vom Wohnzimmerfußboden aufzuwischen. Aber es ist angetrocknet, sodass es nicht einfach abgeht, und das scheint sie zu stören.

Sie hört damit auf. Sieht hoch und bemerkt das Blut auf der Couch. Alles ist zu viel für sie. So viel Unordnung. Ich sehe, wie sie innerlich aufgibt.

»Vielleicht Mineralwasser für das«, sagt sie.

Und mir fällt auf, wie vollkommen lächerlich das ist. Ich sehe sie an, und mir wird klar, dass sie jetzt älter aussieht, und ich möchte das als Ausrede benutzen, aber es funktioniert nicht. Sie sieht immer noch toll aus, finde ich. Jeder würde das finden. Aber das wirklich Lächerliche ist, dass wir über Mineralwasser reden.

Sie steht auf und lässt das Handtuch fallen. »Ich hatte gehofft, dass meine Taten für mich sprechen würden«, sagt sie. »Ich hatte gehofft, dass du's dir denken könntest.«

»Das ist nichts, was jemand sich denken können sollte«, sage ich. »Es hilft, wenn es einem gesagt wird.«

»Es ist schwierig für mich, diese Dinge auszusprechen.«

»Das ist mir klar.«

»Es tut mir leid, dass es so ausgegangen ist, Mitchell. Es tut mir alles wirklich sehr leid. Ich weiß, es tut dir weh. Aber ich weiß nicht, was du von mir willst.«

»Vergiss es«, erwidere ich. »Vergiss es. Egal. Danke, dass du gekommen bist. Danke, dass du nach mir geschaut hast.« Sie tritt zur Tür hinaus. Zum letzten Mal überhaupt.

Es war gestern vorbei. Ich wusste es nur noch nicht.

Und nun ist es schon heute.

* * *

Ich schlucke fünf Aspirin auf einmal. Trinke ein halbes Glas Wasser.

Ich sehe mich im Spiegel an, und es ist schlimmer, als ich gedacht hatte. Ich habe jede Menge Blut auf dem Hemd und dem Hals und den Händen, meine beiden Augen verfärben sich schon schwarzviolett.

Ich setze mich auf die Couch und mache einen furchtbaren Fehler. Ich fordere das Schicksal heraus, indem ich denke, dass dies gerade der absolute Tiefpunkt ist, weiter runter geht es nicht mehr. Ich hätte es besser wissen müssen. Für den Bruchteil einer Sekunde habe ich Leonard vergessen.

Eine Minute später klopft es an der Tür.

Ich will schon »Herein« sagen, aber dann überlege ich es mir anders.

Auf unsicheren Beinen gehe ich zur Tür. Spähe durch den Spion. Vergewissere mich, dass es nicht ein großer professioneller Kniebrecher ist.

Es ist Jake.

Mein ganzer Körper, mein Gehirn, mein Blut erstarren zu Eis. Es ist wie ein schlechter Traum, der Moment, auf den man lange gewartet hat, und all deine geistige Vorbereitung ist völlig egal, wenn es dann endlich klopft.

Ich öffne die Tür.

»Mitch«, sagt er. Er sieht erschreckt aus. »Was zur Hölle ist mit dir passiert?«

»Jake. Leonard?«

»Sie haben den Gleiter gefunden«, sagt er. »Der Gleiter ist an den Strand gespült worden.«

»Und …«

In meinen Ohren klingelt es, während ich auf die Antwort warte.

»Wir wissen es nicht«, sagt er. »Von ihm gibt es keine Spur.«

Leonard, 18 Jahre alt: Liebesgeschichte mit Meer

Zu meinem vierten Geburtstag ist Pearl mit mir zum Santa Monica Pier gefahren. Auf diese Weise, sagte sie, könnten wir einen Vergnügungspark besuchen, und ich könnte zum ersten Mal das Meer sehen, alles an einem Tag. Pearl nahm Geburtstage sehr ernst.

Es würde mein Tag sein, der ganze Tag, vom Sonnenaufgang bis zu dem Zeitpunkt, zu dem sie mich in den Schlaf sang. Ein normales Geschenk kann in weniger als einer Minute ausgepackt werden, und dann kann es schnell seinen Glanz verlieren. Pearl mochte Geschenke, die immer weitergingen.

»Wie ist das Meer?«, fragte ich auf der Busfahrt dorthin.

»Irgendwie wie ein See«, antwortete sie. »Nur viel größer.«

»Wie ist ein See?«

»Irgendwie wie der Silver Lake, nur netter. Kein Beton und kein Zaun.«

»Weil der Silver Lake nicht wirklich ein See ist, richtig?«

»Richtig.«

»Er ist ein Resavar.«

»Ja, etwas in der Richtung.«

»Und was hält die Leute davon ab, reinzufallen?«

»Was meinst du?« Sie schaute aus dem Fenster. Ich glaube, sie dachte gerade an etwas anderes.

»Wenn es keinen Zaun gibt wie beim Silver Lake, was hält dann die Leute davon ab, reinzufallen?«

»Nun, es hat kein steiles Ufer, das Meer. Darum fällt man nicht rein. Man muss reingehen.«

»Und machen Leute das?«

»Sicher«, erwiderte sie. »Die ganze Zeit.«

»Kann ich auch reingehen?«

»Klar.«

»Cool.«

* * *

Und ich bin reingegangen. Und ich denke, ich habe geschrien. Ich bin mir ziemlich sicher, dass ich geschrien habe. Weil es so kalt war und so wunderbar.

Ich wollte von ihr hochgehoben werden, damit ich sehen konnte, wo es aufhörte. Und das hat sie getan. Aber natürlich habe ich nicht sehen können, wo es zu Ende war. Es war wie Unendlichkeit. Damals kannte ich das Wort noch nicht. Unendlichkeit. Aber ich kannte das Gefühl. Und später, als ich das Wort lernte, kehrte das Gefühl zurück.

Wenn Pearl mich an die Hand genommen hätte und mit mir hinaus ins Meer gegangen wäre – einfach immer weitergegangen –, ich wäre ihr gefolgt. Ich denke, ich wäre erleichtert gewesen. Weil ich immer dieses verzweifelte Gefühl hatte, dass Pearl kurz davor war, meine Hand loszulassen und ohne mich in die Ewigkeit zu gehen.

Und natürlich hatte ich recht.

Vielleicht wusste ich es.

Oder vielleicht glauben das alle Kinder. Vielleicht haben alle Kinder diese Furcht, und ich hatte nur einfach das Pech, recht zu behalten.

Wie auch immer, es war ein absolut perfekter Tag.

Es geschah nur selten, dass wir den ganzen Tag nichts tun mussten, uns einfach nur lieb haben konnten. Ich war den ganzen Tag lang ihr Sohn, und sie war den ganzen Tag lang meine Mutter. Es war mein besonderer Tag, daher war alles nur für mich. Ich hätte nicht glücklicher sein können.

Wir tranken Orangenlimo und aßen Corn Dogs und Schokoriegel. Wir blickten durch die Ritzen zwischen den Brettern auf der Seebrücke, sodass wir das Meer darunter sehen konnten. Und wie weit unter uns es war. Sodass wir dieses verrückte Gefühl bekamen, als ob wir fallen würden.

Ich zog Stückchen von dem Belag meines Corn Dog und warf sie über den Pier den Möwen zu. Meistens fielen die Stückchen nach unten ins Wasser, und die Möwen mussten danach tauchen, aber ein- oder zweimal fing eine Möwe tatsächlich etwas aus der Luft. Ich konnte das nicht glauben.

Hey, das ist eine große Sache für einen Vierjährigen.

Wir fuhren Autoskooter, und dann ließ Pearl mich Skee-Ball spielen. Ich denke, ich war ganz gut. Jedenfalls besser, als ich erwartet hatte. Ich erinnere mich, wie zufrieden ich damit war, wie ich mich machte. Und ich weiß, Pearl war gut, weil sie es einmal schaffte, dass die blinkenden »Gewonnen«-Lichter angingen und ein Ticket aus der Maschine kam.

So müssen wir die Giraffe bekommen haben.

Alle, die wir sahen, lächelten und waren nett zu uns. Dieser Typ, den wir nie zuvor getroffen hatten, fuhr uns den ganzen Weg nach Hause, nach Silver Lake, damit wir nicht den Bus nehmen mussten.

Sie fehlt mir am meisten, wenn ich an diesen perfekten Tag denke. Damals war sie glücklich. Wir beide waren es.

Der Teil, an den ich mich am besten erinnere – weil es dieses erinnerungswürdige Verschmelzen von beängstigend und wunderbar war –, war die Zeit, als wir unter der Seebrücke waren. Im Dunkeln. Ich dachte, wir würden die ganze Nacht dort unten bleiben, aber ich bin mir nicht wirklich sicher, warum. Ich kann mich nicht mehr erinnern, ob sie das zu mir gesagt hatte oder nicht. Es ist alles so lange her. Aber dass die Nacht uns überhaupt draußen erwischte, war bemerkenswert. Pearl hielt nichts davon, im Dunkeln draußen unterwegs zu sein. Besonders nicht, wenn ich dabei war.

Das war nicht sicher.

Also taten wir damals etwas, das auf keinen Fall sicher war.

Und es war großartig.

Wenn man ein Kind ist und die eigenen Eltern nicht dafür sorgen, dass man sicher ist, dann ist alles, was man sich wünscht, sicher zu sein. Wenn man aber überbehütet wird, so wie Pearl mich überbehütet hat, dann wünscht man sich die Gefahr. Man sehnt sich nach Gefahr, genießt sie.

Oder bist dir wenigstens ziemlich sicher, dass du das würdest. Wenn du jemals welche erleben würdest.

Also waren wir da unter der Seebrücke, umgeben von der Nacht. Jedes Mal, wenn ich Luft holte, fühlte ich, dass die Nacht in meine Lungen drang. Ich konnte die Wellen hören, eine Art zischendes Rauschen. Ich konnte Leute über unseren Köpfen über die Holzplanken laufen und sich amüsieren hören, ohne dass sie ahnten, welch aufregender Gefahr wir uns alle aussetzten.

Es war wie das Gefühl, nach dem ich vorher am Tag gesucht hatte, als ich zum ersten Mal das Meer sah. Und ich es als was Unendliches sah, obwohl ich das Wort nicht kannte, um es zu beschreiben. Und ich wollte, dass Pearl meine Hand hielt und mich dorthin brachte, damit ich nicht alleine zurückblieb.

Und jetzt waren wir hier in der Nacht, die so gefährlich und aufregend war wie der Tod. Und ich durfte mit ihr dorthin.

Aber dann auf einmal nahm sie mich von dort weg, und kurz darauf waren wir fort. Auf dem Heimweg.

Und doch war der ganze Tag perfekt.

Ich war teilweise auch erleichtert, nach Hause zu kommen.

Pearl hat mir zwei echte Geschenke gemacht, während wir dort waren. Eines davon habe ich noch. Sie hat mir eine Stoffgiraffe geschenkt. Und einen Streifen mit Bildern von uns beiden zusammen. Ich glaube, sie hat die Giraffe beim Skee-Ball gewonnen. Meine Erinnerung ist in diesem Punkt ein bisschen verschwommen. Weil ich noch weiß, dass uns irgendjemand nachgelaufen ist und uns beim Karussell eingeholt hat und dass er die Stoffgiraffe bei sich hatte. Also glaube ich, sie hat sie gewonnen und dann vergessen, sie mitzunehmen. Das ist die einzige Erklärung, die Sinn macht.

Als ich am folgenden Morgen aufgewacht bin, war mein Kopf voll von dem perfekten Tag, voll von einer Welt, die ich nie zuvor gesehen hatte – von der ich nie gewusst hatte, dass es sie gab –, sodass ich meinte, es konnte gar nicht wirklich passiert sein. Es konnte nur ein lebhafter Traum gewesen sein.

Aber dann wachte ich auf, die Arme um die Stoffgiraffe geschlungen, die Pearl für mich gewonnen hatte, und die Bilder lagen auf meinem Kopfkissen, warteten auf mich.

Also war es einer dieser Träume, die wirklich wahr waren.

Ich habe die Giraffe immer noch. Mitch ist zu Mrs Morales' Haus gegangen und hat sie mir geholt, schon recht bald. Aber Pearl hatte diese Bilder auf meine Bitte hin an sich genommen und an einem sicheren Ort verwahrt. Und ich wusste nie, wo dieser Ort war.

Zweimal bin ich, als ich älter war, zu Mrs Morales' Haus gegangen und habe gefragt, ob da noch irgendetwas war, was Pearl dagelassen hatte. Sie sagte Nein, sie hätte alles in Kisten gepackt und zu Mitch gebracht, als sie das Apartment wieder vermietet hatte.

Wenn du weißt, du wirst jemanden nie wiedersehen, und du verlierst die einzigen Fotos von ihr, die du hast, fühlt sich das heftig an. Es fühlt sich an, als hättest du alles verloren.

Vielleicht hatte sie die Fotos bei sich. Vielleicht hat sie sie verloren, aber das bezweifle ich. Weil sie wusste, wie wichtig sie waren. Vielleicht hatte ich die Fotos auch nur geträumt, und es hat sie nie gegeben. Aber das denke ich eigentlich nicht. Ich erinnere mich ziemlich deutlich an sie.

Daher ist das jetzt, da ich sie schließlich wiedersehe, der Grund, warum ich weiß, dass ich tot bin.

Denn ich habe diesen Traum, wo ich meine Augen öffne, und das Erste, was ich sehe, sind diese Bilder. Ich vermute, Traum ist das falsche Wort, aber so fühlt es sich an. Die Bilder sind an etwas befestigt, das aussieht wie ein Metallgeländer, und ich kann unscharf eine weiße Wand dahinter erkennen. Dann muss ich meine Augen wieder schließen. Weil es wehtut.

Also denke ich dann, vielleicht bin ich doch nicht tot. Denn wenn ich tot wäre, dann hätte ich keine Schmerzen. Aber andererseits, wenn ich am Leben bin, dann dürfte es diese Fotos nicht geben. Weil sie schon so lange verschollen sind.

Es ergibt Sinn. Es ergibt einen sehr guten Sinn, zu glauben, dass die andere Seite ein Ort ist, an dem man die Augen öffnen kann – im übertragenen Sinn, natürlich – und dann dort sieht, was man verloren hat und was man sich am sehnlichsten zurückwünscht.

Wie wenn man Schach spielt und man mit einem Bauern bis zum Ende des Spielfeldes kommt und man ihn gegen eine andere Figur eintauschen kann. Ein gefallener Krieger, der wieder zurück aufs Schlachtfeld kann, genau so. Darum nimmt man natürlich den wichtigsten.

Vielleicht bin ich am Leben und träume.

Ich spüre, dass jemand meine Hand nimmt, und ich hoffe, dass es Pearl ist, aber ich wirbele jetzt wieder zurück nach unten, und es lässt sich einfach nicht sicher sagen.

Ich versuche, die Lider wieder zu öffnen, aber sie fühlen sich schwer an, und ich habe Schmerzen, und ich fühle mich, als glitte ich wieder nach unten, zurück in den Traum.

Und das ist alles, was ich für wirklich lange Zeit weiß.

Mitch, 37 Jahre alt: während Leonard schläft

Jake und Mona kommen und gehen.

Ich bleibe.

Jake kommt früh am Morgen vor der Arbeit. Bevor die Sonne aufgeht. Sitzt für eine Minute da und sieht Leonard beim Schlafen zu. Aber es ist ein Gefühl der Hilflosigkeit dabei. Danach geht er zur Arbeit. Er kommt um die Abendbrotzeit zurück, normalerweise mit Mona, die schon mindestens einmal mittags da war.

Ich bin hier, wenn sie kommen und wenn sie gehen. Sehe zu, wie Leonard schläft. Wenn das die richtige Bezeichnung dafür ist. Vielleicht ist er im Koma, aber ich weigere mich, in diesen Begriffen zu denken. Soweit es mich betrifft, ist er dabei, sich zu erholen. Sich auszuruhen, bis sein zerschlagener Körper wieder bereit ist. Ich bin davon überzeugt, dass dieser Zeitpunkt kommen wird.

Außerdem hat er gestern die Augen geöffnet.

Sein Krankenhausbett hat Gitter auf jeder Seite, und sie sind hochgestellt, damit er nicht rausfallen kann. Warum sie denken, dass das passieren könnte, weiß ich nicht. Aber ich habe die Bilder mitgebracht, die Mrs Morales in ihrer Wand gefunden hat, und ich habe ein kleines Stück Tesa hintendrauf geklebt und sie damit an einem der Gitter befestigt.

Und dann hat er gestern die Augen geöffnet.

Für eine Minute habe ich gedacht, dass er mich ansieht, aber seine Augen waren unfokussiert, und dann wurde mir klar, dass er die Bilder anblickte. Oder jedenfalls in die generelle Richtung schaute. Ob er wusste, was er da vor sich hatte, kann ich nicht entscheiden. Kann ich nicht mal raten. Aber irgendwas davon muss wenigstens unbewusst zu ihm durchgedrungen sein. Also weiß vielleicht zumindest ein Teil von ihm, dass sie da sind und auf ihn warten.

Was genau die Absicht dahinter ist.

Ich besteche ihn, zu mir zurückzukommen.

Ich habe seine Hand genommen, damit er weiß, dass ich da bin, aber seine Augen haben sich einfach wieder geschlossen, und ich habe seitdem nichts mehr von ihm gesehen.

Heute Morgen kam ein Arzt herein und hat meine gebrochene Nase getapt. Hat sie gerichtet und mit einer kleinen Plastikschiene fixiert und die festgeklebt. Es hatte angefangen, etwas weniger wehzutun. Jetzt bringt sie mich wieder fast um. Aber es war trotzdem nett von ihm.

Die Krankenschwestern haben versucht, mich dazu zu bewegen, Leonards Zimmer zu verlassen, damit sie mir die Nase versorgen können, aber ich hab mich nicht von der Stelle gerührt. Also haben sie es anders gemacht.

Jetzt habe ich meine eigenen Schmerzen, die ich aushalten muss, und das macht es schwieriger, einfach hier zu sitzen und zu warten. Also bin ich runtergegangen zur Kinderonkologie und habe mir zwei Bücher ausgeliehen. »Der Kater mit Hut« und »Grünes Ei mit Speck«.

Nicht für mich. Für Leonard.

Ich bringe sie nach oben und lese sie ihm vor, wieder und wieder. Meine Stimme hört sich merkwürdig nasal an.

Und ich versuche, nicht zu weinen, denn das Letzte, was ich jetzt noch brauche, ist, dass ich mir die Nase putzen muss.

Leonard hat zwei große Platzwunden am Kopf, jede mit einer fiesen kleinen Reihe von Stichen genäht, geschwollen und umgeben von Blutergüssen. Es fällt mir schwer, sie anzusehen. Aber ich gewöhne mich langsam daran. Sie sind ein Teil von ihm. Teil der Realität seines Lebens im Moment, zusammen mit den bandagierten Rippen und dem kompliziert gebrochenen Bein. Es ist die ganze Wahrheit, keine netten kleinen Lügen, um mich zu schonen. Wie: Ich war derjenige, der die Prügeleien angefangen hat, Mitch. Das Leben hat Leonard gerade heftig verprügelt, und es ist alles hier vor mir, sodass ich es sehen kann.

Ich versuche, das mit Fassung zu tragen. Und ich lese ihm ein weiteres Mal »Grünes Ei mit Speck« vor.

Dann kommt eine Krankenschwester und lächelt, und ich frage sie, ob ich mehr Bücher bekommen kann.

»Was für Bücher?«, will sie wissen. Als wenn sie nicht glauben kann, dass ich Kinderbücher möchte.

»Die Art, die man einem Fünfjährigen vorliest«, sage ich. Und dann, nachdem sie den Raum verlassen hat, füge ich noch hinzu: »Der gerade seine Mutter verloren hat.«

Ein paar Minuten später bringt sie mir einige, die ich selbst nicht ausgesucht hätte, aber sie sind in Ordnung. Eins über einen Troll unter einer Brücke und eins über einen ungeschickten Welpen, der es gut meint, aber nur Ärger macht.

Ich wünschte, ich könnte mich an das Lied erinnern, das Leonard sich vorgesungen hat, wenn er versucht hat, einzuschlafen. Das wäre jetzt perfekt. Aber es ist schwierig, sich daran zu erinnern, weil es keine echten Worte hatte. Es hat nicht wirklich Sinn gemacht.

Es wird schwieriger, nicht zu weinen.

* * *

Irgendwann mitten in der Nacht glaube ich, seine Stimme zu hören, und ich wache auf. Ich schlafe auf einem Klappbett neben seinem Bett, und ich glaube, dass ich träume.

»Mitch«, sagt er. »Hey.« Seine Stimme ist nur ein Flüstern und ganz schwach.

Ich mache das Licht an, aber seine Augen sind geschlossen, also denke ich wieder, dass ich es nur geträumt habe.

»Mitch«, sagt er wieder. Dieses Mal sehe ich, wie sich seine Lippen bewegen.

»Ja, Leonard«, antworte ich und nehme seine Hand. »Ja, ich bin direkt hier.« Ich wünschte, er würde die Augen öffnen und mich ansehen, aber das tut er nicht.

»Wenn du sterben würdest und hierbleiben könntest, solange du wolltest, und dich um jemanden kümmern, für wen würdest du bleiben, für mich oder für Barb?«

Seine Worte klingen undeutlich wie die von einem Betrunkenen.

Der Gebrauch ihres Namens sticht in mein Herz wie ein stumpfes, verrostetes Messer. Ich habe versucht, nicht darüber nachzudenken.

»Für dich«, sage ich. »Definitiv für dich.«

Leonard lächelt ein kleines bisschen. Was einfach wundervoll ist. »Jetzt verstehst du das mit der Für-immer-Liebe?« Wenigstens denke ich, das ist es, was er sagt. Er formt die Worte nicht sehr deutlich.

»Ja«, sage ich. »Ich denke, dass ich endlich aufgepasst habe.«

Ich bleibe die ganze Nacht wach und warte darauf, dass er wieder etwas sagt. Aber das tut er nicht. Ich sitze den ganzen Morgen bei ihm und denke, dass dies der Morgen sein wird, an dem er aufwacht. Ist es aber nicht.

* * *

Später in der Nacht, genau als ich denke, dass ich kurz davor bin, einzuschlafen, öffne ich die Augen. Leonards Gesicht liegt, mir leicht zugewandt, auf seinem Kissen. Meine Augen haben sich ziemlich gut an die Dunkelheit gewöhnt. Und es wirkt, als wären seine offen. Es ist, als ob er mich anstarrt und ich es gefühlt und darum meine Augen geöffnet hätte.

Ich knipse die kleine Leselampe neben dem Bett an, und er kneift die Lider zusammen und macht ein missbilligendes Geräusch.

»Tut mir leid«, sage ich. »Du bist wach.«

»Ich glaube, ich war tot«, erwidert er. Er hört sich immer noch ein bisschen betrunken an, aber schon deutlich weniger. Er bekommt intravenös Morphin, also denke ich, es ist nur zu erwarten, dass er nicht ganz da ist. Aber es klingt so, als wenn er dagegen ankämpfen würde. Als wenn er versucht, hier zu sein.

»Wann?«, frage ich. »Für wie lange? Denn, weißt du, jetzt bist du definitiv lebendig.«

»Ja«, sagt er. »Ich weiß. Es tut höllisch weh.«

Doch dann bekomme ich das Gefühl, dass er müde ist, dass es sehr anstrengend war, auch nur so viel zu sagen. Also dränge ich ihn nicht weiter, mir zu verraten, wann er seiner Meinung nach tot gewesen ist. Er liegt einfach nur da mit seinen Augen, die sich öffnen und wieder schließen. Dann wieder öffnen, dann flatternd wieder schließen.

Ein paar Minuten später schaut er mich an und sagt: »Du siehst furchtbar aus. Was ist passiert?«

Ich lächle und sage: »Das erzähle ich dir ein anderes Mal.«

»Du siehst schlimmer aus, als ich mich fühle.«

Mir fällt auf, dass die Fotos von Leonard und Pearl runtergefallen sind, also sammle ich sie auf und klebe sie wieder am Gitter seines Betts fest. Seine Augen öffnen sich flatternd, fixieren sich auf die Fotos und bleiben dort.

»Mitch«, sagt er. Es ist nur ein Flüstern. »Sind die wirklich hier? Wie sind die hergekommen?«

»Ich hab sie da befestigt, damit du sie sehen kannst.«

»Wo hast du die her, Mitch?«

»Mrs Morales hat sie in der Wand gefunden. In der Nacht vor deinem Unfall. Sie hat sie mir, etwa eine Minute bevor du achtzehn geworden bist, gegeben. Es ist fast wie ein Geburtstagsgeschenk von Pearl.«

Das und ein Nachname, den ich ihm sagen werde, sobald ich mir sicher bin, dass er präsent genug ist, um ihn zu verstehen. Sich an ihn zu erinnern.

Er blinzelt für einen Moment. Ich habe das Gefühl, dass er sich ausruht, um zu sprechen. Ich erinnere mich, dass ich überglücklich sein sollte, dass er wach ist und redet, aber in Wahrheit habe ich das nie infrage gestellt. Ich habe nie geglaubt, dass es irgendwie anders ausgehen könnte. Ich würde mich nicht mit irgendetwas anderem zufriedengeben. Ich würde nicht alles verlieren. Alles andere. Das ist in Ordnung. Aber nicht Leonard.

»Nun, Pearl hat Geburtstage immer ziemlich ernst genommen«, sagt er.

Dann kommt ein seltsames Geräusch von ihm, klein und irgendwie wimmernd, und ich denke, dass er sehr große Schmerzen haben muss. Irgendeine Art von schlimmem Krampf, der von dem Schmerz kommt.

Ich bin schon dabei, nach der Klingel zu greifen, um die Schwester herbeizurufen, als mir klar wird, dass er weint.

Also sitze ich einfach nur still bei ihm.

Ich möchte ihn in den Arm nehmen, wage das aber nicht. Mir fällt keine Stelle ein, die unverletzt genug ist, dass ich ihn halten kann. Also nehme ich nur eine seiner Hände und sitze bei ihm, während er weint. Nach einiger Zeit stehe ich auf und bringe ihm eine Packung Taschentücher. Putze ihm die Nase, als wäre er fünf Jahre alt.

Das ist die Aktivität, die die meiste Zeit unserer ersten Nacht in Anspruch nimmt.

Ich bin nicht überrascht. Ich hab das erwartet. Früher oder später musste er zusammenbrechen und um den Verlust seiner verschwundenen Mutter trauern. Ich hätte nur nie gedacht, dass er schon achtzehn Jahre alt sein würde.

* * *

Als ich Leonard endlich mit nach Hause nehmen darf – es gefällt mir sehr, zu sagen, dass er dies nun wieder sein Zuhause nennen kann –, ist er immer noch im Rollstuhl. Es geht ihm schon besser, aber nicht gut genug, dass er sich auf Krücken fortbewegen kann. Nicht mit seinem noch leicht gestörten Gleichgewichtssinn und all den gebrochenen Rippen.

Er sitzt geduldig in der Mitte des Wohnzimmers, während ich die Post reinhole. Ich bin einige Tage nicht zu Hause gewesen.

»Bekomme ich mein altes Zimmer zurück?«, fragt er.

»Ja, ich habe es für dich ausgeräumt. Hab ziemlich viel von deinem Zeug von … Jake und Mona geholt.« Ich hätte fast »von zu Hause« gesagt, aber ich muss mich daran erinnern, dass dies jetzt wieder sein Zuhause ist.

»Check deine Nachrichten«, sagt er. »Das Licht blinkt. Bist du nicht mal nach Hause gefahren, um deinen Anrufbeantworter abzuhören?«

»Nicht wirklich«, antworte ich.

»Fütter die armen Vögel. Oh, arme Pebbles. Armer Zonker. Haben sie überhaupt Wasser?«

Ich sehe nach, und sie haben welches. Aber nicht viel, und es ist dreckig, also gebe ich ihnen frisches. Ich hasse es, das zuzugeben, aber ich habe sie komplett vergessen. Ich bringe ihnen zwei

Tassen voll von dem Futtermix für große Vögel, mit getrockneten roten Paprika und ganzen Erdnüssen und Mandeln mit Schale. Und ich lege einen ganzen Apfel rein für Pebbles. Sie nutzt die Gelegenheit und versucht, mich zu beißen, für das, was ich ihnen angetan habe.

»Was, wenn sie dich im Büro gebraucht hätten?«, erkundigt sich Leonard.

»Es gibt kein Büro.«

»Ich hab keine Ahnung, wovon du redest, Mitch.«

»Es gibt keine Firma mehr. Sie ist weg. Das ist vorbei.«

»Einfach so?«

»Einfach so.« Ich gehe rüber und drücke auf den Abspielknopf auf dem Anrufbeantworter. Sortiere die Post, während ich zuhöre.

Die erste Nachricht habe ich schon gehört. Aber nachdem ich sie gehört hatte, bin ich nicht hiergeblieben, um sie zu löschen. Es ist Mona.

»Mitch«, sagt sie, und ihre Stimme klingt verzweifelt und unsicher. »Wir haben ihn gefunden. Er lebt. Er ist im Krankenhaus und in wirklich schlechter Verfassung, aber er lebt. Er ist drüben an der Bootsanlegestelle im Wasser getrieben, und irgendein Typ hat den Gleiter gesehen, als er morgens zum Fischen rausfahren wollte. Noch vor der Dämmerung. Es ist wie ein Wunder, Mitch. Er hat es geschafft, sich auf den Gleiter zu ziehen, weit genug, um oben zu bleiben. Und der Gleiter ist nicht gesunken, obwohl er ganz kaputt war. Du musst herkommen, Mitch. Er ist schon seit Stunden im Krankenhaus. Lange bevor der Gleiter ans Ufer gespült wurde. Aber sie wussten nicht, wer …«

Mona redet weiter, aber Leonard unterbricht sie, redet über ihre Stimme hinweg. »Das ist irgendwie merkwürdig«, sagt er.

»Was?«

»Ich kann mich wirklich nicht daran erinnern, dass ich mich auf den Gleiter gezogen habe. Ich bin mir fast sicher, dass ich im Wasser war, als ich ohnmächtig geworden bin.«

»Vielleicht hast du dich hochgezogen, nachdem du ohnmächtig geworden bist.«

Ich scherze, aber nicht wirklich. Manchmal tut man merkwürdige Dinge, wenn man es dringend genug braucht. Dinge, von denen man nie gedacht hätte, dass man das könnte, die eigentlich unmöglich sein sollten. Ein Auto hochheben. So was.

Die nächste Nachricht. Wir hören das Geräusch, mit dem eine neue Nachricht beginnt, und wir sind leise und warten. Erst ist da nichts. Keine Stimme. Als wenn jemand gleich wieder auflegen würde.

Dann vier Worte. Nur vier. Mit einer so bekannten Stimme, dass ich weinen könnte.

»Ich habe dich geliebt.«

Meine Kopfhaut kribbelt auf merkwürdige Weise, und ich beschließe, dass es eine gute Idee wäre, sich auf die Couch zu setzen, also tue ich es.

Leonard sagt: »Das hat sich nach Barb angehört.«

»Das war sie auch.«

»Warum sagt sie das in der Vergangenheitsform?«

Ich atme tief ein, so tief, wie ich um den dicken Mühlstein auf meiner Brust herum kann.

Ich war so auf Leonard konzentriert, und das war sehr praktisch. Eine Art, einen weiteren vernichtenden Verlust zu überdecken, aber ich weiß, er ist immer noch da draußen. Wartet auf seinen Moment. Wartet darauf, reinzukommen. Darauf, zu insistieren, gefühlt zu werden.

So wie jetzt.

»Die Sache ist die«, sage ich, »das ist irgendwie auch vorbei.«

»Einfach so?«, fragt er.

Er sieht so klein aus in seinem Rollstuhl mitten im Raum. Sein riesiges Gipsbein ist auf einer Stütze gerade nach vorne abgelegt. Das Haar um seine Kopfwunden fängt langsam an nachzuwachsen. Jetzt, wo er meinetwegen traurig ist, sieht er kleiner und noch verwundeter aus.

»Einfach so.«

»Armer Mitch«, sagt er. »Nach all diesen Jahren.« Dann sitzen wir für einen Moment still, und er sagt: »Aber dennoch. Ich verstehe nicht, was die Vergangenheitsform soll. Ich meine, sie hat in den letzten paar Tagen nicht aufgehört, dich zu lieben. Oder?«

»Ich vermute nicht«, sage ich. »Ich vermute, es ist nur ein Schutzschild, den sie benutzt. Um in der Lage zu sein, überhaupt so etwas zu sagen.«

Leonard nickt. Ich kann sehen, wie er das in seinem Kopf zusammensetzt, mit den vielen anderen Informationen, die er mit eigenen Augen gesehen hat und von denen er weiß, dass sie wahr sind.

»Armer Mitch. Du hast wirklich alles verloren, was?«

»Nein«, erwidere ich. »Nicht alles.«

Ich rolle ihn in sein Zimmer und helfe ihm auf sein neues Bett. Es ist schwierig, denn wenn ich ihn zu fest halte, tun ihm die Rippen weh. Und wenn ich es nicht fest genug tue, fällt er vielleicht.

Ich mache es, so gut ich kann, und er gibt kaum ein Geräusch von sich, aber ich merke, dass es nicht besonders angenehm für ihn ist.

»Es ist merkwürdig«, sagt er. »Ich erinnere mich wirklich nicht, mich auf diesen Gleiter gezogen zu haben. Ich bin ziemlich sicher, dass ich im Wasser war, als ich ohnmächtig geworden bin.«

»Du musst wirklich dringend den Wunsch gehabt haben, zu überleben.«

»Das hatte ich«, sagt er.

»Offensichtlich«, erwidere ich.

Leonard, 18 Jahre alt: lieben im Präsens

Warum komme ich mir genau jetzt zu jung vor? Das habe ich noch nicht wirklich herausgefunden. Ich denke nicht mal, dass ich versuche, es zu ergründen. Ich gebe ihm nach. Lasse ihm seinen Willen.

Es ist ungefähr Mitternacht, aber ich schlafe nicht. Natürlich habe ich zu den verrücktesten Zeiten geschlafen. Und praktisch den ganzen Tag.

Aber jetzt ist es Nacht, und es ist dunkel. Und ich bin allein. Und das macht mich ein kleines bisschen einsam, und es macht mir auch ein bisschen Angst.

»Mitch?« Ich rufe das ziemlich laut. Sein Zimmer befindet sich gleich über meinem. Wenn ich so hoch reichen könnte, würde ich an die Decke klopfen. Weil es wichtig ist. »Mitch?« Mir tun die Rippen weh, wenn ich schreie. Aber ich tue es trotzdem.

Es ist erstaunlich, wie sehr sich das hier schon wieder wie zu Hause anfühlt.

Eine Minute später kommt er herein, blickt auf seine Armbanduhr. Aber sie ist nicht an seinem Handgelenk. Er hält sie in der Hand, als er durch die Tür kommt. Und schaut sie an. Es ist gerade genug Licht da, dass ich sehen kann, wie er das tut. Nicht genug, dass er erkennen kann, wie spät es ist.

»Ich glaube, es ist noch zu früh«, sagt er.

Was ein bisschen verwirrend ist. Denn wenn überhaupt, dann rufe ich zu spät in der Nacht nach ihm.

»Zu früh für was, Mitch?«

»Für dein Schmerzmittel.«

»Das wollte ich gar nicht.«

»Oh. Was denn?«

Er sitzt mit mir zusammen auf der Kante meines Bettes. Und dann fühle ich mich verlegen und komisch.

»Ich möchte nicht alleine schlafen. Kann ich oben bei dir sein, so wie wir es früher manchmal gemacht haben?«

Ich höre ihn im Dunkeln atmen, und dann sagt er: »Ich weiß nicht, wie wir dich hoch auf die Galerie schaffen sollen.«

»Wir könnten es doch huckepack versuchen. Ich halte mich einfach an deinem Hals fest.«

»Leonard. Das hat vielleicht funktioniert, als du fünf warst. Und im Moment würde ich mir auch zu viele Sorgen machen, dass ich dich fallen lasse. Aber was, wenn ich das Rollbett hier hereinbringen und bei dir schlafen würde?«

»Okay«, erwidere ich. »Das wäre gut.«

* * *

Nachdem er zu mir umgezogen ist, kurz bevor er sich zum Schlafen hinlegen will, sage ich: »Mach bitte eine Kerze an. Okay, Mitch?«

Ich hoffe, dass er jetzt wach ist, sodass wir eine Weile miteinander reden können. Ich fühle mich wirklich nicht so, als könnte ich bald einschlafen.

Er muss eine Kerze von der Schlafgalerie holen.

Dann, als er sie anzündet, erkenne ich, dass ich eine Antwort auf eine entscheidende Frage erhalten werde. Und ich habe Angst, als wäre ich noch nicht bereit, es zu wissen. Also halte ich die Augen fest geschlossen.

Ich liege auf dem Rücken, das Gesicht zur Decke, und beobachte den flackernden Lichtschein durch meine geschlossenen Augenlider.

»Weißt du, was noch komisch ist?«, sage ich. Als hätten wir in den Stunden, seit wir das letzte Mal miteinander gesprochen haben, nie aufgehört, diese Unterhaltung zu führen. »Ich schaue immer auf diese Bilder von mir und Pearl. Und sie wirkt so beunruhigt. Als hätte sie Angst. Wir hatten diesen wundervollen Tag, an dem wir einfach nur Spaß hatten. Aber sie wirkt abgelenkt und verängstigt. Und ich weiß nicht, warum.«

»Sie war erwachsen«, bemerkt Mitch. »Eine überaus junge Erwachsene, aber trotzdem. Erwachsene haben oft irgendetwas, was ihre Gedanken beschäftigt, worüber sie sich Sorgen machen. Warum hast du deine Augen so fest zugekniffen? Geht es dir gut?«

»Sage ich dir später«, antworte ich. »Das sage ich dir, wenn du mir erzählst, was mit deinem Gesicht passiert ist.«

»Ah«, sagt Mitch. Er klingt nicht verschlafen. »Verstehe. Bewegen wir uns jetzt in eine dieser neuen Phasen, in der wir einander nichts als die nackte Wahrheit sagen?«

»Vielleicht«, erwidere ich. »Ich denke schon.«

»Okay. Ich vermute, damit komme ich klar. Harry hat mir die Nase gebrochen.«

»Oh.«

»Weil er das mit mir und Barb herausgefunden hat.«

»Oh.« Darauf denke ich eine Weile herum und sage dann: »Wer hätte geahnt, dass Harry zu solcher Leidenschaft fähig ist?«

»Das habe ich auch gedacht«, erwidert er. Er klingt aufgeregt, dass jemand so denkt wie er.

Es fühlt sich gut an, dass wir miteinander reden. Wirklich reden. Über Dinge, die wichtig sind. Über Dinge, die wahr sind, selbst wenn sie uns nicht in dem schmeichelhaftesten Licht zeigen.

Meine Augen sind immer noch fest geschlossen.

Ich sage: »Er muss am Boden zerstört sein.«

»Ja«, antwortet Mitch. »Ich habe ihm wirklich wehgetan.«

»Also fühlen wir uns beide im Moment ziemlich schuldig.« Er fragt nicht einmal. Wartet einfach geduldig. Lässt mir Zeit, das näher auszuführen. »Ich weiß, ich habe euch eine Menge Sorgen bereitet, dir, Jake und Mona und den anderen Kindern. All den Leuten, die mich lieben. Ich weiß, das war wirklich schwer für euch. Und es tut mir leid, dass ich so dumm war.«

»Entschuldigung angenommen«, erwidert er, und wir liegen eine lange Weile still da.

Ich habe meine Augen immer noch nicht geöffnet.

Dann fragt Mitch: »Kann ich dir eine wirklich wichtige Frage stellen?«

Ich denke, ich weiß, was er fragen will. Auch wenn es eine Meile von allem entfernt ist, worüber wir gerade erst gesprochen haben.

»Du möchtest wissen, ob Pearl immer noch bei mir ist.«

»Woher wusstest du, dass ich das fragen wollte?«

»Keine Ahnung. Ich wusste es einfach.«

»Also. Kann ich fragen?«

»Bin mir nicht sicher.«

»Du bist dir nicht sicher, ob ich fragen kann?«

»Nein. Du kannst fragen. Ich bin mir nicht sicher, ob sie noch bei mir ist. Ich sag's dir in einer Minute.«

Ich öffne die Augen. Ich blicke in die Kerzenflamme und weiß es. Es ist ein süßes, angenehmes Wissen, obwohl es nicht wirklich die Antwort ist, die ich möchte. Die Flamme hat diese Offenheit, als enthielte sie noch einen geheiligten Ort, aber genau in diesem Moment ist sie nicht besetzt von irgendeiner heiligen Person, einem Ort oder Ding im Besonderen.

»Nein«, sage ich. »Sie ist nicht mehr bei mir.«

»Oh.«

»Aber danke, dass du geglaubt hast, dass sie es war.«

»Jederzeit gerne, Leonard.«

»Du weißt, was das heißt, nicht wahr?«

»Nein. Was heißt es?«

»Es heißt, dass es mir gut gehen wird. Weil es ausgeschlossen ist, dass Pearl weiterziehen würde, wenn sie nicht sicher wüsste, dass es mir gut gehen wird.«

»Stimmt«, sagt Mitch.

Dann schweigen wir so lange, dass ich denke, er ist eingeschlafen.

Nur damit ich sicher bin, ob wir mit Reden fertig sind, erkläre ich: »Mitch, ich hab dich lieb.«

»Ich weiß«, antwortet er. »Ich liebe dich auch, Leonard.«

»Genau jetzt«, sage ich. »Im Präsens.«

»Ich weiß, dass du das meintest. Das ist die einzige Art von Liebe, zu der du fähig bist. Das ist der Grund, warum wir uns mit dir abgeben.«

»Oh, das also ist es.«

»Das und das coole Tattoo«, sagt Mitch.

Brief von Chet Milbourne

Zunächst möchte ich sagen, wie komisch es ist, einen Brief zu schreiben, wenn man kaum weiß, an wen. Ich meine, man kann nicht mal schreiben: »Lieber Soundso«, wie man es normalerweise tut. Man weiß kaum, wie man anfangen soll. Aber eigentlich habe ich ja ohnehin schon einfach angefangen, daher geht's jetzt los.

Die andere komische Sache ist – im Geiste seh ich Sie mit ungefähr vier oder fünf Jahren, weil das einzige Mal, dass ich Sie gesehen habe, waren Sie das. Ich weiß, Sie sind jetzt ein erwachsener Mann, vermutlich dreißig oder so, aber trotzdem sehe ich, wenn ich meine Augen schließe, das Kind mit den abstehenden Haaren. Weil das alles ist, was ich von Ihnen weiß, alles, was ich mit meinen eigenen Augen gesehen habe. Ich sah Sie nur das eine Mal.

Ich weiß, ich vermassel das hier, und es tut mir leid.

Was ich sagen möchte, ist, dass ich weiß, was in jener Nacht mit Ihrer Mutter passiert ist, und Sie haben ein Recht, es zu wissen, und hätten es schon längst, lange vor diesem Brief hier, erfahren müssen. Mir wird das immer leidtun, wenigstens solange ich lebe, daher sollte es mir besser schnell leidtun, aber davon später mehr.

Es ist auch komisch, sich so viel von der Seele zu schreiben an jemanden, der das hier vermutlich nie bekommen wird. Und auch zu wissen, dass Sie mich hassen werden, wenn Sie es doch bekommen. Aber vermutlich erreicht dieser Brief Sie gar nicht. Ich werde ihn meiner Tochter geben und sie bitten, ihn in dem Haus abzugeben, wo Sie und Ihre Mutter ein Zimmer gemietet hatten. Vielleicht erinnert sich die alte Dame an etwas. Ich denke mir, wenn jemand ein Zimmer an ein junges Mädchen vermietet, das eines Tages spurlos verschwindet (und ihr Kind zurücklässt), dann würde man das vermutlich nicht so leicht vergessen.

Ich jedenfalls habe nie vergessen, wo das Haus ist, weil ich dort in jenem ersten Jahr vier- oder fünfmal vorbeigefahren bin. Einmal saß ich beinahe eine Stunde davor, habe Zigaretten geraucht und mich gefragt, ob ich nicht einfach reingehen und die Wahrheit erzählen sollte. Aber vermutlich wissen Sie selbst, was daraus geworden ist. Ich fürchte, es hat auch nicht gestimmt, als ich sagte, dass ich Sie nur das eine Mal gesehen habe, in dieser einen Nacht. Ich hab Sie auch durch das Fenster im Haus nebenan gesehen. Ein paar Wochen später, würde ich sagen. Sie saßen auf der Couch und schauten Fernsehen mit diesem Mann, der dort wohnte. Ich frage mich, ob er das noch tut. Vielleicht sollte meine Tochter diesen Brief ihm geben. Außer er ist weggezogen. Es ist schließlich schon so lange her. Inzwischen fünfundzwanzig Jahre. Aber ich erinnere mich trotzdem noch. Sie hatten eine Brille mit ganz dicken Gläsern, und Ihr Gesicht war so schmal, dass es mir schier das Herz brach.

Ich habe selbst Kinder. Nur dass Sie das wissen. Sie sind inzwischen alle erwachsen, wie Sie auch. Ich möchte nur, dass Sie das wissen.

Okay, wappnen Sie sich für das, was ich gleich erzählen werde. Vermutlich ahnen Sie es irgendwie bereits, aber es ist doch was anderes, wenn man es schwarz auf weiß liest.

Ihre Mutter ist in jener Nacht gestorben.

Ich habe sie nicht umgebracht, aber ich habe auch nicht verhindert, dass es passiert, was ich, wie ich genau weiß, hätte tun müssen. Genau genommen habe ich es versucht. Mehr als einmal habe ich es versucht. Aber sobald der nächste Morgen angebrochen war und die Sonne vom Himmel schien und das Leben irgendwie weitergehen sollte, konnte ich klar erkennen, dass ich es nicht entschieden genug getan hatte.

Ich kann Ihnen gar nicht sagen, wie sehr mir das leidtut.

Ich weiß, was Sie sich jetzt fragen, und ich mache Ihnen keinen Vorwurf daraus. Natürlich wollen Sie wissen, warum, und ich kann gut verstehen, warum Sie es erfahren müssen.

Ich möchte es Ihnen eigentlich nicht erzählen, weil ich nicht will, dass es so aussieht, als würde ich schlecht von Ihrer Mutter reden, aber Sie verdienen es, die Wahrheit zu erfahren.

Mein Partner wusste genau, dass sie ein paar Jahre vorher einen sehr, sehr guten Freund von ihm umgebracht hat. Seinen Partner – was fast was Heiliges ist, auch wenn ich nicht erwarte, dass Sie das verstehen werden. Benny war kein schlechter Mensch. Ich weiß, das ist für Sie schwer zu glauben, aber es ist wahr. Er war verbittert und jähzornig, und er hat auch viel falsch gemacht, aber immer, während er versuchte, das Richtige zu tun. Und wir sind dort rausgefahren an jenem Abend und haben geglaubt, niemandem würde etwas passieren.

Können Sie das verstehen, was ich da gerade gesagt habe? Die meisten Leute würden das vermutlich nicht, besonders wenn es ihre eigene Mutter betrifft. Verdammt, wenn es meine Mutter wäre, ich würde ihn umbringen, egal, was er eigentlich wollte.

Aber Sie können Benny nicht umbringen, weil es dafür viel zu spät ist. Er hat sich selbst darum gekümmert, schon vor Jahren. Ich will nicht behaupten, dass es nur um das ging, was mit Ihrer Mutter passiert ist, weil Benny eine Menge Probleme hatte, aber das hat jedenfalls nicht dazu beigetragen, irgendetwas besser zu machen. Schuld stellt komische Sachen mit einem Menschen an. Wissen Sie, das ist der Grund, warum man vorsichtig sein sollte mit dem, was man tut. Denn wenn man etwas tut, wovon man tief innerlich weiß, es ist nicht richtig, dann beginnt man zu glauben, dass man gute Sachen nicht verdient. So als würde man überhaupt nichts verdienen. Man tut das Richtige nicht für andere Leute, man tut es für sich selbst. Verstehen Sie, was ich meine?

Nicht, dass Sie eine Lektion im Leben von mir benötigen. Nicht, dass ich das Recht hätte, irgendjemandem zu sagen, was ein gutes Leben ist. Nur, manchmal kann man lernen, was man besser nicht tut, und das hilft. Ich könnte Ihnen eine Menge Sachen sagen, die man im Leben nicht tun sollte.

Es gibt einen Grund, warum die Dinge außer Kontrolle geraten sind, und das ist ein bisschen heikel, daher versuchen Sie bitte, es einfach zu lesen und so hinzunehmen, wie es ist. Es scheint, dass ihre Beziehung mit diesem Polizisten (Bennys Partner, den ich eben schon erwähnt hatte), der getötet wurde, intimer Natur war. Und weil sie ein junges Mädchen war und Len (das war eben Bennys Partner, der getötet wurde) verheiratet war und Kinder hatte, dachte Benny, es sei für Lens Familie wichtig, dass dieser heikle Teil dessen, was geschehen war, besser nicht bekannt würde. Daher hat er versucht, sie dazu zu bringen, das aus ihrer Geschichte herauszulassen.

Inzwischen denke ich, dass er damit nicht recht hatte, sondern dass die Leute die Wahrheit erfahren müssen, ob es sich nun gut anfühlt, sie zu hören, oder nicht, weil es eben einfach die Wahrheit ist. Aber Benny glaubte das von ganzem Herzen, und er dachte, er würde sich für die beste von verschiedenen Möglichkeiten entscheiden, die alle schlecht waren (falls das Sinn macht). Nicht dass er dachte, es sei richtig, sondern er dachte eher, alles andere sei noch schlimmer. Benny legte großen Wert auf Gerechtigkeit, und manchmal kann jemand wie er eine Menge Schaden anrichten, weil Gerechtigkeit nicht unsere Aufgabe ist (wenn Sie wissen, was ich meine). Aber ich kann nur wiederholen, dass das, was er wollte, einfach bloß war, dass sie ihre Geschichte ändert. Er war kein Ungeheuer. Er war kein schlechter Mensch.

Ich habe den Mund gehalten, um ihn nicht zu verraten. Aber dafür habe ich einen hohen Preis bezahlt. Das steht fest.

Ich weiß, Sie denken vermutlich, okay, aber was war, nachdem Benny sich umgebracht hatte? Nun, ich habe darüber nachgedacht. Ich habe darüber nachgedacht, reinen Tisch zu machen, obwohl ich wusste, ich würde meinen Job verlieren und ins Gefängnis kommen. Aber ich hab's nicht getan, und ich werde Ihnen sagen, warum. Weil ich eine Frau hatte und vier Kinder, und meine Kinder kamen gerade ins College, und meine Familie brauchte mich, und es war nicht ihre Schuld. Sie waren bei alldem die wahren Unschuldigen, sie und Sie auch. Ich konnte es mir nicht einfach von der Seele schaffen, um für mich selbst Erleichterung zu finden, solange sie diejenigen sein würden, die am meisten darunter zu leiden hätten. Das schien mir nicht richtig.

Ich denke, Sie fragen sich, warum ich dann jetzt mit der Wahrheit rausrücke.

Nun, das ist ziemlich einfach erklärt. Vor ungefähr vier Jahren bekam ich Lungenkrebs. Ich wurde operiert und machte eine Chemotherapie. Ich dachte, das würde mich umbringen, aber anfangs sah es richtig gut aus. Mein Arzt glaubte, ich hätte es geschafft. Aber jetzt ist es zurück, und es ist überall, in meinem Magen, in meinen Knochen und sogar in meinen Lymphknoten. Jetzt kann mein Arzt nicht mehr viel sagen.

Alles, was er mir geraten hat, war: »Bringen Sie Ihre Angelegenheiten in Ordnung, Chet.«

Ich hab nie verstanden, was das heißt. Was für Angelegenheiten, und wie soll diese Ordnung aussehen?

Schließlich habe ich ihn einfach gefragt. Er sagte, es heißt, dass man Sachen, die man liegen gelassen hat, zu Ende bringen soll, Unerledigtes erledigen, zum Beispiel der eigenen Frau sagen, dass man sie liebt, und den Leuten erzählen, was man ihnen schon längst hätte erzählen sollen, was man aber immer aufgeschoben hat. Weil man es nicht mehr viel weiter aufschieben kann. Und wissen Sie, wer der Erste war, an den ich denken musste? Sie. Ehrlich, Sie. Ich werde meiner Frau sagen, dass ich sie liebe, und meinen Kindern, dass ich stolz auf sie bin (auf alle außer einem, aber ich werde mir trotzdem etwas Nettes für ihn einfallen lassen), aber derjenige, mit dem ich als Allererstes meine Angelegenheiten in Ordnung bringen musste, das wusste ich, waren Sie.

Ich hoffe wirklich, ich kann Ihnen das hier irgendwie zukommen lassen.

Ich schreibe meine Absenderadresse auf den Umschlag, und wenn Sie das hier rechtzeitig erhalten, und wenn Sie es wollen, können Sie kommen und mit mir sprechen.

Ich weiß, Sie werden große Wut verspüren, und wenn Sie herkommen und sie an mir auslassen wollen, dann ist das okay. Ich sterbe, und ich bin bettlägerig und kann mich nicht wehren, aber ehrlich, wenn Sie kommen und mich verprügeln wollen, dann können Sie das. Das ist das Mindeste, was ich Ihnen schulde.

Ich kann Ihnen nicht zurückgeben, was ich Ihnen genommen habe, und wenn ich noch so oft sage: »Es tut mir leid«, es lässt sich nun mal nicht mehr ändern. Aber wenn Sie mir etwas antun wollen, um all die Wut loszuwerden, kann ich Sie das tun lassen, und vielleicht ist das wenigstens etwas.

Selbst wenn Sie mich erwürgen wollen. Natürlich hoffe ich, dass Sie das nicht machen, aber wenn, dann verdiene ich es, und vermutlich wäre ich ohnehin bald genug abgetreten.

Was sonst kann ich noch zu Ihnen sagen? Ich wünschte wirklich, ich wüsste es.

Ich bereue meinen Anteil an dem, was geschehen ist.

Aufrichtigst

Chet Milbourne

Leonard, 30 Jahre alt: Blick über deine Schulter

Es ist komisch, die Dinge, über die man nachdenkt. Die Dinge, die einem in den Kopf kommen. Während ich nach Südkalifornien fahre, zu dem Haus von diesem Typen, denke ich beispielsweise über den schwarzen Mann nach. Wie ich immer dachte, ich hätte meine Chance, ihn zu sehen, verpasst, weil ich in der Nacht, in der Pearl verschwand, nicht über meine Schulter geschaut habe. Und ich wundere mich, fahre ich wirklich dorthin, um Fragen zu stellen, oder möchte ich einfach nur jetzt einen Blick auf ihn werfen?

Das Erste, was ich sehe, ist seine Tochter. Sie öffnet die Tür, als ich anklopfe. Sie ist eine große Frau, und sie versperrt den Eingang. Steht breitbeinig und mit vor der Brust verschränkten Armen da, fast wie ein aufrecht gehender Pitbull. Ich habe sie nie getroffen. Sie hat Mitch den Brief gegeben, und er hat ihn mir gegeben. Aber sie scheint zu wissen, wer ich bin. Sie scheint mich erwartet zu haben.

»Nicht, wenn Sie vorhaben, ihm was zu tun«, sagt sie.

»Habe ich nicht«, antworte ich.

Ich erwarte nicht, dass sie mir glaubt, aber dann sehe ich, dass sie es tut. Es dauert einen Moment, aber sie tut es. Sie schaut in mein Gesicht, und ihre eigene Miene verändert sich. Langsam, aber sie verändert sich. Also vermute ich, in meinem Gesicht muss alles Mögliche zu sehen sein, außer Mord und Totschlag, was mich froh macht. Wenigstens scheine ich das hier richtig anzugehen.

Sie tritt beiseite und lässt mich vorbei.

Sie folgt mir zu seinem Schlafzimmer, zeigt mir den Weg, während wir gehen. Das Haus wirkt dunkel und still, als ob niemand Lebendiges hier wohnt, nicht mal sie. Ich frage mich, ob sie aus Mitgefühl mitstirbt.

Ich komme in das Schlafzimmer, und dort ist er, im Bett. Einer der Männer, die meine Mutter getötet haben. Nach all diesen Jahren stehe ich in seinem Schlafzimmer und schaue ihn mir gut an. Seine Augen sind geschlossen, daher kann ich das in Ruhe tun. Nicht noch mehr Drama für den Moment.

Das ganze Gefühl aus den vergangenen fünfundzwanzig Jahren schwillt in mir an und stürzt aus mir raus in seine Richtung, die ganze Wut, die Ablehnung und etwas, das ein oder zwei Grade unterhalb von Hass ist, aber für meinen Geschmack ist es trotzdem noch zu nah dran. Und dann fällt all das Gefühl an seiner Bettkante runter und liegt da auf dem Boden, sieht dumm aus. Denn er ist einfach nur ein alter Mann.

Er ist furchtbar mager, seine Arme sind nur noch Knochen, über denen sich die Haut spannt, das Gesicht ist durchscheinend mit dunklen Tränensäcken unter den Augen. Das Haar hat überhaupt keine Farbe. Der ganze Mann hat keine Farbe, als wäre die Farbe als Erstes gestorben und hätte es dem Körper überlassen, zu folgen.

Ich frage mich, was ich diesem Typen hätte antun können, das auch nur entfernt an das herankommt, was er sich selbst antut. Ich denke, Verbrechen haben so viele Opfer. Ein einzelnes Verbrechen gegen eine einzelne Person, und so viele Opfer.

Er öffnet die Augen. Schaut mich an, als ob ich jeden Tag hier wäre, jedes Mal, wenn er die Augen öffnet. »Dora, lass uns allein«, verlangt er.

Ich erwarte, dass sie widerspricht, aber sie tut es nicht. Vielleicht widerspricht sie allen andern. Aber wenn ihr Vater sagt, lass uns allein, geht sie einfach. Ich bin allein mit meinem schwarzen Mann.

Ich ziehe einen schmalen Stuhl an die Seite des Bettes und setze mich darauf.

Er sagt: »Warnen Sie mich einfach, was Sie tun wollen, okay? Damit ich mich dafür wappnen kann.«

»Nichts«, sage ich. »Ich will Ihnen nur zwei Fragen stellen.«

Einen Moment lang sind wir beide still, während er das verarbeitet. Dann greift er nach einer Zigarette auf dem Nachttischchen. Das wundert mich. Manche Leute fangen an, sich umzubringen, und wissen einfach nicht, wann sie aufhören müssen.

»Wenn es Ihnen nichts ausmacht«, sage ich, »warten Sie bitte, bis ich wieder weg bin. Ich werde nicht lange brauchen.«

Er lässt seine Hand wieder an seine Seite sinken. Irgendwie unbehaglich. »Okay. Schießen Sie los.«

»Erzählen Sie mir von Len.«

»Was ist mit ihm?«

»Len – ist das eine Kurzform von Leonard?«

»Ja, sicher. Leonard. Leonard DiMitri, das war sein Name. Warum?«

Die Information breitet sich in meinem Körper aus wie Hitze, beginnt in meinem Bauch und schwimmt mit dem Blut durch meine Adern. Ich habe das Gefühl, als könnte ich nicht reden, bis es meine Zehenspitzen erreicht, oder vielleicht kann ich überhaupt nie wieder reden. Es ist das, was ich spürte, als ich den Brief gelesen habe und erfahren habe, dass Pearl tot ist. Was ich auch vorher schon wusste. Und das hier wusste ich auch. Aber vermutlich gibt es mehr als eine Stufe von Wissen.

»Mein Name ist Leonard«, sage ich, als ich wieder imstande bin, etwas zu sagen.

»O ja? Was für ein Zufall.«

»Vielleicht.« Er scheint es nicht zu begreifen oder eine Bemerkung machen zu wollen. Ich merke, hier in dem Zimmer ist sehr wenig Gefühl bei uns, zwischen uns. Wenn überhaupt. Vielleicht hat er auch gar keines mehr übrig. Ich, nun, ich bin mir nicht sicher, was die Erklärung für mich ist. »Wie komme ich an ein Foto von diesem Leonard DiMitri ran?«

»In der obersten Schublade von meinem Schreibtisch, dort drüben in der Ecke.«

Er zeigt hin, und ich schaue über meine Schulter, bin nicht darauf vorbereitet, zu glauben, dass es so leicht sein wird.

»Sie haben die ganzen Jahre lang ein Bild von ihm aufgehoben?«

»Nicht wirklich. Es war bei Bennys Zeug, und seine Frau wollte es wegwerfen, als er gestorben ist. Da war all dieses Zeug, das sie einfach in den Müll tun wollte. Es hat ihr überhaupt nichts bedeutet, wissen Sie? Mir bedeutet es auch nicht so viel, aber es war für Benny das Allerwichtigste auf der Welt, darum habe ich es gerettet.«

Ich stehe auf, fühle mich irgendwie losgelöst von meinem Körper. Fühle mich, als wäre ich in einem Traum oder einem Film oder etwas anderem außer meinem Leben, was alles zu sein scheint, was ich jetzt fühlen kann. Ich gehe rüber zu dem Schreibtisch in der Ecke und öffne die oberste Schublade. Da ist eine Polizeimarke drin, und ein paar Blinker oder Fliegen oder wie auch immer man diese Angelköder nennt, so was wie ein Fahrtenmesser und ein Foto von Leonard DiMitri. Ich weiß, dass er es ist, weil er eine Polizeiuniform anhat, die blaue Paradeuniform, und dazu ein Namensschild trägt. Und ich erkenne ihn, dieses komische halbe Erkennen, das man manchmal hat mit einem Gesicht, das man nie zuvor gesehen hat. Denn die Teile, die ich wiedererkenne, sind ich. Sicher, wir sehen uns nicht wirklich ähnlich. Natürlich nicht. Er ist ein Weißer, während ich zu mindestens so vielen Teilen Asiate und Schwarzer bin wie Weißer. Aber das Aussehen ist mehr als das. Menschen sind mehr als das. Da sind die Kinnpartie und die Augenbrauen. Und was um den Mund.

Ich nehme das Bild. Und ich weiß, ich werde es nicht zurückgeben.

»Ich brauche das hier«, sage ich. »Ich muss es behalten.«

»Klar, was auch immer«, antwortet Chet. »Meine Tochter würde es sowieso wegwerfen, wenn ich nicht mehr da bin.«

Ich setze mich neben sein Bett und merke, dass meine Hände ein winziges bisschen zittern. Ich gucke weiter auf das Foto. Keiner von uns sagt irgendetwas für, wie es aussieht, lange Zeit.

Dann sage ich: »Wenn Pearl getan hat, was Sie behaupten, dass sie getan hat … Wenn sie ihn getötet hat …« Ich hätte beinahe »meinen Vater« gesagt. Ich hätte beinahe gesagt: »Wenn Sie meinen Vater umgebracht hat«. Und das möchte ich nicht sagen. Es fühlt sich wie etwas Intimes an, etwas, das niemanden etwas angeht. Etwas, wovon ich nicht möchte, dass dieser sterbende Mann es über mich weiß. Etwas, das ich noch nicht bereit bin, mit irgendjemandem zu teilen, besonders nicht mit Chet. »Wenn sie den Mann auf diesem Foto getötet hat, dann hatte sie einen Grund, warum sie es getan hat. Ich will nicht behaupten, dass es gerechtfertigt war, dass Töten jemals gerechtfertigt ist. Aber wenn man zurückgehen könnte und in ihren Kopf schauen und alles erfahren könnte, dann wüsste man, warum. Weil ich weiß, dass es ein Warum geben muss. Weil

Pearl so etwas nie ohne Grund getan hätte. Verstehen Sie, was ich meine?«

Ich schaue von dem Foto auf und in Chets Augen. Zum ersten Mal sehe ich ein Gefühl dort. Ein positives Gefühl, als lehnte er sich zu mir. Als suchte er eine Form von Nähe.

»Natürlich tue ich das«, antwortet er.

»Ach ja?« Und wieder fühlt sich etwas an, als sei es zu leicht gewesen.

»Sicher. Was, glauben Sie, habe ich versucht, Ihnen über Benny zu erklären?«

Mein Gehirn schottet sich ab, und ich entscheide, dass ich über diese Dinge nicht länger nachdenken kann, wenigstens nicht jetzt. Das hier erschöpft mich.

»Wo ist sie?«, will ich wissen.

»Wer?«

»Meine Mutter.«

»Ich dachte, wir hätten das schon geklärt.«

»Ich spreche von ihren … sterblichen Überresten. Wo sind sie?«

»Oh«, macht er. »Die. Irgendwo im Nirgendwo. Auf dem halben Weg zur Hölle und dann links.«

»Also wissen Sie es nicht? Oder wollen Sie es mir nicht sagen?«

»Ich weiß nicht, ob ich mich daran erinnere. Es ist sehr lange her.«

»Sie sind nicht vier- oder fünfmal in jenem ersten Jahr vorbeigefahren, wie bei dem Haus, in dem ich gewohnt habe?«

»Nein. Nein, da nicht. Ich wollte nicht dorthin zurück.«

Wir schweigen, und ich spüre, wie sich ein Anflug von Wut in mir regt. Weil ich zwei Dinge von ihm wollte, er mir aber nur eines gegeben hat. Ich denke, es hat gewartet, es hat sich bilden wollen. Aber dann hat er mir dieses Foto überlassen und das

Thema gewechselt. Aber jetzt, mit dieser Wut, fühle ich mich besser.

Chet bricht das Schweigen. »Ich habe im Auto gesessen in jener Nacht, die sich wie eine Ewigkeit angefühlt hat. Ich habe mich umgesehen. Ich kann die Stelle vor mir sehen, als wäre es gestern gewesen. Ich kann die Stromleitungen sehen und wie die Straße eine Kurve macht. Aber ich könnte nie sagen, wie man dorthin kommt. Ich weiß, auf welchem Weg wir hoch in die Berge gefahren sind. Aber ich kenne den Namen nicht. Ich erinnere mich nur an die Stelle, wo wir abgebogen sind. Vielleicht, wenn mein Leben davon abhinge, könnte ich herumstochern und es finden. Die nähere Umgebung jedenfalls, vielleicht nicht die genaue Stelle. Aber nur, wenn ich dort draußen wäre, wissen Sie?«

»Okay«, erwidere ich. »Dann wollen wir mal.«

Eine Sekunde lang schaut er mich ausdruckslos an. »Sie machen Scherze.«

»Nicht im Geringsten.«

»Ich liege im Sterben.«

»Wenn Sie bereit waren, zuzulassen, dass ich Sie erwürge, können Sie wohl kaum etwas dagegen haben, wenn ich mit Ihnen eine Ausfahrt mache. Die Ausfahrt ist mit viel höherer Wahrscheinlichkeit nicht tödlich.«

»Außer dass meine Tochter mich umbringen wird.«

»Okay, in Ordnung«, sage ich. »Dann nehmen wir Strangulieren.«

»Holen Sie mir meinen Mantel aus dem Schrank«, antwortet Chet.

* * *

Wir fahren jetzt schon seit mehr als zwei Stunden hier in den Bergen herum, Chets Rollstuhl auf dem Rücksitz. Chet kaut an seinen Fingernägeln, obwohl eigentlich gar nichts mehr da ist, woran er kauen kann. Die Hälfte der Zeit nehmen wir Straßen, die gar keine richtigen Straßen sind. Eher Pisten für die Feuerwehr oder so.

Der Himmel ist schwer und dunkel, als wollte es wieder regnen. Es ist beinahe die Zeit im Jahr, in der Pearl verschwunden ist. Wir stehen kurz vor einem Jahrestag.

»Was denken Sie?«, erkundige ich mich. Ich beginne ungeduldig zu werden. Ich beginne mich zu fühlen, als wären wir mehr als einmal hier durchgekommen.

»Muss weiter oben sein«, bemerkt er. Er klingt abgelenkt. »Falls wir nicht schon dran vorbei sind.«

Ich trete auf die Bremse, und schlitternd kommen wir zum Stehen. Chet wird in seinem Sitz vorwärtsgeschleudert, hängt in dem Sicherheitsgurt wie eine Lumpenpuppe.

»Sie wollen mir nicht wirklich helfen, oder, Chet?«

Er schaut in meine Richtung, aber nicht mir in die Augen. Und dann wieder weg, zum Fenster raus, zu denselben Bergen, die wir schon seit Stunden sehen. Felsen und mickrige Bäume. »Nein, ich versuch's, ehrlich.«

Aber ich weiß von der Art und Weise her, wie er meinem Blick ausweicht, dass er lügt.

Ich seufze und reibe mir die Augen und lehne mich mit geschlossenen Augen zurück, gebe mich geschlagen. Ich weiß, er ist mit mir hier rausgekommen, um mich loszuwerden, nicht um mir zu helfen. Nicht, um mir zu geben, was ich brauche. Ich habe das Foto meines Vaters in meiner Hemdtasche. Ich kann das steife Papier spüren. Ich versuche mich stattdessen darauf zu konzentrieren. Aber zwei Eltern scheinen nicht zu viel verlangt zu sein. Besonders, da beide längst tot sind.

»Ich muss raus«, erklärt Chet. Er hört sich an wie ein Kindergartenkind, das fragt, ob es mal auf Klo könnte. »Ich muss eine rauchen.«

»Unsinn. Sie sterben doch bereits von dem Mist. Warum müssen Sie damit weitermachen?«

»Sie haben wohl nie selbst geraucht, was? Ich merk's schon. Bitte. Wirklich. Es ist wichtig.«

Ich seufze wieder. Dann steige ich aus und hole seinen Rollstuhl hinten aus meinem Auto. Ich klappe ihn auf und schiebe ihn zur Beifahrerseite. Ich helfe Chet beim Aussteigen. Und ich helfe ihm auch, sich draufzusetzen. Er landet schwer für einen Mann, der praktisch nichts wiegt.

Ich lehne mich gegen das Auto, und er nimmt ein Päckchen aus seiner Manteltasche und zündet sich eine an. Nimmt einen tiefen Zug. Als er wieder ausatmet, weht der Rauch in meine Richtung, und ich wedle ihn weg. Und gehe um ihn herum, um windaufwärts von ihm zu stehen. Gemeinsam schauen wir eine lange Weile über das Tal.

»Es wird wirklich schwer sein für meine Familie«, beginnt er. »Wenn all das bekannt wird.«

»Ich bin mir nicht sicher, wovon Sie sprechen, Chet.«

»Doch«, erwidert er. »Sicher wissen Sie das.«

Ich widerspreche ihm nicht. Ich frage mich, ob er bei klarem Verstand ist. Bei Sinnen.

»Ich muss mal«, sagt er.

»Okay, meinetwegen. Machen Sie's.«

»So leicht ist das nicht. Sie werden mir helfen müssen.«

»Das ist nicht Ihr Ernst, oder?«

»Doch. Ich komme mit meinem Rollstuhl ohne Hilfe nicht über diese Felsen. Helfen Sie mir immerhin, hinter die Büsche zu kommen. Damit ich wenigstens ein bisschen ungestört bin.«

»Chet, hier ist niemand im Umkreis von zehn Meilen, keine Menschenseele. Und ich schau nicht hin.«

»Ein Mann hat seine Würde«, erklärt er. Er klingt, als würde er weinen oder wenigstens kurz davor stehen. Er wischt sich die Nase mit dem Ärmel.

Also schiebe ich seinen Rollstuhl über die Felsen und um den Busch herum.

»Helfen Sie mir, aufzustehen.«

»Zur Hölle, Chet, können Sie sich nicht einfach zur Seite drehen oder so?«

»Sonst pinkel ich mir auf die Hose, wenn ich das versuche. Kommen Sie schon. Nur die eine Sache.«

Ich hebe ihn aus dem Stuhl, und wir stehen nebeneinander. Ich stütze ihn mit einem Arm um seine Schultern, und ich schaue in die andere Richtung, in die Ferne zum Tal. Beobachte, wie die Sturmwolken aufziehen. Muss daran denken, dass sie aussehen, wie ich mich fühle. Dunkel und dräuend.

Dann bringe ich ihn zurück zum Auto. Verfrachte ihn auf den Beifahrersitz.

»Okay«, verkünde ich. »Ich gebe auf. Ich bringe Sie jetzt zurück.«

Und ich wende das Auto auf der schmalen, unbefestigten Straße und fahre zurück.

Drei, vier, fünf Meilen später stößt er einen Schrei aus und erschreckt mich.

»Halt, bleiben Sie genau hier stehen!«

Ich trete auf die Bremse, und einen Augenblick lang sitzen wir schweigend dort.

»Ist das hier die Stelle?«, will ich wissen.

»Ziemlich dicht dran, ja.«

»Wussten Sie das auch schon auf dem Weg hoch?«

»Ja.«

Ich ziehe die Handbremse an und stelle den Motor ab.

»Es tut mir leid«, sagt er. »Es ist nur, dass ich weiß, Sie werden damit direkt zur Polizei gehen, und dann werden die ganzen Berge hier um- und umgegraben, und ich musste gerade daran denken, wie furchtbar das für meine Kinder sein wird, selbst wenn ich dann schon tot bin.«

Ich atme eine Minute tief durch und sage dann: »Ich hatte eigentlich gar nicht vor, sie auszugraben.«

»Oh«, sagt er. »Nicht?«

»In die Richtung habe ich nicht gedacht, nein.«

»Okay. Warum denn? Ich meine, warum nicht?«

Ich bin nicht sicher, wie ich das erklären soll. Soll ich ihm erzählen, was ich dabei empfinde, wenn ich daran denke, wie eine Spitzhacke oder auch eine normale Schaufel die zarten Wirbel an ihrem Hals oder Rückgrat durchtrennt? Oder versuchen zu erklären, dass der Körper nicht das ist, worum es hier wirklich geht? Dass es mehr um die Achtung für den letzten Ort auf Erden geht, an dem ihre Seele weilte. Und um meinen Wunsch, diesen Ort ebenfalls zu besuchen.

Darum, die Stelle kenntlich zu machen, zu bezeichnen.

Aber das ist alles verschwommen und schwer zusammenzufassen, darum sage ich einfach: »Ich bin mir nicht sicher, wie ich das erklären soll.«

»Holen Sie den Stuhl«, sagt er. »Ich werde es Ihnen, so gut ich kann, zeigen.«

Ich schiebe ihn so weit wie möglich über die Steine, aber der Rollstuhl bleibt immer wieder irgendwo hängen, und es wird für uns beide wirklich anstrengend. Schließlich nehme ich ihn auf meinen Rücken und trage ihn huckepack. Ab und zu erscheint eine knorrige Hand neben meinem Kopf und weist den Weg. Ich fühle mich, als ob ich in der Gegenwart von Geistern wäre.

»Bleiben Sie hier stehen«, sagt er nach anderthalb Kilometern oder so.

Ich lasse ihn runter, und er setzt sich auf die Erde. Blickt sich um.

»Es war entweder an diesem Abhang hier oder dem dort drüben«, erklärt er. »Ich führe Sie nicht an der Nase herum. Ich gebe mir wirklich Mühe. Aber Dinge ändern sich, wissen Sie?

Die Erosion, Bäume knicken um, und die Sachen sehen einfach nicht mehr genauso aus. Aber wenn Sie nicht wirklich alles umgraben wollen, sondern einfach nur den Ort sehen wollen, dann ist es irgendwo hier. Da drüben oder dort. Es tut mir leid, dass ich es nicht genauer sagen kann, aber ich habe es wirklich versucht.«

»Ich weiß«, erwidere ich. »Es ist okay.«

Ich blicke mich um und atme. Präge mir die Stelle auf jede nur mögliche Weise ein, sodass ich sie immer wieder finden werde. Ziemlich genau so, wie, da bin ich mir sicher, Chet es in jener Nacht getan hat. Ich hebe mein Gesicht dem Wind entgegen und spüre nach Zeichen von Pearl irgendwo hier, aber es ist niemand da außer uns. Ich bin mir sicher, er hat recht – ich glaube, das hier ist die richtige Stelle. Aber inzwischen ist es reingewaschen. Die Vergangenheit ist fort.

»Wissen Sie«, sagt Chet, »das, was Sie gesagt haben, wenn Sie alles über jemanden wüssten, dann würden Sie es verstehen? Ich denke, das ist vielleicht wahr für alles. Für jeden. Ich denke, wenn man jede Minute des Lebens von jemand anderem in dessen Schuhen gehen würde, dann würde alles, was er getan hat, plötzlich Sinn für einen ergeben, sogar die schlechten Sachen. Das ist der Grund, warum ich aus dem Polizeidienst ausgeschieden bin. Frühpensionierung wegen Burn-out. Wenn man aufhört, Unterschiede zwischen ihnen und einem selbst zu sehen, dann muss man einpacken und heimgehen.«

Ich nehme ihn wieder huckepack, und wir beginnen den langen Weg zurück zum Auto.

Als wir schließlich wieder bei seinem Haus ankommen, schläft er tief und fest. Den Kopf nach hinten auf den Sitz gelegt, den Mund offen. Erschöpft von dem Ausflug, nehme ich an.

Ich halte vor seinem Haus an, und da kommt mir plötzlich ein schlimmer Gedanke. Ich greife nach seiner Hand und fühle nach seinem Puls. Dabei bin ich mir gar nicht sicher, was ich fühle oder ob ich überhaupt etwas fühle, und mein Magen wird eiskalt und kribblig. Aber nach einer Sekunde finde ich ihn. Ein Puls. Schwach, aber dort. Ich hupe kurz, und seine Tochter kommt und übernimmt. Holt den Rollstuhl raus, hebt ihn hinein. Er wacht nicht auf.

Sie wirft mir einen schrecklichen Blick zu. Hält eine Hand vor seine Nase, sucht nach seinem Atem. Ich kann es erkennen, als sie ihn spürt. Als sie begreift, dass er nur schläft. Der Blick wird weicher, und sie richtet ihre Augen mit einem völlig anderen Ausdruck auf mich.

»Haben Sie bekommen, was Sie wollten?«, erkundigt sie sich.

»Ja«, sage ich. »Ich glaube schon. Ich bin mir nicht wirklich sicher, was ich wollte. Aber ich habe etwas bekommen.«

* * *

Während ich an der Küste entlang heimfahre, blicke ich auf meine Armbanduhr. Ich werde ungefähr zehn Minuten zu spät bei der Schule ankommen, um die Kinder abzuholen. Also gebe ich Gas, hoffe, etwas von der Zeit wieder reinzuholen. Meine Frau ist mit dem Baby zu Hause, und außerdem haben wir nur das eine Auto. Sie werden auf mich warten. Es sind gute Kinder. Sie wissen, ich würde sie nie lange warten lassen.

Ich frage mich, ob ich ihnen erzählen soll, was ich heute erfahren habe. Mitchell ist in dem Alter, in dem er von der Mitte des Zimmers aus mit einem Satz auf sein Bett springt und so tut, als sei es nur ein Spiel. Behauptet, er täte das aus keinem besonderen Grund. Er weiß nicht, dass er die Furcht vor etwas unter dem Bett nicht erfunden hat. Dass er nicht der Erste ist, dem es so geht.

Pearl kriecht immer noch ab und zu zu uns ins Bett, behauptet, sie hätte einen schlimmen Traum gehabt. Wir alle haben diese unbestimmte Angst vor gesichts- und namenlosen schwarzen Männern, von dem Zeitpunkt an, wenn wir alt genug sind, um denken zu können. Wir haben alle Angst vor etwas, aber wir können nicht den Finger darauf legen, wovor genau. Heute habe ich über meine Schulter geschaut und meine gesehen. Mir Gesichter eingeprägt und Namen gemerkt.

Wobei ich mir nicht schlüssig bin, ob ich getröstet oder entsetzt sein sollte von dem, was ich entdeckt habe. Es gibt keinen schwarzen Mann. Nur ein paar unvollkommene Menschen, manche mit mehr Fehlern als andere, aber alle mehr oder weniger aus dem gleichen Ausgangsmaterial.

Mitch, 50 Jahre alt: der Gedenkstein

Es regnet auf diesem Berg. Wir sitzen zusammengekauert im Zelt und hoffen, dass es vorüberziehen wird. Es ist dunkel und etwas windig. Ich wollte diesen Trip bis nach dem Unwetter verschieben, aber es ist eine Art Jahrestag. Es ist der Tag, an dem Pearl Leonard bei mir abgegeben hat und verschwunden ist, nur fünfundzwanzig Jahre später.

Und es ist die regenreiche Jahreszeit, genau wie damals.

Ich hatte überlegt, die Kinder vielleicht zu Hause zu lassen, aber Leonard hatte es ihnen versprochen, und er hasst es, ein ihnen gegebenes Versprechen zu brechen. Oder überhaupt eines. Und eine andere Nacht kam nicht infrage. Er sagte nicht, dass es wegen des Datums war. Das brauchte er auch gar nicht. Manche Dinge sind einfach so, und jeder mit Augen kann sie sehen.

Alles, was er gesagt hat, war: »Das Schlimmste, was passieren kann, ist, dass sie nass werden.«

Und das stimmte natürlich. Warum stört mich der Regen in einem Zelt mehr als in einem Haus? Ich weiß es nicht.

Also habe ich mich bei der Schule krankgemeldet, sie haben einen Ersatzlehrer angerufen, und hier sind wir nun.

Mitchy schläft schon, aber Pearl sitzt hier bei uns, im Licht der Laterne, und lehnt sich an Leonards Seite.

Ab und zu sieht sie hoch und beobachtet, wie die Schatten über die Innenseite des Zeltes flackern. Man kann erkennen, wie sie lauscht, den Wind hört, der den Stoff in unregelmäßigen Böen trifft. Es ist genau die richtige Menge an Angst. Genug, dass ein Kind damit umgehen kann, zumindest wenn ein Teil dieses Kind in direktem Kontakt mit einem Teil des Vaters ist.

»Ich hab gerade gedacht«, sagt Leonard. »Ich habe gerade gedacht, wie nah ich dran war, all das hier zu verpassen.«

»Ja, das ist mir auch in den Sinn gekommen«, erwidere ich.

Er blickt zu Pearl hinunter, die ihm in die Augen sieht, weil sie sich fragt, was sie plötzlich richtig gemacht hat.

Er nimmt ihr Kinn in eine seiner Hände. »Ich meine, nicht nur würde ich nicht die Chance erhalten haben, dieses Gesicht zu sehen, sondern jeder andere auf der Welt hätte das auch nicht.«

Pearl zieht eine Grimasse. Sie schielt und streckt die Zunge heraus. Ihre Art, die Verlegenheit wegen des Kompliments zu überspielen.

»Ich muss mich korrigieren«, sagt Leonard. »Die Welt hätte es vielleicht überlebt.«

Nachdem Pearl eingeschlafen ist, ihren Rücken an dem ihres Bruders, stelle ich Leonard eine Frage, die mich schon lange beschäftigt.

»Wolltest du ihm wehtun? Vielleicht nur ein kleiner Teil von dir? Irgendwelche Rachegelüste? Oder vielleicht der Wunsch nach Gerechtigkeit?«

Ich frage das, weil wir in der Vergangenheit Dinge bemerkt hatten, von denen wir dachten, dass sie Leonard fehlen, aber sie kamen einfach nur später.

Wir sitzen still und hören zu, wie der Regen auf die Zeltplane prasselt. Aber wir hier drinnen sind immer noch trocken.

»Das ist es, was Pearl das Leben gekostet hat. Jemand, der Gerechtigkeit wollte.«

»Aber das muss dich trotzdem nicht davon abhalten, es auch zu wollen.«

»Ich wollte es nicht. Ich wollte es wirklich nicht. Ich dachte, ich würde es wollen, aber es war einfach nicht da.«

»Was, wenn du ihn getroffen hättest?«

»Ich weiß nicht. Aber ich glaube nicht.«

»Er hat deine Mutter umgebracht.«

»Ja, und meine Mutter hat meinen Vater getötet«, erwidert er. »Und ich muss trotzdem daran glauben, dass sie ihre Gründe hatte. Wie kann ich den Mann hassen, der meine Mutter getötet hat, ohne die Frau zu hassen, die meinen Vater umgebracht hat? Es ist fast genau das gleiche Verbrechen.«

Ich lege mich hin. Irgendwann tut Leonard das auch. Wir haben beide die Hände hinter dem Kopf verschränkt.

Leonard sagt: »Leonard Devereaux Kowalski Sung DiMitri. Und wenn man bedenkt, dass ich mein Leben als Junge ohne Nachnamen begonnen habe.«

»Und ich war so aufgeregt, als ich einen für dich gefunden habe.«

»Nun, damals war das eine ziemlich große Sache. Ich meine, es schien irgendwie wichtig. Es war mir wichtig. Ich habe gedacht, ich gehöre nirgendwohin. Es ist mir nie in den Sinn gekommen, es könnte sich herausstellen, dass ich an viele verschiedene Plätze auf einmal gehöre. Überallhin. Jetzt im Moment gehöre ich genau hierher. Auf diesen Berg. Danke, dass du mit hergekommen bist, Mitch.«

Nach zehn oder fünfzehn Minuten sehe ich hinüber und stelle fest, dass er eingeschlafen ist. Sein Gesicht sieht im sanften Licht der Laterne so jung aus. Mehr so, wie ich ihn als Junge gekannt habe. Ein weiteres Gesicht, ohne das die Welt ärmer wäre.

Ich puste die Laterne aus und versuche selbst etwas zu schlafen.

* * *

Als ich aufwache, ist es schon fast hell, und der Regen hat aufgehört. Die Kinder schlafen neben mir, aber nicht Leonard.

Ich öffne die Klappe des Zeltes.

Er ist etwa dreißig Meter von mir entfernt, steht auf einem Abhang von Geröll, von mir abgewandt. Er hat sein Shirt ausgezogen, und er steht in der Kälte mit nichts als einer Jeans, die Arme ausgebreitet, die Tätowierung selbst von hier aus sichtbar. Da ist Dunst, eine Art nasser, schwerer Nebel, der über dem Berg hängt, und Leonard steht etwa dort, wo sich das Grab seiner Mutter befindet, und er ist ein Kreuz.

Ich sehe still zu, und mir wird klar, wie wenig ich bis genau jetzt verstanden habe.

Leonard hat nie versucht, Jesus zu sein. Er hat versucht, ein Gedenkstein zu sein. Er hat die Tätowierung benutzt, um sich selbst in den einzigen fassbaren Beweis zu verwandeln, dass Pearl gelebt hat und gestorben ist. Er war ihr Grabmal, als es kein Grab von ihr gab, das man hätte bezeichnen können.

Und jetzt hat er endlich den Ort gefunden, an dem er stehen kann.

Ich sehe ihm lange zu.

Ich würde gern hinter ihn treten und die Arme um ihn legen, aber ich will diese zerbrechliche Balance nicht stören.

Ich möchte ihn – und mich selbst – an das erste Mal erinnern, dass er mir die Tätowierung gezeigt hat. Als er in Jakes und Monas Garage in einem Strahl der Sonne vom Oberlicht gestanden hat, unter den nackten Flügeln seines Gleiters, den er gerade baute. Er hat mir gesagt, dass er keine dreißig werden würde.

Aber er ist dreißig. Genau jetzt.

Und ich muss ihn nicht mal fragen, ob er die Tätowierung bereut, weil ich die Antwort schon kenne.

Nachdem ich ihn lange genug betrachtet habe, gehe ich zum Auto und hole den Campingkocher. Damit ich ihn anzünden und schon mal Kaffee machen kann. Vielleicht Frühstück für die Kinder.

Als ich zurückkomme, sind die Kinder wach. Sie haben ihren eigenen Weg zu ihrem Vater gefunden, und sie stehen bei ihm, immer noch in ihren Schlafanzügen auf dem nassen, matschigen Erdboden. Jedes Kind umarmt eines seiner Beine.

Also beschließe ich, wenn sie das können, ohne ihn zu stören, vielleicht kann ich es dann auch.

Ich denke an Pearl und daran, wie alles, was sie getan hat, ob richtig oder falsch, dafür gesorgt hat, dass Leonards Leben mit meinem in Berührung kam. Wenn sie irgendetwas anders gemacht hätte, hätte ich nicht nur ihn nicht gehabt, ich hätte auch meine Enkel nicht gehabt. Und ich denke daran, wie viel ärmer ich ohne ihn gewesen wäre, ohne sie alle.

Ohne all die Dinge, die ich nicht gelernt hätte.

Dann trete ich still hinter ihn und lege meine Arme von hinten um ihn, und er gibt seine Gedenksteinposition auf, sein Kreuz, und schlingt seine Arme um meine. Ich hoffe, ich habe ihn nicht unterbrochen, bevor er fertig war.

Aber das ist dumm, wird mir klar. Wie hätte er aufhören können, bevor er fertig war? Wenn er aufgehört hat, war er fertig.

Ich gratuliere ihm schweigend dafür, fertig zu sein, und er tätschelt mir den Arm.

Ich glaube, er hört und versteht das meiste von dem, was ich ihm nicht sage.

Ich glaube, das hat er immer getan.

21899182R00169

Printed in Poland
by Amazon Fulfillment
Poland Sp. z o.o., Wrocław